地球是圆的

文学百年 名家散文自选集

邱华栋 / 著

湖南人民出版社·长沙　民主与建设出版社·北京

本作品中文简体版权由湖南人民出版社所有。
未经许可，不得翻印。

图书在版编目（CIP）数据

地球是圆的 / 邱华栋著.—长沙：湖南人民出版社，2023.2
（文学百年：名家散文自选集）
ISBN 978-7-5561-2821-1

Ⅰ.①地… Ⅱ.①邱… Ⅲ.①散文集－中国－当代 Ⅳ.①I267

中国版本图书馆CIP数据核字（2022）第010257号

DIQIU SHI YUAN DE
地球是圆的

主　　编	李继勇
著　　者	邱华栋
责任编辑	谭　乐　廖晓莹
出版发行	湖南人民出版社［http://www.hnppp.com］
	民主与建设出版社
地　　址	长沙市营盘东路3号
邮　　编	410005
印　　刷	三河市冠宏印刷装订有限公司
版　　次	2023年2月第1版
印　　次	2023年2月第1次印刷
开　　本	880 mm×1300 mm　1/32
印　　张	11
字　　数	181千字
书　　号	ISBN 978-7-5561-2821-1
定　　价	49.80元

营销电话：0731-82683348　（如发现印装质量问题请与出版社调换）

地球是圆的

目录

一　北欧五国记 / 1

二　日本意象 / 57

三　走马澳大利亚 / 117

四　俄罗斯双城记 / 169

五　法国、意大利、摩纳哥纪行 / 225

六　伦敦的书展 / 291

七　阿拉木图一瞥 / 325

一　　北欧五国记

法兰克福机场的虚惊

7月3日，星期天，北京，下午3点，我和其他一些作家一起，乘坐国航912航班，飞向德国法兰克福机场。飞机是波音747-200机型，宽敞、舒适，飞得非常快，每小时达到了950公里——按照老习惯，在长途飞机上我总是睡不着，便会随时注意电视屏幕上飞机的航程和航向进展。

飞机离开北京之后不久，就进入了蒙古国领空，一直在8500米的高度。飞机离开蒙古国上空，到了俄罗斯境内之后，立即爬升到9600米，速度也提了起来。透过舷窗，我看见了下面飞逝的云朵和广袤的俄罗斯森林，一条条发亮的河流蜿蜒其间，如同音符的升降。我还可以看见一些发亮的湖泊缓慢地移动。飞机飞越贝加尔湖上空时，那湖的阔大和它幽蓝的颜色令我心醉。接着，飞机飞越了西西伯利亚平原上空，下面是广袤的森林。然后，飞机飞越乌拉尔山脉，这里是影响东亚地区气候最主要的风向来源，因而经过这里时，飞机开始有些颠簸。向下看，可以看见乌拉尔山脉的一些山峰上，都是白雪皑皑。飞机继续沿着北纬60度的航向飞行，经过圣彼得堡之后，飞机沿着波罗的海东岸向南面的德国飞去，沿途可以依次看见沿海岸的爱沙尼亚、拉脱维亚的陆地轮廓，波罗的海的海水一片幽蓝。最后，历经了9个半小时的不间断飞行，我们于当地时间6点20分——这里的时差和北京有6个小时——抵达了德国法兰克福这个欧洲枢纽机场。

而我们还要在机场转乘去芬兰的航班，于一个小时之后，起飞飞往芬兰的首都赫尔辛基。时间只有一个小时了，本来，据说这个枢纽机场最快35分钟就可以完成全部转机的手续。可是，麻烦来了。我们下了飞机，由于是从中国来的飞机，每一个下飞机的东方人都受到了对照护照和相片的检查，据说是为了严防偷渡。此前，北京有几家旅行社，一共有200人，"消失"在了德国，据说都是偷渡客，而乌克兰的一些偷渡组织曾组织大量非法移民，选择从"申根协定国"之一的德国入境。这一情况刚刚在一些媒体曝光，所以，德国入境检查人员不得不加强了检查。我看见有四个德国警察在仔细地检查我们的机票和护照,这样耽误了20分钟,我们才得以顺利地出了检查口。

快到7点时,我们才发现,这个枢纽机场十分巨大。旅行社的领队小姑娘很着急,一时也无法找到芬兰航空公司的转机办理处,几次询问了好几个机场工作人员之后,我们才弄清,我们需要乘坐橡皮单轨高架快车抵达两公里以外的机场的另外一个部分。于是,我们乘坐了轻型快轨,到达另外一个航站楼。可是,我们还是没有办法找到芬航的登机手续办理处。经过了一路询问,我们最终来到了一个出关的关口。一阵慌乱之后,我们从一个关卡出关,来到了一个取行李的地方,领队小姑娘急着去寻找芬航登机处,便把我们留在了那里,然后不见了。在空旷的行李提取处,我们只好等待,这个时候,每个人都十分慌乱——时间已经到7点20分了,即使我们找到了转机的飞机,现在飞机也应该关舱门了!看来,整个计划中,转机留的时间太少,只有一个小时,而这个机场又过于庞杂巨大。而且,一个作家还掉队了。他是不是跟着领队小姑娘去找登机口了?反正出了关口,可以在德国境内自由活动了。大家四下寻找,探视,每个人都很着急,情况很乱。我也十分焦虑,怀疑我们是不是出关出错了。一时间，大家乱了阵脚，不知道该怎么办了，也许，我们要在德国过一夜了，而计划中却没有这一项。

这真是一个有趣的开端。

终于，8点半，我们和旅行社的领队小姑娘联系上了。原来，她又回到了我们刚下飞机的那座航站楼，虽然找到了登机口，但无法过来接我们，而我们确实走错了，或者被指错了道儿，不该来到这另外一个航站楼。她不能来接我们，因为她必须要等在办理手续的那个柜台前，等待我们过去，否则人家就要关闭这个窗口。最后，我们在国航办事处的协助下，改签了本来很难改签的机票，而那个失踪的作家也找到了，原来，过关的时候他腿脚很快，追上了领队小姑娘，一直和她在一起。现在，不用担心他了，他过来接我们来了。我们又返回了关口，穿过刚才出关的地方时，发现刚才的关口给我们盖章的人员已经不见了，我们重新回到了关内，沿着刚才过来的路，一路走了回去。在快轨车站，隔着车窗，我看见了来接我们的那个作家，但是，就是无法接上头，原来，我们在关内，而他已经在关外了！

于是，我们重新分开，来到了一个通向各个地方的大厅。

这下麻烦了，距离9点半飞往赫尔辛基的飞机起飞时间只有半个小时了，我们却无法到达办理手续的登机口，而且和领队小姑娘的联系因信号不好又断了，只好在大厅内求援了。眼看，刚刚萌发的希望又要破灭了。大家都快急疯了，赶紧找到了一个在机场服务的亚洲人，向她求援，但是，她是日本裔工作人员，和我们只能够用英语交流。后来，经过她的协助，我们得到了一个日本裔男性机场工作人员的帮助，给关口的德国人解释，破例迅速地从一个出口出去了。按照道理，我们已经出关了，却又进来了——如何进来的却无法向机场人员解释清楚，总之，我们是迷路了！

现在，我们快速地向登机口奔去，而那个登机口似乎无比遥远，类似北京首都机场从2号航站楼到1号航站楼的距离。上上下下，终于，在9点半时，我们在登机口看见了领队小姑娘和那个紧紧跟着她的作家，还有一个国航办事处的小伙子在等待着我们。几分钟之后，我们快速地领到了登机牌，登上了飞机，而飞机一直在等待我们这一群中国人呢。9点40分，飞机起飞了，飞向我们此行的第一站——芬兰。在飞机上，大家的情绪慢慢地稳定了下来。舷窗外，我看见天空开始暗了下来，欧洲的夜晚降临了，由于我们是往北飞行，所以，黑暗降临的速度很慢。到了芬兰湾的上空,可以看见落日的余晖把附近无数个波罗的海上的小岛屿涂抹成了暗红的色块,十分奇特,仿佛飞机是在水下航行一样。当地时间晚上11点40分,我们在赫尔辛基机场降落,天色已经完全黑了。在行李提取处,我们发现只有3件行李到了,而其余的11件行李都没有了踪影!大家又傻了。领队小姑娘在机场做了登记,然后,我们被告知,一些行李还在法兰克福机场,明天才能够送过来。大家稍微踏实些了。

我们出了机场,旅行社当地的导游小刘——一个很活泼的中国北方姑娘,来接我们上了豪华大巴。她告诉我们,临时丢掉行李在转机的时候是经常发生的,根本不用惊慌,而机场也给了我们每个拿不到自己行李的人一个小包,包里面是全套的洗漱用具和一件没有商标的白色T恤衫。车窗外,蓝色的赫尔辛基被灯光所包裹,在这个季节,这里的黑夜是黑不透的。我们终于抵达了预订的酒店。这个晚上,应该人人都睡得很沉、很香。

明媚的赫尔辛基

早晨,当地时间7点钟,我起床后,在酒店吃完了西式的自助餐，就出去散步了。这家酒店后面，是一个很小但是十分洁净、宁静的湖。早上，白花花的阳光十分强烈，但是并不那么热。两个园林女工在修剪草坪。天空湛蓝，酒店周围有很多树，树上鸟的鸣叫声从稀疏的树枝间和阳光一起飘洒下来。空气非常清新，到处都是盛开的夏季的花朵。一些人在人行道上跑步，微笑着打招呼。第一次呼吸到北欧洁净的空气，确实觉得十分舒服。

赫尔辛基被称为"波罗的海的女儿"，她三面都被大海和岛屿所包围，城市不大，但是清新洁净。9点钟，我们乘坐大巴，开始了在赫尔辛基的游览。我首先来到了东正教的乌斯彭斯基教堂参观。这是一组洋葱头式样的建筑，由此可以看出芬兰受到了俄罗斯文化的巨大影响。从12世纪后半期到19世纪初，芬兰一直被瑞典占领，无法独立，而19世纪之后的一百多年，芬兰又在沙皇俄国的统治之下，好在这个时期芬兰勉强获得了除了外交和军事之外的自主权。

赫尔辛基距离俄罗斯的圣彼得堡很近，只有四五个小时的火车车程。眼前的这个东正教的大教堂没有办法和赫尔辛基的国家大教堂相比。毕竟，在芬兰，信奉福音派路德新教的占绝大多数。我们随后来到了赫尔辛基国家大教堂广场的门口,这里是整个赫尔辛基文化和政治、宗教的中心地带,举行新教宗教仪式的赫尔辛基大教堂十分巍峨,白色的身形耸立在一排高高的台阶上,顶端是绿色的圆拱钟楼。在广场中心有一座青铜雕像,据说是开明的俄国沙皇亚历山大二世的雕像。而它的左侧是议会大厦,右侧是赫尔辛基大学图书馆。我走入这个教堂,里面静悄悄的,彩色的福音玻璃上,画的是圣经中的故事场面,一些信徒在低头祷告,而参观者正在按动手中相机的快门。据说,在这个教堂里举行结婚仪式需要提前一年预订。而一些学校举行毕业典礼,也是在这里进行。教堂中总是有一种神秘、庄重和肃穆的气氛,使人的精神得到片刻的升华。

  我随后来到了赫尔辛基大学图书馆参观,这个图书馆是对旅游者参观开放的,图书馆并不大,但是,古老的文献似乎有很多,珍贵的书籍都在玻璃里面罩着,旁边一个电脑室里面有不宜用手翻阅的古老书籍的电子照相文本,可以从电脑上一页页地翻看。我很喜欢这样的氛围,虽然我知道芬兰语是相当独立的古老语言,我根本没有办法读懂,但是我还是翻阅了不少书籍,获得了这些文字背后的独特气味。我看到了不少瑞典文的书籍,由于芬兰历史上长期被瑞典控制,因此瑞典语也是通用的语言。

而芬兰文学在北欧五国当中几乎是最薄弱的，能够数出来的芬兰作家不到10个，其中，女诗人索德格朗是最被我们中国读者熟悉的一个。她只活了31岁，1923年因为长期的肺病而去世。在她那些忧郁伤感的诗歌当中，充满了她时代带给她的惊恐与忧虑。她曾经生活在圣彼得堡很多年，贫病交加伴随着她，俄国十月革命也带给她巨大的震撼。后来她回到了芬兰。她一开始用德语创作诗歌。她薄薄的几本诗集，有着欧洲象征主义、表现主义诗歌的一些特点。她可以说是欧美意象派的先驱之一。她的诗集中文译本有四五种之多。在这次旅行中，我带着她的一本诗集，从中我读到了这样一首诗，可以描绘我所看到的芬兰的风景——《山的夏天》："山的夏天是简单的／原野开出花朵／古老的农庄露出微笑／小溪用昏暗的喧响讲述找到的快乐。"

而我最为熟悉的芬兰小说家还是弗·西兰帕，这个小说家死于1964年，是1939年诺贝尔文学奖的获得者。他以自己芬兰家乡农村的风尚和生活形态为写作的素材，写下了长篇小说《赤贫》《少女西丽亚》等20多部小说，展现了农民和自然的关系。他是芬兰乡土文学的一个杰出代表，也是20世纪芬兰最有国际影响的小说家。除了这两位作家，其他的芬兰作家我了解的不多。芬兰文学的相对贫乏，和这个国家长期被异族奴役和统治有关。

中午的时候，我们来到了赫尔辛基码头市场。这个在海边摆开了很多摊位的市场上，卖什么的都有，日用品和工艺品居多，有漂亮的驯鹿皮，还有很多新鲜的海鲜，比如巨大的三文鱼。很多东西都是芬兰人自己手工制作的，市场里有各种漂亮的手工艺品，以及一些皮毛和农副产品，价格不是很贵。逛完了市场，我在一片有喷水池的小广场边上休息，这个时候的阳光十分明媚强烈，一些海鸥欢快地鸣叫着，我看见附近的广场上，每一座雕像的头顶，都站着一只海鸥。这个时候，领队告诉我们，我们的行李都找到了，已经被送到了赫尔辛基。法兰克福机场的服务还是很好的，今天傍晚，我们就要乘"海盗号"豪华游轮离开赫尔辛基。行李可以直接在码头提取。这下，我们放心了。

在街头，我看见很多露天的咖啡店，座位都是朝着太阳的方向，很多男人几乎都裸露出上半身在晒那久违的太阳。据说，人的身体里面有一种维生素，必须要经过阳光的照射才能够转化成对身体有用的东西。而在整个秋季和冬季里都要熬过漫漫长夜的芬兰人，正在抓紧时间晒太阳。

我们在一家中餐馆吃午饭，标准的五菜一汤，有鱼肉和豆腐，十分好吃。下午的节目，首先是去看芬兰著名的音乐大师西贝柳斯的纪念碑公园。驱车前往目的地的路上，可以看见很多的芬兰人，都脱掉了衣服，躺在草地上晒太阳。一些女孩子穿着泳衣躺在那里，密密麻麻的，的确是一道十分好看的风景。

西贝柳斯纪念碑是由无数个钢管构成的管风琴，它是音符的象征，不规则地立在一处高地上，十分醒目。旁边的石壁上，有西贝柳斯的合金头部雕像。四周都是绿色的草地，而草地上，躺着不少漂亮姑娘在晒太阳。这样的气氛，这样的阳光，带给了我对北欧风景独特的感受。西贝柳斯在我看到的一本给世界上最伟大的音乐家排名的书中，名列第28位。这是一个美国人的排法。交响音乐作曲家西贝柳斯是芬兰的民族文化英雄，他的《芬兰颂》和《悲伤圆舞曲》我是听过的，这是他最为有名的作品。他的形象被设计在芬兰的邮票上。他的寿命很长，活了92岁，但是60岁之后他就没有再写过一个音符了。在一些批评他的人看来，他的作品多少显得有些小气和内向，音色黯淡，带有芬兰冬季的那种暗黑色，风格保守，有人甚至认为他是一位19世纪的作曲家。但是，所有的这一切，都不会撼动他作为北欧伟大音乐家的地位。

赫尔辛基曾经举办过奥运会，于是，导游带领我们来到了奥运会会场参观。我们登上了一个很高的瞭望台，这下子，赫尔辛基市全部的面貌都展现在了我的面前，这个海港城市柔和地铺展开来，没有过于高大和炫耀式的建筑，到处都被阳光所覆盖。今天的阳光似乎格外的明媚。随后，我们还参观了一座石头教堂。据说，这个教堂本身就是一块很大的石头，很难搬走，于是建筑师干脆就把石头挖空，使它变成了一个建筑。这个教堂从外面看很像一座地堡，进去之后，可以发现里面光线十分昏暗，举行宗教仪式的一排排座椅上坐了一些默默地祈祷的人。教堂的玻璃天顶上，彩色的耶稣像正在俯瞰教堂内部。这里除了可以举行宗教活动，还是很好的音乐厅呢。

我们草草地参观完赫尔辛基这些符号化的风景名胜，来到了码头，准备搭乘"海盗号"游轮前往斯德哥尔摩。而"海盗号"游轮即将在5点出发，我们的行李正在码头上等着我们！我们拿好了自己的行李，随着人流上船。这艘"海盗号"游轮很大，有一百多米长，12层楼高，可以容纳约2000个客人。

5点，游轮准时起航了。就这样，我们和赫尔辛基告别了。我来到了很高的甲板上，这是位于12层的观景甲板。站在甲板上，我可以看见游轮缓缓地驶出了赫尔辛基的码头，开始驶向斯德哥尔摩。在波罗的海上的整个旅程需要一个晚上。在甲板上，可以看见赫尔辛基港口附近那些美丽的岛屿，海岸线上那些若隐若现的房子都在向后移动，岬角上的古堡中向我们挥手致意的人们看起来十分快乐。归港的渔船和快艇上面的人们，也在和我们擦身而过的时候挥手致意。几只海鸥总是悬浮在船头的上空，和轮船保持一样的速度。平稳航行的轮船在大海上越走越远，但是天色总是不见黑。我读到过的芬兰诗人图玛斯·安哈瓦的一首诗《在黄昏》，可以描述此刻的风景："疲倦的一天用充血的眼睛眺望／在铁青色的海湾之上／绿色变黑／波涛推动无声的细浪轻轻摇荡／鸟儿安全地滑行／这是夜自己。"终于，天色暗淡了一点，然后我去了11层的餐厅吃饭。

傍晚的西式自助餐非常丰盛，我们大快朵颐。而游轮上的免税商店里的东西确实非常便宜，我们疯狂地采购了一番。

斯德哥尔摩的典雅

在早晨我登上12层的甲板观望的时候，轮船进入了斯德哥尔摩附近的岛屿群中。一个个美丽的岛屿，在峡湾中显现出美丽的形状，没有风，树木和它们在水中的倒影一动不动。我看见有很大的鱼出没在海水中，它的脊背是黑色的，猛地在水面耸立，又悄然地消失在水下。我静默地看着岸边那些红顶或者白顶的木头别墅，以及安静地停在码头上的私人游艇，想着我刚刚读过的一些瑞典诗人的诗句，觉得很好理解这样的风景了。轮船的航向前方，可以看见坐落在远处的斯德哥尔摩市正被早晨的阳光覆盖着。斯德哥尔摩分布在14座岛屿和一个半岛上，因此这个城市桥梁众多，和水是如此的亲和，有着海纳百川的胸襟和国际化的风格。

9点半，我们的"海盗号"豪华游轮在斯德哥尔摩市码头靠岸了。下了船，在码头外面接我们的是欧阳小姐，她是一位华裔。她早年生活在北京，父母都是中国人民大学的教授，她懂多种北欧和西欧语言。她在瑞典生活了很多年，并加入了瑞典国籍。接下来，这个散发着典雅书卷气息的女士，将带领我们在斯德哥尔摩周游。

我们先沿着码头，在可以看见斯德哥尔摩老城和新城轮廓的地方走了一段，然后乘车到了对岸，先参观了一个早年瑞典王子昆根的古堡。这个昆根王子的住宅三面临向大海，高居在大海边的一个岬角上，通往这个古堡的小路边，有巨大的雏菊盛开。路过一个小湖，可以看见两只天鹅安静地嬉戏，弯曲的脖子在水面映出美好的倒影。昆根王子喜爱艺术，因此，他的这个古堡边上，有很多雕塑，有许多很有名的雕塑的复制品。古堡及其周围的景观；带给了我对斯德哥尔摩的最初印象。这座城市的风格毫无疑问地有着一种从容和文化上的典雅庄重。

我们接着来到了斯德哥尔摩市的老城。这个老城的面积并不大，有的地方甚至十分狭窄，是用鹅卵石铺设的地面。斯德哥尔摩市已经有200年没有被卷入战火，瑞典王国有大量的建筑和文化遗存得以保存完好，所以，这里至今保留着一些中世纪的风格和建筑。在老城区，各个国家的游客很多，他们穿梭在古老狭窄的街道上，在各种商店里买东西。这些商店有很多手工艺品。中午12点，是瑞典皇宫的卫兵交接的时刻，很多人围拢在皇宫大门的一个圆形的院子里，等待着观看卫兵的交接仪式。欧阳小姐交代我们，这个时候一定要注意小偷，因为据说一些意大利和法国的小偷，要想出师，一般都要在北欧，尤其是像瑞典斯德哥尔摩市这样的大城市里成功地偷一次，才算毕业，而这些年他们喜欢专门挑选携带大量现金的中国游客下手。我四下打量，尽量注意有没有古怪的人窥视我们。

在老城区的商店里买东西，使用美元、欧元或者当地的钱币克朗都是可以的。我们在一家水晶首饰店盘桓了一阵子，然后穿越老城区，去了一家中国餐馆吃饭。这家餐馆生意很好，在那里，我看见一个来自中国台湾的足球教练带着一大堆身穿运动服的少年在吃饭。其间，我还溜出去在附近的一家书店里转了转。

瑞典文学在北欧是最为突出的，在整个欧洲也是不错的。他们有不少文学大师，最近一百年，比较出名的是戏剧家、小说家斯特林堡。这个作家最为有趣的地方是他结了好几次婚，每次离婚都要写小说或者自传攻击前妻。他的作品浩繁，留下来的有几十卷之多。

还有一位我们熟知的女作家是《尼尔斯骑鹅旅行记》的作者拉格洛夫。她被法国著名的女作家尤瑟纳尔称赞为是20世纪最伟大的女作家之一，她除了上述这本享誉全球的童话之外，还用北欧古老的萨迦文体写下了十多部重要的长篇小说，比如《古斯泰·贝林的萨迦》等。这位作家是不容我们忽视的大作家。

瑞典的大作家还有获得了诺贝尔文学奖的小说家拉格奎斯特，他的小说《侏儒》《大盗巴拉巴》都被翻译成了中文。其他获得了诺贝尔文学奖的至少还有六个，比如诗人、学者卡尔费尔德、海顿斯塔姆，比如著名的犹太女诗人萨克斯，她是在第二次世界大战的时候从德国流亡到了瑞典，她和以色列作家阿格农一起于1966年获奖。而瑞典当代最杰出的诗人特朗斯特罗姆，是对中国诗人影响最大的北欧诗人，他曾经到中国访问过。他的诗如同冰雪下的石头那样凝练准确，又带有强烈的超现实主义色彩。

卡尔斯塔德的黄昏

中午饭吃过之后，我们乘坐大巴一路向西而去。大巴很快离开了斯德哥尔摩市，进入了瑞典内部地区。

瑞典内陆的风景展现在了我们的眼前。在车上，我贪婪地观赏着在车窗外面闪过的各种各样的瑞典风景，茂密的森林、广阔的草地、忽然闪现的一个极其安静的湖、点缀在草坡上或者森林里的那些如同童话里才有的尖顶的木房子，以及一些圆形的白色塑料草包，像一些古怪的巨蛋那样，躺在被收割过的草地上。时不时，还可以看见大片黄色的油菜花地，那种暖黄色的色调，完全改变了绿色的色调背景。经过4个小时的旅程，我们于傍晚6点，到达了瑞典的中部小城卡尔斯塔德市。

这个小城的黄昏十分安静，人非常少。在旅馆里安顿下来，我们在一家叫作"北京饭店"的中餐馆吃了饭，然后在小城里漫步。这个小城有一条河流穿过，附近有一个瑞典很有名的湖——维纳恩湖。小城的黄昏十分透明，太阳根本就落不下去似的。在这个小城里散步，是一件十分美好的事情，而且，这个小城里有一座桥据说有一百多年的历史了，于是，我们就沿着河岸去寻找那座桥。

老桥没有找到，我们在河岸边一座新桥旁边的草地上坐下来，欣赏着落日的景象。而河面上，忽然开过来一艘汽艇，汽艇上有四个裸着上身的半大小伙子，一面把摇滚乐开得很大，一面向我们招手，同时向下游航行而去。对于这些生活中过于自由、优越和缺乏刺激的年轻人，我很为他们如何消解生活的平淡和乏味而担忧。

后来，我们在散步的小路上碰见了一家当地人迎面走了过来，其中的女主人微笑着和我们打招呼，然后给我们看了她的小女儿挎的篮子里面的一只羞涩胆小的灰色兔子，我赞美了她们的兔子，然后彼此友善地告别。

这个城市的黄昏是无比静谧和安详的，所有的风景、天色都显示了这样的气质。

奥斯陆的景致

早晨9点，我们驱车离开卡尔斯塔德，继续往挪威首都奥斯陆的方向进发，这仍旧是向西的行程。两个小时后，我们到达了瑞典和挪威的边境，在一家很小的边境旅游商店里退了税，接着，我们进入了挪威境内。我看见边界上没有任何海关人员，没有警察，没有士兵，在申根协议国家旅行，最大的方便就是出入自由。

进入挪威境内，我们沿着并不宽阔的两车道的高速公路，向奥斯陆驶去。一路上，看到了和瑞典一样的自然风光，挪威的森林明显地更加茂密，不过那些挺立着的松树，却都不粗壮。于是，同行者给这些密密麻麻分布的森林起了一个美名，叫"挪威的苗条森林"。不知道村上春树知道了，要不要把他那本《挪威的森林》也改改名字。

中午12点，我们来到了挪威首都奥斯陆。奥斯陆是一个港口城市，它的地理位置与斯德哥尔摩、赫尔辛基一样，都是居于海港里面的。我们吃午饭的中餐馆金山饭店，对面是一幢双子座的建筑，奥斯陆市政厅。这是一幢有着一百米高度的暗红色的砖制建筑——表面看上去十分陈旧，而且红砖结构的建筑按说是不应该盖这么高的。奥斯陆的雕塑很多，到处都是，大都是一些历史人物，那儿的新建筑也比较多。

我们最想看的就是挪威伟大的剧作家易卜生的故居，听说他的故居正在整修，我们坐着汽车七拐八拐，终于找到了。现在，这个故居正在被改造成易卜生博物馆。他的旧居位于这幢六层楼的三层。他是现代戏剧之父，写下了《玩偶之家》《培尔·金特》等25部戏剧，1906年去世。他的戏剧，有的具有强烈的批判现实主义色彩，有的则有着浓厚的象征主义色彩。他改变了欧洲的戏剧方向，把对社会问题的关注和舞台艺术结合起来，成为挪威文学进入世界文学之林的最大功臣。

很快，我们又来到了一个雕塑公园。这个雕塑公园里都是雕塑家维格朗的作品。他于1948年去世，一生贫困，晚年的时候才得到了挪威皇室的支持，为他修建了一个雕塑公园，把他所有的雕塑作品都放了进去。

一进入公园，就可以看见一尊维格朗站立着的雕像，站在一片花丛中，头顶照例站了一只海鸥。往公园深处走，可以看到许多裸体雕像，一共有192座，男男女女，老老少少，以各种各样的姿态站立在道路的两边，组合成各种各样的人生情景，及启示与凝固人生的意义片段。这些雕像应该都是北欧人的体形，粗壮饱满，浑圆有力。他最有名的作品是一个叫《生命之柱》的雕塑，远远地看去，这个高耸在公园中心一个坛上的作品，高达17米，无论是台阶上还是这个石柱上，都雕刻了大量的浮雕，显示了生命本身的痛苦、欢乐、挣扎和奋争，非常有张力。雕塑都非常逼真，男性女性都非常壮硕，和北欧人很相像。

离开这个雕塑公园，我来到了船舶博物馆。在这个博物馆里看了一个介绍挪威历史发展的20分钟的短片。挪威靠近大海，它的海岸线很长。过去，古代的维京人作为海盗群落，发明了很多航海仪器，进行海上贸易和抢劫，他们甚至一度影响了北欧和英国的历史。挪威的森林和海产资源非常丰富，如今，由于海上石油油田的大力开发，挪威很快就成了世界上最富有的国家之一。这些信息在船舶博物馆里的短片中都有介绍。

奥斯陆的市中心最为核心的建筑是皇宫建筑，它被一些大树和草地环绕，是如今挪威国王的办公地点。它刚好在一片高地上，可以俯瞰整个奥斯陆市最为繁华的卡尔·约翰大街。在大街上漫步，要随时注意不要踩着鸽子。我走进一家书店，找到了奈保尔的一本短文集，以及意大利作家卡尔维诺的一本没有被翻译成中文的小品文，还有意大利另外一个当代文学巨擘翁贝托·埃科的很多杂著，都是十分有趣的书籍，可是，按照比价一算都十分昂贵，便没有买下来。

我们居住的那家酒店的院子里，竟然有一个巨大的傅科摆，作为一件雕塑作品矗立在那里。这使我立即想起了刚才在书店里看到的翁贝托·埃科的同名小说《傅科摆》，我后悔没有买下他那些妙趣横生的杂著。

晚上，睡觉之前我阅读了北岛翻译的《北欧现代诗选》中关于挪威的部分，觉得很失望，因为加上我已经阅读过的芬兰、瑞典诗人的作品，几乎没有几首诗写到这些国家的风景，所有的诗，都是指向内心的黑暗和焦虑的。我有些不明白面对如此美丽的自然风景，这些诗人还在那里强说愁，真是有些做作了！可能是北欧漫长的黑夜在作怪吧。

这些天我几乎没有看见过黑夜，每天晚上11点，天色才有一点点的暗淡，这个时候我已经睡了，而早晨醒来的时候，透过窗帘是极其明亮的白昼。所以，我这是一直在北欧的白昼中，不断地穿越斯堪的纳维亚半岛。

盖伦格峡湾

早晨吃完西式自助餐后，9点，我们出发了。今天的目的地是需耗费3个小时才能到达的挪威中部城市利勒哈默尔。一路上，道路仍旧是欧盟统一编号的高速公路，风景却越来越秀美如画。去往利勒哈默尔的3个小时里，我们走过了多少个湖泊？经过了多少条河流？看见了多少片树林？我已经数不过来了。

利勒哈默尔是一座依着一面山坡向下修建的小城市，好看的挪威尖顶木房子零散地分布在绿树中间，红色、明黄色或蓝色的屋顶，特别吸引眼球。在到处都是绿色的环境里，只有用如此鲜艳的颜色，才能强调人的存在。利勒哈默尔曾经举办过一届冬季奥运会，所以，从很远的地方就可以看见山坡的顶端，有延伸下来的高高的滑雪跳台。这里也曾经产生过惊人的跳雪世界纪录。我们在空无一人的奥运会体育场附近盘桓了一阵子后，似乎觉得这里海拔越来越高，而且，阳光也越来越强烈了。

中餐是在一家叫作东方明珠的餐馆吃的，我在北欧很多小地方都能够看见中国人，这说明中国人的生存能力真是很强。

继续前行，风景越来越美丽。海拔在升高，我们的车沿着不断"出现"的湖泊边缘前行，两侧的山峦倒映在湖水中，形成了相等的两个形象。一些白色的带子在远处绿色山峦的坡面上垂挂了下来，原来，那是瀑布。

越往前走，瀑布就越壮观，山势也更加高了。其间，我们在一个小镇上停了下来，这里有一座十分古老的木制教堂，尖顶指向无限的虚无空间，旁边是一条激流跳荡的山涧，河水暴烈地喧响，和宁静的教堂形成了鲜明的对比。附近的天空中，有人驾驶滑翔机，在空中悠闲地盘旋。

在路上可以看见旅行的人越来越多。有的人是驾驶着家庭轿车，有的则是驾驶那种家庭小型旅行房车，还有几队年纪在50岁之上的摩托车手，男女成双，骑着黑色摩托，配黑色的装束和黑色头盔，全身都是黑色，十分干练。一问，原来他们是意大利人，都是来度假的夫妻，一路从意大利南部开了过来，专门来挪威看峡湾风景的。据说这些骑摩托车旅游的人在欧洲有一个专门的组织，他们到欧洲任何一个城市，都能够找到他们的同类并且获得帮助。他们有时候就扎营在野地，有时候也住在宾馆里，十分潇洒自在。

几个小时之后，我们开始进入海拔1500米的高山雪原，风景出现了巨大的层次落差和美的变化。那些从山体上垂挂的瀑布越来越多，这个夏天，似乎水量很大，到处都是瀑布，在山林间喧响。从高处俯瞰，松林覆盖了大地，顶端覆盖冰雪的雪山似乎触手可及，高原冰河上，浮冰和融化的冰水形成了一种极其幽蓝的奇怪神秘的颜色。我们在一片冰原边停了下来，在雪地和冰川伸出来的冰舌上撒了一阵子野。

大巴沿着危险陡峭的山路上山，准备到一个制高点上，让我们看盖伦格峡湾的全景。行驶中，大家很紧张，都不说话了，因为大巴只要稍微有些闪失，就会掉到下面的悬崖冰河里。好在芬兰国籍的司机非常有经验，拐了接近20个弯，最终，我们安全登上了山顶。附近的山峦，顶端全都被白雪覆盖，这是整个冬季从大西洋或者更加遥远的北极吹来的冷风所凝结的冷雪，积累了几个月，在这个夏季，会全部融化。因此造就了世界上最美丽的一种风景——挪威的峡湾风景。峡湾是在远古时代，由冰河在斯堪的纳维亚半岛的边缘切割而成，海水倒灌进峡湾，就形成了地球上十分特殊的风貌。

在雾岚之中，依稀可以看见远处的山谷里，盖伦格峡湾就藏身在那里，等着我们前去探访。我们感觉到在山顶上气温很低,在这个炎热的夏天,来到这里感受冰雪的凉爽,确实十分惬意。下山的路途同样艰险,当大巴最终抵达山谷上的公路的时候,大家都为司机鼓掌了。

汽车继续在山谷间盘绕,半个小时之后,我们来到了依靠山谷修建的盖伦格小镇,在这里一家很好的酒店下榻了。盖伦格小镇因为被群山所包围,唯一的出口是伸进来的盖伦格峡湾,风景极其优美。三面环山,山上全都有瀑布挂下来,这些瀑布足有十多条!而且有的落差极大,超过了一千米!这样的落差,爆发出来的响声很好听。山间不断有云雾升起来,把半山缠绕起来,"云上一半山,云下一半山",这样的景致不多见。7月16日,我刚刚回到北京,就在网上看到消息,在刚刚结束的世界遗产大会上,盖伦格峡湾被评为了新的世界自然遗产!

我们下榻的酒店的自助餐非常好,我吃到了来到北欧之后最好的烤牛肉、小龙虾、三文鱼、北极带籽虾和螃蟹,还喝了不少葡萄酒。据说这家酒店经常接待前来度假的欧洲一些国家的王室成员,因此,服务和设施都是非常好的。

进了宾馆房间,吓了我一跳,以为是一张大床呢,原来是两张小床并起来的,罩上被子看不出来。不过,北欧很多宾馆里面的床都很小。晚上,我听着窗外的瀑布声入眠,虽然仍旧是浅黑的白夜,但是我算是睡了一个好觉。

布里克斯达尔冰河和莱达小镇

早晨起来,我踩着布满了露珠的草地,在盖伦格峡湾谷地里转了一圈,瀑布、山峰、蓝天、白云、树林、草地、房屋,连同清凉的阳光,很和谐地组成了一幅画。我不得不如此抒情,因为这里的自然没有被人或旅游业破坏,多少年来,它显然都是如此美好地这样存在着,才能在今天被我感受,被我体验,被我感叹。

吃完了早饭,我们坐车先来到了一处可以看到美丽峡湾风景的半山腰上的一个观景平台上。就是在这里,在明亮的阳光铺展下,大地和峡湾完全地展开了胸怀。峡湾里,海水比天空的蓝色要深邃一些,在高达一千多米直立的悬崖围堵下,峡湾蜿蜒地伸向了大海的方向。我看见很远的山体上,悬挂着7条瀑布,那是盖伦格峡湾有名的七姐妹瀑布。之后,我们的大巴就穿行在一步一景的盖伦格峡湾的盘山小路上,不断地看到深峻的山谷、雪山、冰川和被绿树掩映在半山腰的典型的挪威房舍。

此次旅行，重点就是观赏挪威的自然风光，至于城市风景，我们暂不考虑了。确实，挪威现在仍旧保存有最为自然美丽的风景。我们再次来到了一处高地，可以从另外一个角度来欣赏盖伦格峡湾，这是我从第三个角度来看盖伦格峡湾了。这个峡湾，每换一个角度，看到的风景都是有些变化的，并且会在你的内心里唤起不一样的感情。

继续驱车前进，下一个目的地是布里克斯达尔冰河。这是欧洲现存的最大的冰河，它藏身于挪威西部高峻的峡谷当中。大巴开始在群山之间盘绕，时不时地进入钻山隧道，出出入入之间，每一面山体上都挂着白色的瀑布。而一些山峦的犄角处，总是有漂亮的挪威小房子，颜色鲜艳地盘踞在那里。和前几天看到的风景相比，如今眼前的风景似乎美得让我有些麻木。它们就在那里，而我却在车上以很快的速度穿越和离开它们！

中午的时候，我们抵达了布里克斯达尔冰河的下方。远远地，在白花花的阳光下，可以看见布里克斯达尔冰川悬垂在山峦和山峦相连接的地方，伸下来一块巨大的闪着阴沉的光芒的冰舌。就是这样的冰舌，融化成了壮观的布里克斯达尔冰河，喧闹地喷溅着白色的浪花，激流勇进，向山谷里奔泻。

附近的山坡坡面上，还有一条带着巨大的声响悬垂下来的瀑布，相当壮观、辉煌。由此形成的冰河欢快地奔涌着。河谷中，很多瀑布形成的小冰河很快就汇聚成了布里克斯达尔冰河，然后注入了一个湖泊中，继续完成着自然的循环。

离开冰川带，继续沿着山路回旋，这一带是挪威西部靠近大海的地带，山路蜿蜒，并且需要穿越很多隧道。就是因为有了这些交通便利的隧道，使得挪威很多偏远的地方即使离中心城镇很遥远，生活水准也是一样的。其间，我们经过了几个漂亮得像世外桃源一样的小镇，比如罗蒙、斯坎达尔等小镇，这些小镇安静祥和，居于山峦的深处，但是却"五脏俱全"。而且令我吃惊的是，这些小镇上都有中国餐馆，有温州人开的，也有上海人开的。他们从遥远的中国来到这个偏僻的地方坚强地生根开花了。

继续前行，到达了一个渡口，大巴车上了轮渡，然后向对面开了过去。忽然，一些下了车的人都拥到了轮渡的船头，原来，在前方的水面上，有两头海豚在出没，好像是与轮渡上的人逗着玩，它们不停地在轮渡前方的水面腾越，身体的黑色脊背线跳出水面，然后就又没入到了水下，引起人们的惊喜呼叫。

到了对岸，我们就来到了今天的目的地莱达小镇。这个小镇据说是因为来到附近的大峡湾——松恩峡湾旅游的人多，最近一些年才迅速发展起来的。

莱达小镇十分漂亮，傍晚的阳光辉煌而强烈，十分迷人。在一座小庄园一样的酒店里安顿好，吃完了晚餐，我就和另外两个教授一起在莱达小镇里散步。莱达小镇的房子出奇的漂亮，童话般的房子全部都是尖顶的，每家每户都带有一个院子，有的人家正在院子里进行烧烤聚餐，有的人家不见主人，但是栽培的各种花卉则在怒放，非常鲜艳，彰显着主人的生活情景。

附近的山坡上，仍旧可以见到细细的白色瀑布形成的水线，可以听到这些瀑布形成的一些响声。我们在小镇上盘桓了很久，才回到酒店里，在一种奇特的鸟叫声中，渐渐地睡去了。

松恩峡湾

早晨我起来得很早，走到了阳台上。我的房间后面，是一大片已经被收割的草地，现在，阳光十分明亮地洒下来，在草地上好像能够用手掬起来一样。这个时刻，我听见了一曲鸟类鸣唱的合奏。首先是五六只云雀，在这片草地上空，上上下下地翻飞、嬉戏，速度非常快，并发出急切的、热烈的、清脆的鸣叫。然后是一些白色的海鸥，缓慢从容地扇动翅膀，掠过空地，停在一些高枝上。斑鸠也在附近的树丛中不断地叫，还有黄鹂在追逐，一些喜鹊在树荫下玩着争斗的游戏。

吃过早饭，我们出发了。今天我们要乘坐游轮畅游松恩大峡湾。我们首先要开车前往一个渡口。很快，我们就进入了据说是世界上最长的公路隧道，这条隧道长24.5公里，我们走了至少20分钟，然后又进入了一条稍微短一些的隧道，出来了之后，我们就来到了松恩峡湾的一个渡口处，准备登船。附近的山坡上，到处都是悬垂下来的瀑布在喧响。这样的景观，我已经熟视无睹了。

在等待游轮的时候，我发现，附近山谷里的草地上，一些古代北欧人打扮的人正在搭建帐篷。在帐篷前面摆着摊位，摊位上有各种各样的手工艺品和生活用品。一打听，原来，北欧人要在这里举办"维京人节"，所以搭建了维京人小村庄。经过交谈，我知道了这些人来自瑞典、丹麦和挪威很多地方，他们以家庭为单位，打扮成古代维京人的模样，成为游客眼中的风景，同时也自娱自乐。维京人是当年横行整个北欧的部落人，他们十分强悍，既当海盗，也进行一些跨洋贸易，性格奔放不羁、豪爽大气、自由自在。维京人时代整个北欧的航海历史都由他们来创造和改变了。

我们与几个"维京人"小孩子玩了一阵，上船的时间便到了。于是，游览挪威最为有名的松恩峡湾的旅程开始了。游轮不算很大，但是也至少装了400名游客，各个国家的都有。

松恩峡湾全长204公里，有的地方，旁边的峭壁深达1300米，我们游览的只是松恩峡湾的一小段，大约50公里的长度。这里不愧是挪威峡湾之冠，景色秀美壮观。游轮刚刚出发，就有很多海鸥跟着轮船飞行。因为一些游客在喂食海鸥，所以它们飞得离我们很近。峡湾内部，可以看见两侧的峭壁、山坡上，到处都是垂挂下来的瀑布。这几天，我看到了非常多的瀑布，加起来都有几百条了，把我一辈子能够看到的瀑布都看到了。游轮的前进使得两侧的山峦以及它们在水中的倒影，不断地变换出各种各样的姿势。由于水面十分平静，倒影有时候和正影成为两个分裂开来但是完全相同的影子，十分漂亮。中国山水水墨画最适合表现峡湾的风景。

天空中，是云朵奇特的流动，水面上是连绵的群山和翱翔的海鸥，水中是群山神秘的倒影，水下据说有一些海豚经常出没，不过我没有看见。两个小时的游览时间里，确实可以饱览壁立千仞、雄劲壮丽的松恩峡湾那美不胜收的景致。

其间，游轮还经过了几个水边的小镇，在其中一个小镇停靠了一下。游轮上的解说词有英文、中文、日文和韩文，这几种语言说明了来到这里游览的游客的组成情况。

中午的时候，我们抵达了一个小镇，在一家中西合璧的餐馆吃完自助餐，便驱车开始向奥斯陆的方向开去。一路上真是风景如画，但是因为旅途劳顿，加上每天看的都是美丽的景色，审美也十分疲惫，我竟然在车上睡着了。

醒来之后，我发现大巴沿着一个很大的狭长的湖泊边缘在行驶。挪威的森林很茂密，分布在两边开阔的山坡上，到处都是松树在那里矗立。水天树云，不同的颜色，但是却带给了我奇特的心情。

法格纳斯小镇

傍晚6点，我们抵达了今天旅程的终点法格纳斯小镇。这个小镇是以旅游出名的，十分繁华，它坐落在一个安静的湖边上。沿着一面平缓的山坡，从上到下分布着很多有着鲜艳颜色的尖顶木屋。

我们吃完了晚饭，就在小镇上溜达。和北欧所有的地方一样，这里的商店到了6点就下班，商店不开门对我们一些人是很大的打击。

商店关门了，于是，大家只好分头行动，四下自由活动。我转到了酒店后面的湖边上，看到草地上有两个漂亮、丰满的姑娘趴在那里晒太阳。湖很大，湖水十分平静，沿着湖边走，可以看见一架水上飞机停在那里，附近的一个草地上还有一架直升机。至于游艇则有很多，水面上航行的也有，更多的游艇则安静地停在码头上。由此可见，这里的人们的日常生活就是游玩。

后来，离开了湖，我又沿着一条河岸上行，抵达了一座木桥。回来的路上，一个迎面走过来的老太太很友好地和我打招呼，希望我在这里有好时光，我告诉她，欢迎她去北京玩，因为北京也是很好玩的。

路过一家唯一开门的菜店，发现店主是两个中东人，这才能够一直开门营业。我们还碰上了一个棕色皮肤的女孩子在路边卖草莓和樱桃，和她说英语她根本就不懂，于是，我们只好掏出来一些硬币，让她挑拣，原来，一盒樱桃是10克朗。北欧几个国家按照联合国的要求，曾经都接纳了一些中东战乱国家的难民,但是,这些难民后来却给这些高福利的国家带来了苦恼和麻烦,因为他们受教育程度不高,极容易从事一些犯罪活动,这成了这些国家的新问题。

法格纳斯小镇到了晚上十分热闹,小伙子、姑娘们三五成群地走在街上,有的屁股后面别着左轮手枪,不知道是不是真的,附近的一个游乐场今天有摇滚音乐演唱会在举行,很多人都向那边走了过去。天色暗淡下来,如此鲜活美丽的小镇,正在被一块无法黑透的幕布所遮蔽。晚上11点,天色仍旧很亮,一点也不见黑下来,而镇上实在没有什么游玩的项目,我觉得有些累了,就上床休息了。

再访奥斯陆

第二天的早晨,我们从法格纳斯小镇出发,向174公里外的奥斯陆进发。今天的旅程相对轻松了很多,3个小时的旅程,一路上,再见到森林、河流、飞鸟和黄花遍地的草滩,就不再惊喜与惊奇了。看过了世界上最美丽的风景之一的峡湾风景,再看挪威大地,就不那么容易激动了。

到达奥斯陆之后,我们先到了阿克胡斯城堡游览。这个城堡坐落在港口的一个要塞地区,从古堡的顶端,可以看见奥斯陆那赫红色的市政厅大厦。然后，我们来到了一个星期天跳蚤市场转了转。这个跳蚤市场在一片空旷的广场上，有三十多个摊位，每个人卖的东西都相当的"专业"，比如有专门卖第二次世界大战时期一些军事用品的，如纳粹士兵用过的钢盔、刺刀，以及各种勋章等，还有手工艺品等。这个跳蚤市场不是严格意义上的由第一手主人卖旧货的那种星期天跳蚤市场，而更像是北京的潘家园旧货市场，很多东西也是摊主自己搜集来的。不过，这样的市场也有好东西，据说有国内的收藏家，定期来到北欧这样的旧货市场，在这样的摊位上，以极其便宜的价格，淘到了一些明代和清代的上等瓷器。

我们在金山饭店吃了午餐，然后在奥斯陆最为主要的商业大街卡尔·约翰大街上溜达。可是，由于是星期天，几乎所有的商店都关门了，才下午2点！我本来要逛一家书店的，结果，连书店也关门了。于是，我只好在街上随便溜达。

大街边上，有很多的餐馆和咖啡厅，到处都坐满了人。街的另外一侧，有间歇式喷泉在喷水，孩子们在嬉闹。

我忽然看见一个用青铜色把自己打扮成雕像模样的人，站在大街上，当你在他脚下的帽子里扔一两个硬币的时候，他会活动几下表示感谢,然后就又不动了。我还看见一个肮脏的白人流浪汉,在附近的垃圾桶里翻找东西。

我在书店的门外流连,看到了一些挪威作家的书籍。挪威作家当中,除了大戏剧家易卜生之外,20世纪还有几个文学大师,比如和易卜生同时代的剧作家、小说家和诗人比昂松,他于1903年获得诺贝尔文学奖。他是挪威民族主义作家,反对挪威受到丹麦和瑞典的控制,很多的作品都是这个主题。他的一首诗是挪威国歌的歌词。国内有他的一个译本《挑战的手套》。个人看来,当年把诺贝尔文学奖授予易卜生要更合适一些。比昂松在艺术手法上过于保守,他的文学技巧如今看来实在是有些陈旧过时了。

还有一个小说家汉姆生,是1920年诺贝尔文学奖的获得者。他是20世纪挪威最伟大的小说家之一,开拓了北欧小说的新疆界,代表作有长篇小说《大地的成长》《畜牧神》和《饥饿》等,都有中文译本。汉姆生的小说朴实大气,描绘了人作为拓荒者,和挪威壮阔的大自然之间的关系,对一些欧美作家影响很大,现在看来也不过时。不过,他也有被诟病的地方:第二次世界大战的时候他支持德国纳粹,战后因为叛国罪被判刑,几年后因病被释放。

1928年，挪威女作家温塞特获得了诺贝尔文学奖，温塞特写了很多历史小说，她是以描绘北欧中古时代人民的广阔生活面貌而获奖的，代表作是长篇小说《克里斯汀》三部曲，长达100万字。此外，挪威当代作家中，我了解的有一个叫格吕顿的，他出生于1960年，代表作是描绘挪威第二大城市卑尔根一个居民社区生活的小说《蜂巢》。这部小说以蜂巢式的现代结构，点面结合，描绘了当代挪威人的生活景观。总之，当代的不少北欧作家，使用现代主义和后现代主义技巧是家常便饭，传统意义上的现实主义小说，在北欧似乎已经完全死灭了。

下午4点，我们到达码头，上了从奥斯陆到丹麦首都哥本哈根的豪华游轮。这个游轮也有12层，能够容纳超过两千名客人。这次，我们住的是9层，离可以看到海湾风景的12层大甲板更近了。

5点，轮船离开了奥斯陆的码头，缓缓地向大海开去。在顶层甲板上，可以看见11层的儿童露天游泳池里，一些孩子在游泳和嬉闹。天色阴沉，看不见太阳，而波涛汹涌的大海上，很多游艇正在回航，为了躲避可能来临的海上风暴。有两只海鸥，一只在船头，另一只在船尾，紧紧地跟着大船乘风破浪。

游轮很快进入奥斯陆峡湾，奥斯陆峡湾十分阔大，几乎看不到岸边了。

我在甲板上待了很久，后来去7层吃了品种多样、十分丰盛的自助餐。而轮船里免税商店里的东西真的非常便宜，化妆品和酒类更是如此。到了傍晚，我又来到了12层，可以看见此时的海水中有着成千上万的白色水母，一起一沉，神秘地在向大船航行相反的方向漂浮。

哥本哈根的一天

早晨9点，游轮抵达了哥本哈根，我们在码头下了游轮，找到了接站的人，是一个小姑娘，她来自吉林省，在这里留学、工作已经有很多年了。哥本哈根是北欧最大的城市，确实繁华一些。而我们在这里待的时间只有一天，时间很紧，但是有很多地方要看，所以，只能是走马观花了。

我们首先被带到了每个外国游客来到哥本哈根都必须要看的美人鱼雕像旁边。这个铜像的原型来自安徒生的童话《海的女儿》的主人公，由丹麦啤酒名牌嘉士伯的老板赞助，由雕塑家艾瑞克森雕刻，于1913年完成，并且放置在这个海边的长线公园里，至今已经有九十多年了。

这个小美人鱼的雕像在最近一些年，曾经屡次遭到一些歹徒的偷窃和破坏，有一次，她的底座甚至被炸开，整个雕像掉到了海里。也许，一些歹徒觉得亵渎、毁坏这座雕像，就如是亵渎了、毁坏了哥本哈根一样。我不明白，他们怎么对这样一个柔弱的雕像有着这么大的仇恨？也许因为，她实际上成了哥本哈根的象征。而毁坏这个雕像，也就亵渎和毁坏了哥本哈根的荣誉，歹徒们因此获得了恶毒的快感。

我还看见了海岸对面刚刚落成的丹麦国家歌剧院。这个歌剧院和上海大剧院的建筑形体很相像。海边还可以看见有一艘大船停泊在那里，据说，那是如今的丹麦女王的轮船，今天刚好要靠岸，所以海岸警卫队加强了防范。

然后，我们沿着古老的克里斯蒂安堡宫，如今的市政厅广场参观游览。这里过去是丹麦国王的宫殿，如今是丹麦政府和议会办公、开会的地方。所有的建筑上都有一些漂亮的浮雕，像天使与英雄，守卫着这个城市。

2005年是丹麦伟大的作家安徒生诞生200周年，所以，在哥本哈根的大街上，不少地方都可以看到有两个白色的脚印在延伸。据说，这就是安徒生当年的足迹。而今年在哥本哈根，要进行一系列的纪念活动。我们来到了一条哥本哈根最为有名的运河酒吧街,在并不宽阔的运河边上,停靠着无数漂亮的帆船,而两岸边上的酒馆和咖啡店非常多,到了晚上尤其热闹。

这里有一幢房子是安徒生的旧居之一,我们找到了。当年,他穷困潦倒的时候,就是每天在附近溜达的。其实安徒生不光是一个童话作家,他除写了一百多篇童话之外,还写了6部长篇小说,几十部戏剧、歌舞剧、芭蕾舞剧剧本。他还是旅行家,写了多部游记呢。此外,他还是一个剪纸艺术家,留下来了很多的素描和拼贴画。沿着他那留在地上的白色脚印,我们来到了市政厅广场后面的一个教堂,看到了幽暗教堂里面的彩色玻璃圣像。

丹麦作家当中,为我们所熟悉的20世纪的作家并不多,国内过去介绍比较多的有尼克索,这是20世纪早期丹麦的一个工人作家,代表作是《普通人狄蒂》,讲述了一个女工的一生。1917年获得诺贝尔文学奖的两个作家都是丹麦人,吉勒鲁普写有长篇小说《磨坊》等,彭托皮丹写有长篇小说《幸运儿彼尔》,现在看来,在文学的观念和表现手法上都很陈旧了。1944年获得诺贝尔文学奖的约翰尼斯·延森,写了一个6卷本的长篇小说《漫长的旅行》,以达尔文的进化论为依托,描绘了人类从原始人到现代人的过程,规模宏大。他的短篇小说系列《神话》和一些诗歌作品,都是丹麦现代文学中的珍品。其他的作家,我就不太熟悉了。

由于不生产汽车,汽车的价格在丹麦相对比较贵,且哥本哈根倡导绿色出行,所以,在哥本哈根骑自行车很普遍。

哥本哈根带给我的第一印象是比较乱,也并不干净,而且,据说丹麦是一个非常自由的国家,人们的生活方式很随意。

我被人塞了一个丹麦性博物馆的介绍册,很想去看看,但是时间显然有些来不及了。另外,哥本哈根的房子以红砖造就的居多,这种砖是赫红色,其实并不好看,有些旧,像是被雨水侵蚀过一样,而且也并不结实。

下午要去看来哥本哈根的游客必看的外三宫。我们先来到了丹麦女王平时办公的夏宫门口。夏宫门口的树很漂亮,但是有卫兵把守,女王正在办公和休息,我们进不去。

然后,我们来到了克隆堡宫——哈姆雷特堡。这个建成于16世纪的哈姆雷特堡,全部用石头建成,建在可以望见对岸的瑞典城市的岬角上。它是丹麦国王借此向瑞典、挪威和芬兰经过的船只收税的战略要地,架了一些象征性的大炮。

当年，莎士比亚就是以这个古堡为原型，写出了流传千古的名剧《哈姆雷特》。这里也是美国电影《哈姆雷特》的拍摄地。

最后，我们来到了腓特烈斯堡宫，也就是水晶宫。它位于哥本哈根中心的西边，建立在3个小岛上，四面被波光涟涟的湖水包围，是建立于16世纪的古堡。它气势恢宏，共有60个厅，有"丹麦的凡尔赛宫"之称。我们在里面流连了两个小时，觉得时间根本就不够，因为里面的房间众多，各个时期的丹麦国王，留下了大量的国王肖像油画、宫廷家具、日用品，还有国王和王后使用的寝具等，充满了王公贵族的奢华和高贵的生活气息，只是现在它们的主人在时间中消失了。

从水晶宫出来，我们又赶到了哥本哈根的市中心，在街边一座巨大的安徒生铜制雕像跟前留了影。广场上到处都是人，而鸽子也不怕人，在嬉戏与飞舞。人们似乎都下班了，匆忙地在街边的烧烤摊位浓重的烟味儿当中穿过，向交通枢纽走去。这样的景象在任何一个城市都是可以看到的。哥本哈根给我很日常的感觉。

吃过晚饭，我们来到机场附近的一个旅馆，在旅馆里住下了。这里靠近大海，可以看见哥本哈根外海上巨大的20个钢铁风车正为了发电而转动。海滩上,很多游人在晒太阳,嬉闹玩耍。晚上,天色很晚了,我还是睡不着。斑鸠在窗外的草地上鸣叫,人们看不见它的影子,只能听见它快活的声音。

冰岛的地貌

飞机一直在大海的上空飞行,下面是各种形状的云彩。有时候,可以看见有反光的大海上岛屿的形状,那是法罗群岛的身影吗?

快要靠近冰岛的时候,我可以看见大海海面上有着无数的碎冰块在漂浮、融化。等到飞机掠过冰岛的东端的时候,一个巨大的白色冰原出现了,它覆盖了冰岛东端一大片区域。飞机下降,可以看见地面上史前时代留下来的巨大的蜿蜒的裂缝,火山岩浆喷射形成的独特的地貌,有些像苔原地貌。

飞机在美军军用机场降落了。下了飞机,我们立即感到了寒冷,这里和我们刚刚去过的北欧其他四个国家的天气相比,实在是冷多了。

我们上了大巴,车子向冰岛首都雷克雅未克开去。一路上可以看见冰岛那种奇特的由火山灰形成的宛如苔原般的地貌。这个时候,是冰岛的中午,这里和哥本哈根有两个小时的时差。而从冰岛往格陵兰岛只要飞两个小时就到了,那里才是真正的冰岛呢。

冰岛人口很少,只有二三十万人,这一点从在街上行走的人十分稀少就可以看出来。虽然冰岛十分寒冷,但是感谢上帝,这里被赐予了十分丰富的地热资源,地下热水完全够居民使用。

我们中午在一家上海餐厅吃了中餐,下午开始在雷克雅未克市内游览。雷克雅未克汽车很多,而且车子都很好,这是因为9月一过,漫长的黑夜将笼罩整个冰岛,如果在半路上车子坏了,那就完了。所以,我可以看见很多由日本越野车改装的奇怪的车:四个轮子无比巨大,驾驶室在轮子上显得十分小,很不协调。今天气温大约在10摄氏度,必须要穿外套才行。

我们在一个水面上布满了野鸭、海鸥和少许天鹅的湖边走了走,又参观了冰岛市政厅那看上去十分普通的房子,这个市政厅还比不上国内一些镇政府大楼。国家大教堂是一幢十分雄伟的建筑,是一个巨大的管风琴式样的建筑,尖顶高高地耸立在冰岛阴暗的天空中。我们还参观了冰岛大学的主楼,以它为背景留了影。

后来,我们来到了珍珠楼,这是建立在一片高地上的圆形观光楼，在三层的圆形观光层，可以看到雷克雅未克的全貌。雷克雅未克的建筑颜色很鲜艳，屋顶要么是红的，要么就是蓝色的。一个小型的飞机场上，几架小飞机一直在进行起降和盘旋训练。这个10万多平方公里的国家，很长时间属于一个世外桃源，最先是被维京人发现的。冰岛人看上去友好却有些木讷，对游客没有什么好奇心。

雷克雅未克街头的商店也是很早就会关门，去晚了，就什么也买不到了。还好在这个下午，我们基本上把雷克雅未克主要的观光点都看完了。因为距离北极圈几乎是一步之遥，这个晚上我感觉不到黑夜曾经降临过。

冰岛金环之旅

一大早，我们穿好了毛衣秋裤，全副武装地出发了。今天全天的旅行行程是来到冰岛的游客一般都要进行的观光旅程：金环之旅。大巴离开雷克雅未克，先来到了一个利用地热资源修建的温室，里面花卉非常繁多。接着，我们来到了一个小瀑布，这是在苔原般的地貌上形成的一个很小的瀑布。后来，我们来到了一个死灭的火山口，这个火山口里面有一汪幽绿色的潭水，像是一块巨大的玉石。

冰岛处处都是火山形成的地貌和风景，远处的很多山像戴着由白色冰雪做成的帽子，在云雾缭绕之间浮现。这里的天气变化很快。我们看见在前方，有一个地方，热气腾腾，间歇式的热喷泉不断地向空中三四十米高的地方喷射。地上很多泉眼在咕嘟咕嘟地冒着热气。人们在一个十分活跃的间歇式喷泉前面等待着喷泉喷射，眼看着水面鼓出来，然后一声巨响，热水射向了天空。

各个国家的游客都有，这个季节是冰岛的黄金旅游季节，我看到了很多英武的俄罗斯军人，他们应该是波罗的海舰队休假的官兵，此时正在到处都是热喷泉的地方拍照留念。我们在一家很热闹的餐厅里吃中午饭，吃到了非常好吃的蘑菇浓汤、烤得好极了的面包和一大份鳕鱼加虾仁主菜，味道棒极了。

中餐之后，我们来到了冰岛十分著名的景观：黄金大瀑布。这个瀑布是冰岛的第二大瀑布。它气势宏大，并不宽阔的水面在一个有着百米高落差的河道上，向下猛然倾泻河水，形成了十分壮观的阶梯形状的大瀑布。白色的雾气在河道和瀑布周围蒸腾，巨大的喧响，使草地上烂漫的黄花微微地颤抖。

在瀑布边上流连了半个小时，我们继续进发。本来还有一个计划,就是要靠近冰岛的冰川看一看,但是,因为天气不好,加上去冰川的路十分危险,我们乘坐的大巴十分容易陷到泥地里出不来,所以这个计划被放弃了。

我们继续进发,汽车在冰岛的丘陵和山峦地带向高海拔的地方走。越走越荒凉,苔原地貌上到处都是绿色的可疑的植物。我们上了一面山坡,看见前方有一个很大的湖,这说明我们来到了冰岛国家公园,也就是冰岛古代议会所在地,这里是欧亚大陆板块和美洲大陆板块交界的地方。这里完全是断层地貌,有力地证明了大陆漂移假说。交界的地方形成了10多米的落差,都是黑赤色的岩石,有着清晰的被巨大的力量所撕扯和拉动的痕迹。据说这个裂缝还在以每年2厘米的速度在变宽。这个大裂缝一直延伸到我的目光看不见的地方去了。

回到雷克雅未克,我们在一个很大的商场里看了看,这个商场里面的东西,由于都是飞机运来的,所以在北欧几个国家当中,是最昂贵的。晚上,吃完晚饭,我们在街上溜达,这时也有很多年轻人出来活动。方砖铺地的街道上,白色的斑点很多,一开始我以为是海鸥的粪便,但是后来我发现这是口香糖的痕迹。看来冰岛人并不是那么爱护自己的环境。我在一家书店里买到了一本砖头那么厚的英国当代女作家艾丽丝·默多克的传记，半价，很划算；还买了一本欧洲色情文学插图彩色小开本画册，很有意思。

冰岛文学在北欧文学中是相当有特点的。中古时代以来，冰岛就有"埃达"和"萨迦"两个古老的文学体裁。埃达是诗歌的形式，用传诵来讲述古代冰岛人如何英勇地和自然打交道，创造自己的历史。而萨迦则是一种历史散文，是对冰岛人历史与英雄事迹的文学记述。这两个体裁的文学在欧洲中世纪时期的冰岛大放异彩。萨迦使得古代冰岛语完好地保存了下来。而冰岛半年的时间里，大部分时间都是黑夜，适合读书，因此阅读在冰岛也是很普遍的。

我印象最为深刻的是1955年获得了诺贝尔文学奖的作家拉克斯内斯。这个作家著有《独立的人们》《原子站》《萨尔卡·瓦尔卡》等十多部长篇小说，是20世纪冰岛伟大的作家。他的小说都有着强烈的社会关怀和对冰岛地理环境浓厚的描写，这两者在他的作品中被完美地结合了起来。比如他的小说《原子站》，就是为了反对美国在冰岛建立空军基地而写作的，这本书在美国还曾经遭到查禁。

其他当代冰岛杰出的作家还有古德蒙德松。这个作家写了一个关于精神病患者的感人故事——《宇宙天使》,被翻译成了中文。他将冰岛美丽独特的自然环境和人的基本精神处境完美地结合了起来,创造出一部美好的文学作品。

蓝湖与海边的灯塔

又是一个毫无云彩的清晨,天非常蓝,蓝得有些逼人眼目。我们驱车来到了蓝湖,蓝湖是冰岛十分有名的旅游胜地。一路上,到处都是史前时代留下来的形状古怪的火山岩。这里是一片如今仍旧十分活跃的火山区,据说附近有两百多座活火山,很多地热喷泉正在冒着袅袅的热烟。

我们越往蓝湖的方向走,地貌就越独特。我们仿佛来到了月球,地面全都是类似苔藓般的绿色火山石,疙疙瘩瘩、古古怪怪的。我们还可以从很远的地方看见前面地热喷泉冒出来的被风吹斜了的白烟。

蓝湖如今已经被开发成了一个泡温泉的好去处,我们换好了游泳裤,走了进去。它是一片乳白色加蓝色调和出来的地热喷泉形成的露天盐湖温泉,非常奇特。就在蓝天下,蓝湖呈现出奇特的颜色和形状。下去之后,会觉得水非常热,但并不深,最深的地方也就到了人的脖颈。由于盐分含量高,所以随便活动一下，人就可以漂浮起来。

在蓝湖里泡温泉是无比惬意的事情，你也可以想象天空中飘着雪花，在这里泡温泉的情形。整整两个小时的时间里，待在水中，或者游到旁边的一个人工小瀑布下面，用肩膀去承受奔泻下来的温泉水，那热水击打在肩膀上和背部，又麻又舒服，比按摩还要好一些。而且，还可以从旁边的木槽里挖出一些白色的火山泥涂抹在脸上，然后躺在水中休息。这里就有用火山泥做的化妆品，十分独特。

在蓝湖待了3个小时之后，我们去了冰岛的一个岬角上看风景。当地的朋友说，现在，在海边的某个地方，正是海鸟回到岸上产卵孵蛋的时候，可以看到大量海鸟，所以我们准备去看海鸟。

我们的汽车离开柏油公路，进入了月球表面般的地区。这里就是一片火山区，到处都热气腾腾的。天空都被这样暗灰色的火山雾给笼罩了。汽车缓慢地在蜿蜒的沙土小路中间爬行，走了很长时间，其间似乎迷了路，在问了对面来车的司机之后，我们才开始沿着正确的方向前进。

越往海边上走，海鸟似乎就越多，大片的白色海鸟有时候就停留在道路上，我们的汽车一经过，便会驱赶它们飞起来。

忽然，在烟雾弥漫中，我看见一座灯塔昂然地矗立在那里，这里就是海边了，我们抵达了冰岛这个奇特大岛的边缘！

果然，这里风景十分漂亮，海边巨浪滔天，几块大小不一的礁石矗立在海边上，无数白色的海鸟，在礁石之上飞动和停靠，海水猛烈地拍打着礁石，会把海鸟吓得飞起来。礁石上全部是白色的斑点，那都是海鸟的粪便。在不远处的大海的方向，迷雾当中，还可以看见有一块方正的礁石抗击着汹涌的海浪。风很大，也很冷，这里似乎呈现着一种十分凶险的景象。我可以想象最早来到这里的人初次登上冰岛时的心情。

在海边承受了一阵子海风的吹刮，我们离开了那里。很快，我们抵达了雷克雅未克机场。在飞机上，我仍旧可以看见来的时候所见的冰岛独特的地貌。巨大的苔原地貌其实是火山石覆盖造成的，很多裂纹在地表分布；还有红色的类似复杂的植物根部那样蓬勃的河流及其支脉，以及巨大的白色冰盖，完全覆盖了整个山头。

飞机离开冰岛，飞到了大海的上空，海水水面波光涟涟，已经看不到几天前的浮冰了。

再见，斯德哥尔摩

抵达斯德哥尔摩的时候是夜晚，进了宾馆，我睡了一个好觉。总是不见黑夜和不见太阳，都会使人发疯！而且，离开北京半个多月了，似乎有些想家了，今天距离北京近了两千公里，还有七千多公里，想想就觉得很好。

第二天，我看到斯德哥尔摩的天气很好。在城市里穿行，又看到了斯德哥尔摩从容华贵的老城区建筑、漂亮雍容的皇宫和那些在建筑群前面矗立的无处不在的青铜雕像。有些熟悉的街道、人群、海港、轮船和街景，让我觉得很亲切。斯德哥尔摩是很安详、大气、从容的城市。而且，据说斯德哥尔摩人是世界上最喜欢看书的人，我连着看见了三四个像大超市那么大的书店接连排列，这是在其他地方很少见的。

我们首先来到了瓦萨沉船博物馆，观看这艘从海水里打捞出来的帆船时代的巨型木制战舰。从这艘17世纪建造的战舰的规模，便可以想象出当年北欧的海盗势力之强大和航海业的发展之先进了。可瓦萨号战舰没有机会被投入到战斗当中去。它是在1628年首航的时候不幸遭遇强风，沉没了。一直到1961年，瑞典人才把这艘沉没了三百多年的战舰打捞了出来。

然后，我们又来到了市政厅参观。这幢建筑的颜色和奥斯陆市政厅建筑的颜色是一样的，都是那种赫红色的砖建造的。这幢建筑被称为是斯德哥尔摩市的象征，我实在看不出什么理由来，因为赫红色砖搭建的建筑，被雨水冲刷之后显得很陈旧和难看。

我们首先来到了它的蓝色大厅，每年的诺贝尔奖颁发之后，都要在这个大厅举行一个盛大的晚宴，而这个晚宴是瑞典国王和王后都要出席的。据说，来人很多，每个宾客的位置只有60厘米宽，国王夫妇的座位曾经被建议比别的宾客多20厘米，被国王拒绝了。这里如今还是瑞典议会所在。议会的会议室甚至比不上中国一个县政府的会议室大，但是，每个座位上都有名字。在走廊和墙上可以看到很多的油画作品，这些油画大都是肖像画，以瑞典历史上有名的政治家和文化名人为主。

后来我们去逛街。斯德哥尔摩是十分繁华的，因为当时瑞典克朗和人民币汇率十分接近，所以我们觉得这里的东西又好又便宜，于是买了不少东西。我在一家书店里发现了英国当代诗人托马斯的一个诗选本，以及圣卢西亚诗人沃尔科特的《1948—1984年诗选》，价格很贵，超过了300元，就没有买。

吃了晚饭，我们抵达了机场。这次，我们很快就办完了手续，进入了国航的飞机里。看到国航的乘务员和机长，我觉得很亲切。之后，飞机起飞了。

飞机从斯德哥尔摩飞北京，距离是七千多公里，要飞八个多小时。一路上，我们似乎是在太阳光的边缘飞行。我在窗户边上，看见太阳似乎没有落下去，又猛地升起来，亮得晃眼。飞机正在向北京的方向移动，飞机下面，是广袤的俄罗斯的山峦、大地、森林和河流，在蜿蜒和发亮。

二　日本意象

东洋·扶桑

飞机上的电视屏幕上，随时显示着飞机行进的方向和具体所在的位置，可以看到一条红线在快速地向日本延伸。我们的飞机是从首都机场起飞，直接向东飞行的。全日空航空公司的飞机宽敞舒适，空姐的微笑十分含蓄迷人。似乎没过多久，我们已经飞临了渤海上空，并继续向东飞。透过飞机的舷窗，可以隐约看见苍茫的大海，在下面无边地铺展。

我知道，存在着两个东洋——对于中国人来讲，东洋人就是日本人的代称，因为日本就在我们东边的海洋上。可是对于日本人来讲，东洋泛指东亚，包括朝鲜、中国、日本等东亚国家。这些地方都是东洋地区，这个概念是怎么来的？

扶桑是一种木槿属的灌木植物，可是，从很早的中国古文献中，如《山海经》《南史》，就已经用扶桑来称呼日本了。扶桑的方向，就是今天日本所在的方位。

扶桑这种植物四季花开不断，五色婀娜，非常美丽，不知道是不是我国古人因此用来象征和形容日本的美丽与神秘？

从日本列岛的地图上看，确实，大海包围着它，除了面对来自大海的威胁，来自海上的影响，日本没有别的选择。从地理位置上讲，日本必须要面对任何来自海上的力量。

我从未去过日本，所以它的形象一直很神秘，很含蓄，很安静，当然，也很暴烈。菊花与刀——一个美国学者对日本文化模式的符号化解读。我不知道，我会看见一个什么样的日本。

成田机场

飞机才飞行了两个多小时，就在东京成田机场降落了。飞机下降的时候，我看见东京附近的海湾在发亮，机场十分清晰地出现在了我的视野里。

这个时候，我想起过去看过的日本电影导演小川绅介于1967年开始拍摄的纪录影片《三里冢》，这部纪录片讲述的就是东京郊区三里冢的村民，为了反对在这里修建机场，和政府对抗的艰苦历程。

小川绅介拍摄这部影片，前后花了11年，基本上就落户在这个地区，和那些居民共命运。最后，他剪辑出来的成片《三里冢》，一共有16个小时，共拍摄剪辑了7部成片。对三里冢的居民多年和政府进行抗争的记录与展示，使这部影片成了日本民众争取自己权益的一部史诗。

当然，最后机场还是修建成了。在这部影片中，我印象最深的一幅画面，相当震撼人心：当黑压压的军警向成田村走过来的时候，他们愕然发现，在他们前面的每一棵树上都绑着一个女人和一个孩子。军警不得不干的，就是砍掉所有的树，而绑在树上的女人和树上的孩子，就是他们的障碍。

在拍摄这部影片的时候，摄影组的同人多次被警察打伤。这个影片系列中的《三里冢：第二道防线的人们》成了世界纪录电影史上的经典之作。德国电影史专家乌尔利希说："它的现实性，达到了迄今为止一般纪录片所无法达到的高度，具有古典武士戏剧的水平。"

这个影片后来还在1971年的莱比锡国际电影节上获得了史登堡奖。而我，就是在这样的联想中，伴随着巨大的喷气式飞机的轰鸣，平稳地降落在了成田机场。

成田机场似乎有些老旧了，但是机场工作人员的办事效率似乎很高，听不到太多的喧哗，只有机场各种橱窗中的广告牌上面，那些颜色明亮的影像在闪烁。

等到办理完出关的手续，我们看见日本外务省的翻译平田敦子小姐已经迎候了过来。

东京电视塔

一辆奔驰商务车载着我们几个人，向东京市区而去。在并不宽敞的高速公路上，车速很快。路边上不断地闪现一些日本大企业的广告标志，松下、丰田、佳能、富士……这些广告符号不断地在我疲倦的大脑里刺激着我。似乎刚刚下过雨，空气潮湿，天空多少有些阴郁，看不见太阳，绿色的植物非常有生机。我们的车经过东京迪士尼乐园，经过临海副都心的高架桥和跨海大桥，进入了市区。日本似乎是一个很含蓄和安静的国家，从街景看上去并不喧闹，似乎没有什么声音。

在市区里，有时候有些堵车，但是看不到多少警察。他们的智能化交通管理系统看来相当成熟，一般一辆车可以连续走好几个绿灯，这在堵车已经成为一大痼疾的北京可以说是很不容易发生的。

一个小时以后，我们抵达了要下榻的东京王子大酒店。

王子大酒店是一家很安静的酒店，并不高大，四周被绿树掩映，非常典雅。这个季节正是樱花开放的季节，在酒店四周都开放着樱花。

我透过房间的后窗户，看见了东京电视塔，它就屹立在酒店的后面，竟然这么近，离我只有几十米远。过去我曾经收到过我的文学作品的翻译、一个日本大学教授邮寄给我的明信片，上面就有这个东京电视塔。

这座塔高约333米，是东京最高的建筑。它于1958年建成，是完全模仿法国巴黎的埃菲尔铁塔修建的，但是，那个时候，日本人的钢铁冶金技术已经很发达了，所用的钢材要比巴黎的埃菲尔铁塔轻很多。现在，东京的很多电视台都要靠这座电视塔来发射信号。在离这座电视塔150米的地方有一个很大的展望台，在250米的地方，还有一个小展望台，通过这两个瞭望台，可以在天晴时看见东京不同层次的风景和市貌。在塔下面有一个蜡像馆和一个水族馆。每年不同的季节，打在塔身上的灯光颜色是不一样的。春天和夏天，打在塔上的灯光是白色的，这样可以使塔身特别明亮；冬天则打上黄色的光束，这样就有了冬日的暖意。

塔身旁边还有一个宽敞的停车场。在停车场的边上，种植了很多大树，其中的樱花已经开放了，远远看去，点点樱花在夜灯的照耀下，比白天还要亮丽。

荞麦面

我们收拾停当以后，便坐车去市区吃饭。我们很快就抵达了一家看上去很不起眼的面馆，房间里面的装饰都是日式木料，特别整洁清新，没有其他餐馆惯常的那种俗艳装饰和人声鼎沸的喧闹。

各种漆器和木制的餐具非常考究细致，精雕细刻。形状十分复杂漂亮，多边形、三角形、四方形、树叶形和贝壳形，颜色不同，形状不一，特别刺激人的食欲。

面是荞麦面，颜色半绿半棕，用筷子吃；鱼是生鱼片，可能是金枪鱼的肉，用芥末调拌，入口香鲜；酒是啤酒，像泉水那样清爽。

茶，不是中国式的茶叶，而是已经碾成了特别细碎的粉末的绿茶，味道略微有些苦甜，我一共添了五次。

清淡的味道，味蕾上面的舞蹈——我知道，这就是日本人的美味。

外面又开始淅沥地下起小雨。在这样的雨水滋润中，我感觉东京各处的樱花，正在悄悄地开放着，带着水珠在伸展着娇嫩的花瓣。

德川家庙：增上寺

早晨阳光很好，我和祝勇很早起来，在酒店附近溜达。没有想到刚走了几十米，穿过几棵怒放的八重樱，我们看见了一座寺庙。这就是增上寺。增上寺是净土宗在关东地区主要的寺院。

16世纪中，日本群雄割据，控制日本中部地区的尾张国的大名织田信长控制了66个小国中的30个小国，可以说基本控制了日本政权，开始了日本的统一历程。

织田信长死后，他部下的大将丰臣秀吉继续统一日本的事业，完成了日本的初步统一。这个丰臣秀吉，有着军事强人的雄才大略，后来还发动了侵略朝鲜的战争，据说他还想进一步侵占中国，甚至是印度。不过，在明朝军队的援助下，朝鲜屡次打败了日军。1598年丰臣秀吉死于疾病，大权落在了织田信长的另外一个大将德川家康的手里。在江户地区，德川家康是日本幕府时期有名的大名。

1603年，拥有关东重镇江户（东京旧称）的控制权的德川家康，取得了征夷大将军的称号，在江户建立了幕府。从此，德川家族的德川幕府，实际统治了日本两百多年，一直到明治维新时期才结束。因为德川家康和寺庙当时的住持结为了师檀关系，所以就把这个寺院建为自己的家庙。

德川幕府时期是日本历史上十分重要的统治时期。一开始，幕府为了加快统一的步伐，从政治、经济和军事手段上，采取了各种削弱各地大名的政策。而且，德川幕府开始还提倡和朝鲜与中国的贸易往来。1633年，德川幕府决定驱逐以西班牙和葡萄牙人为主的欧洲人，主要是觉得天主教和基督教对自身的文化有威胁，从此渐渐地闭关锁国了，一直到1853年美国海军将军佩里进入东京湾，日本才结束了闭关锁国的状态。

德川家族的家庙——现在是增上寺了，气氛很幽静，两侧的歌碑显示了历史的久远。潮湿的空气打湿了正在开放的几棵樱花树，花瓣纷纷落地，没有任何声音，我不禁感到了一丝禅意。每年，从1月到12月，月月都有法会在这里举行。

家庙的主建筑很像我们一般寺庙的大殿，门板紧闭，里面好像有值日的僧侣在活动。旁边还有一座小的配室。增上寺边上围绕着很多石头雕刻的、模样完全相同的石头小人，每个小人高约30厘米，它们形成了很长的队列。这些石头小人的头上还戴着红色的毛线编织帽，在小石人前面，有的有供品，有的插着红色或者彩色的小风车，在风中唰唰地转动，声音忧郁而哀愁。我后来才知道，这些小石人，是那些引产或者流产、死婴的家庭，在这里供奉和捐助的，为的是向上天告慰消失的那个小小的生命。

增上寺的大殿后面，是一片公共墓地，黑色的墓碑林立。旁边还有一个很小的墓园，据说安放着德川幕府家族的灵骨。

我看到，通往墓地道路旁边的几棵樱花树开得特别灿烂，在小风吹拂下，落英阵阵，繁花似锦，却又美丽凄清。我和祝勇完全被墓地边上这幅樱花开谢之景所震撼。那一刻，我明白了，日本人为什么喜欢花期短暂的樱花——它就是璀璨生命的象征。生命，不在久远的平庸，而在刹那的闪耀。

这是我们第一次在日本观赏美丽的樱花，在这样一个洒满了阳光的早晨。

上野公园

酒店的早餐是日式自助餐，酱汤、豆腐和各色小点心都很可口。

最早知道上野公园，还是在鲁迅先生的文章里，其中说到"上野的樱花烂漫的时节"等，使我对上野公园的樱花非常向往。每年的春天，上野公园就成了东京人主要的观赏樱花的地方，据说这里种植有一千多棵樱花树。

我们于上午10点到达了上野公园，发现那里已经有很多游人了。这个季节正是一些大学生毕业的时候，很多穿着漂亮和服的女孩子，脸上带着特别动人的笑容，正和穿着庄重的父母亲一起穿越上野公园，向附近的东京大学、东京艺术大学、农业大学和医科大学等走去，这也成了我们眼睛中别样的风景。

上野公园的樱花果然漂亮。在公园里，几条路径的两边，都是已经怒放的樱花树，宛若粉色的云霞，那樱花开放的阵势，确实可以说是云蒸霞蔚了。我不禁想起我的母校武汉大学的樱花大道来。当我看到上野的樱花，不禁眼前时光重叠，母校的樱花和眼前的樱花，在记忆里和当下同时开放，我有些迷离了。

在眼前的樱花大道上漫步，我看见道路两边有一些画着方格的地方，放了不少黄色的布袋，不知道是干什么用的，旁边还有人坐在那里。平田敦子小姐告诉我，那是人们晚上放垃圾用的，而那一个个坐在小马扎上的人，是为了其他同伴晚上来品赏樱花，早早地来占座位的。到了晚上，就是在这一棵棵的樱花树下，三五成群的东京人，他们是朋友或者同事，家人或者亲友，一边赏花一边喝酒作乐。一些东京人显然是把生活艺术化了。

我们细细地品赏了樱花，然后步行去公园里面的东京国立博物馆。主馆是东京博物馆，不很大，它的地位应该类似北京天安门广场东侧的中国国家博物馆。几个侧馆，一个是建于明治末年的表庆馆，是为了纪念当时的皇太子成婚而建造的，现在里面陈设了很多西方国家送给日本皇室的礼物和珍宝。另一个是东洋馆，陈设了东方各国，包括中国、印度、埃及等各个国家的文物与艺术品遗存。

此外，还有一个平成馆，一般用来举办特别展览和日本考古遗存展。另外一个很小的展览馆是法隆寺宝物馆，这个展馆展出的是奈良的法隆寺在1878年献给日本皇室的珍贵文物，大约有三百多件，主要是一些佛像、漆器、木器、金器、书法、织染等。

在博物馆本馆的24个展厅里，我仔细地观看了日本出土的历史文物，多少有些失望。说实话，这个国立博物馆和我们国内的一些省市的博物馆，比如陕西历史博物馆、河南博物院、上海博物馆相比，都要逊色些，更别说和北京的中国国家博物馆相比了。

这也难怪，因为日本民族的形成，据说，主要是五千年前，甚至更早一些时候的新石器时代，中国的东北和沿海地区居民移民到了日本列岛，主要是通古斯族，和来自蒙古系的人种与东南亚的印度尼西亚系的人种，通婚后繁衍成了单一的大和民族，也就是今天日本的主体民族。

大多数日本史学家考察日本的历史，都要从公元前660年的神武天皇开国算起，其实，神武天皇时代完全是神话传说，并不可靠，所以，日本民族的起源，在日本早期神话式的历史书《古事记》和《日本书记》上是有历史记载的，是从公元507年的继体天皇算起的。但是，即使是这个结论也是不完全可靠的。而6世纪末期，推古天皇登位时间，才是日本民族比较可以考证的历史纪年，这是日本历史学家普遍赞成的。

由此看来，可以说日本有文字记载的历史和中国相比确实不算长。

在东京国立博物馆里面流连了两个小时，我看到了从先绳文时代开始，日本经过了弥生时代（弥生时代大概是公元前300—300年，大概相当于我国的秦汉、三国时期）、飞鸟时代（大约相当于我国隋唐时期）、奈良时代、平安朝，到了镰仓幕府时代（大约相当于我国南宋时期）、室町时代（大约相当于我国明朝时期），一直到后来的江户幕府时代、明治时代、大正时代、昭和时代和平成时代。

从上野公园出来，我们驱车来到一家酒店里面的一个西餐厅，吃了一顿意大利式面条，非常可口。我发现日本的西餐厅非常多，而且口味也比北京的更加地道一些。看来东京一些日式的餐厅，也在逐渐地西餐化了。

哲学堂

我们去了中野区的哲学堂公园，那是隐藏在东京市区里面的幽静的公园。一路上，可以看到很多住着两层楼的日本民居，含蓄、幽静地隐藏在寸土寸金的东京内。在公园旁边，是一座棒球练习场，一些日本少年正在那里练习棒球。

这个哲学堂，是已故日本哲学家井上圆了博士于明治三十七年（1904年）四月创立的。在这个小巧的公园里，曲径通幽,古树参天,大树林立,花木繁盛,溪流盘绕,一年四季都有花开。而且,不知名的小鸟和大鸟,在园林里叽叽喳喳,很是热闹。也有几棵樱花树,在淡然地开放,又是一种滋味和感觉。这个季节,东京处处是樱花,确实很有意思。

这个公园叫哲学堂,那它的建设,处处都和哲学搭上界了,什么哲学关、哲理门、常识门、一元墙、时空冈、百科丛、怀疑巷、三祖苑、唯物园、数理江、认识路、宇宙馆、唯心亭、经验坂等,这样的妙处,大约有39个,个个都与哲学理念相联系。可以说是玄关处处,所到之处,不仅是园林胜景,也是可以引发你哲学玄思的地方。

我们在小公园里上上下下,穿竹林出花雨,直到柳暗花明,到了一片开阔的空地上,看见一些幼儿园的孩子,正在由三个年轻的老师带领,在哲学园里做游戏。我不禁想,明治时代日本发奋图强,以哲学和科学为强国之本,一直泽被到眼前这些天真快活的孩子们身上了,让他们从小就有一个聪慧的头脑。这里可以说是一个有趣的去处,也引发了我不少感想。

皇 居

在哲学园里待了一个小时，我们离开那里，到达千代田区一家十分考究的西式日餐厅，会见了日本外务省文化交流部近藤部长。这家餐厅朴实无华，隐藏在一幢高达200米的玻璃幕墙大楼的后面，和这幢大楼的反差十分强烈。

近藤部长曾经担任日本驻法国大使，气质上有些像拉丁人。简短的会见，我们谈到了中日文化交流的细节和计划。饭是西餐化的日餐，食物精心，餐具别致，视觉效果很好，每一种东西端上来，都是那样的精美绝伦，让我几乎不忍下嘴。

吃过饭之后，和近藤部长告别，我们离开餐厅，在东京警察厅门前下车，向皇居的樱田门走去。

这个东京警察厅，可是大名鼎鼎，很早的时候，我在日本电影《追捕》里面就看到过它的模样。警察厅对面，是日本法务省那有些年头的大楼。

我们来到了皇居外面的樱田门。皇居，就是今天的日本天皇居住的地方。下雨了，雨是那种小雨，细密地打在皇居边上的护城河上。河面上，波纹阵阵，一些野鸭更加快活了。

皇居很大，从地图上看，是被一片绿树掩映的神秘之所。

它被巨大的石头围砌的宫墙环绕,还有护城河的保护,宫墙边,大树参天,浓荫连片。皇居里面就住着现在的日本天皇。日本人一般很少见到天皇,天皇是日本人眼中的神,过去,即使是听到天皇的声音,也是会浑身战栗的。

这个时候我忽然想,现在的日本体制,虽然是一种君主立宪的体制,但是,其实也算是一种幕府体制的变形吧?天皇是一个象征和影子存在在这个体制里,真正管理国家、大权在握的,却是首相和那些首相背后的各种党派与政治势力。这些政治势力和过去日本有影响的将军、大名其实没有多少本质区别吧?

在皇居外苑那开阔的地方,种植着很多姿态生动但是高度相同的松树。东京的树多而且大,树种很多。我发现日本人似乎对一草一木都存着敬畏之心,小心地伺候,所以环境很好。我想,连东京这样巨大的现代城市都是如此,那日本那些偏远的地方,不容易被污染的地方,花草树木应当更为繁盛了。

皇居门外,开阔的广场上,都铺着那种走起来沙沙响的沙石。往东京火车站的方向看去,那里又是鳞次栉比的玻璃幕墙大厦群,是丸之内商务中心区。我在皇宫的正门前流连了一阵子，想象了里面不远处日本天皇奢华居所的模样，看到了附近严密的电子监视系统，然后就离开了。

第二天，天色好些了，我们路过皇宫，专门在皇宫外边的一段护城河边上走了走——这里护城河两岸的樱花，开放得特别好，与上野公园的樱花相比，还要好些。因为有护城河的掩映，河两边的樱花有远有近，形成了视觉上的反差。近的就在我们的头顶，人们摩肩接踵地走在河边高高的堤岸上，在那些怒放的樱花树下，人们脸上都带着和樱花一样或灿烂或安详的表情。

远远的还可以望见，在护城河的河面上，有人在泛舟，绿色的河水被细密的樱花所遮掩，那种感觉非常淡远，仿佛一幅水墨画。加上在增上寺和上野公园的观赏，这是我第三次看到了不同的樱花。

梅舍公园

在一家酒店吃过一顿非常地道的西餐后，我们在下午一点的时候，赶到了梅舍公园，去拜访香道直心流的几位女士，观看她们的香道表演。

下午的天光有些阴郁，这个季节是东京多雨的季节，所以不常看见晴天。甚至有时候，还有丝丝的小雨落下来。

梅舍公园是一个隐身在城市中的小园林，一进去，就可以看见几棵开放得十分茂盛的梅树，一派繁荣富贵的景象。过去我没有见过开放得这么密集的梅花，它是什么品种呢？沿着石砌的小道往里面走，完全是私家园林的景色。

在一片绿树掩映中，有一排被一个很小的池塘环绕的木屋，出现在了我们的眼前。庭院秀美，带有禅意。而高桥典子女士带领着其他四位女香道家，穿着华丽的和服，正在笑容可掬地迎候着我们。

2003年冬天的时候，我在北京已经见过这几位香道艺术家，那一次是她们去北京和南京进行香道文化交流，在北京市政协礼堂的一次香道表演会上。香道，和日本的茶道、花道一样，都是贵族阶层在长期的生活实践中，把日常生活上升到了"道"，也就是有规则的、含有表演特点的一种艺术的方法。香道，是过去日本上层贵族社会，为了让和服充满香味，需要用特制的架子把和服架起来，然后焚香熏染衣服。这个过程后来被规则化、艺术化、仪式化之后，就形成了今天的香道。

香道也分流派，直心流就是日本当代香道流派中，影响比较大的一种。香道因为普及性不如茶道和花道,所以并不是一种特别大众的艺术,而且,很多中国人包括我,过去从来都没有听说过。在当代日本,妇女在结婚之后,仍旧是大部分不工作,安心持家养育孩子,所以,闲暇时光就用来学习花道、茶道和香道了——这是这些艺术之道今天在日本仍旧发达的现实因素。

再次见面,确实有一种别样的惊喜。我们满怀着重逢的喜悦,在内屋一间铺了席子的会客室里曲腿坐了下来。寒暄过后,高桥典子女士带领其他几位女香道艺术家,开始了比较繁复的香道表演。

这个过程需要持续一个小时,有焚香、闻香、听香等。而且,这还是已经简化了的。最后,当香道表演到达尾声的时候,高潮也同时来了:香道艺术家刚才使用了四种不同的香片,每种香片都有一种颜色的纸条作为代表,根据刚才焚香的顺序,要我们来做一个游戏,就是按照闻过的香片燃烧时的气味,用手中的彩色纸片,依次排列出顺序,猜中了的,有奖励。

这完全是闻香识香的事情,我们几个人大都没有猜对,尽管我上次在北京已经玩过这个游戏了。不过,为了安慰我,高桥女士还是送了我一个香包。

离开梅舍公园的时候,我们真是有些依依不舍,几位温和美丽的香道艺术家,在木屋的门前目送我们,一直到快要看不见,还在向我们招手——她们送朋友,是要送到眼睛看不见朋友了为止的。

我学过两年的日语在"复活"——萨悠娜拉!

东京银座

我出现在东京银座街头的时候是一个傍晚。刚开始的时候还有些天光,街灯还没有亮。但是,那些耀眼的广告牌已经在闪烁了。这完全是一个符号化的世界,到处都是商品的代码在闪亮,吸引着你的眼球。

银座果然名不虚传,依旧人流如织。虽然因为最近十年来,日本经济不景气,银座的地位、影响和景观多少有些变化,但是,它的鲜亮和流动,华丽和时尚,仍旧是东京的一处标准风景。

在人流匆匆的银座街道上,我有些迷失了。不久前在北京我刚刚看过一部美国影片《迷失在东京》,现在,我也快要迷失了。我看不见其他几个同伴,茫然地被商品的颜色和亮度所吸引。我不得不去观看那些东西，那些陈列在商场里面的东西，它们似乎都在发出呼喊，都在放射着磁力。后来，我发现我正位于银座四目丁的十字路口，和光商店顶上有一个钟塔，旁边是三越百货，我又找到方向感了。

银座，这个名字来源于日本江户幕府时期，因为当时这里是幕府的一个银币的铸造发行所。虽然到了明治时期，银座的功能被废止了，但是这个鲜亮的名字却留了下来，被用来称呼大城市的商业繁华区。在日本，很多城市的繁华商业区，都叫银座。而现在，北京、上海这些地方，也出现了以银座为名字的商业设施。

银座的街道狭窄，主要的繁华地段只有一两公里，但是集中了几百家著名的百货公司。这里的东西大都是高档货。这里是日本20世纪80年代泡沫经济时代，那些有钱人最喜欢消费的地方，是著名的、巨大的销金窟。日本是世界上钻石第二大消费国。那么，有多少钻石在今天晚上的银座闪亮？

我似乎还看见了日本平面媒体《读卖新闻》《朝日新闻》的报社大楼，隐现于霓虹灯闪烁的某个瞬间。

现在天色黑了，到处都是人，下班的人们，从地铁里涌出，在银座的商场、酒吧、舞厅、夜总会流连。

我发现银座里很多商店都有一种向顾客招手的瓷猫，这种猫叫"招财猫"，是好运的象征。我还看见几个百货商场屋顶上似乎都供奉着一个神龛，问了日本的朋友，他告诉我，那个神龛里面供奉着"稻荷神"，这是日本商人喜欢的一个神明，和我们的财神是不是多少有些相像？

歌舞伎座

穿越银座熙熙攘攘的大街，我们几个人在一家歌舞伎座剧院门前会合了。这是东京最有名的一家上演歌舞伎的剧院。而银座那些商场的东西确实太贵了，我们逛了半天，都没有买什么东西。

这家剧院，显然是专门用来演出歌舞伎的。剧院的装饰以红色为基调。门口有一些等退票的人，据说是为了等戏开演之后买那种票价便宜的站票。

歌舞伎，其实就是日本传统形式的戏剧，大约于江户时代之后，在能乐、狂言这些日本戏剧和喜剧的基础上，发展完备起来的。创始人据说是一个女人，名字叫阿国。她组织了一个夫妻剧团，在舞台上通过同时表演舞蹈和音乐伴唱，来讲述一个故事。一百年后，歌舞伎已经发展成了6个以一些杰出的歌舞伎演员为代表的派别，很像我们京剧的马派、程派、梅派等，直到现在，这些歌舞伎的流派还存在着。歌舞伎的发展，据说也曾经间接受到过中国早期戏剧的影响，南北朝和唐朝的很多戏剧，都传到了日本，成了日本早期戏剧的组成部分。

歌舞伎的主要演员一般都是男人，男人来扮演女人，和我们的京剧旦角一样。每个成名的演员都有自己拿手的剧种，也有自己铁杆的戏迷。

我们到达的时候，刚好已经演完了一场歌舞伎戏《忠臣藏》。我们没有赶上，就先到了餐厅。这个时候，很多观众也来到餐厅，每个订餐的观众，都找到了他们自己的桌子——桌子上有名牌，一目了然。我们也找到了提前订好的座位，开始吃一种所有的东西都被装在一个深色漆器盒子里的定食——一种已经给你搭配好饭、菜、汤的"快餐"，这是一顿很好吃的鳗鱼饭。

吃完饭，我们进去，先看了一出歌舞伎《达陀》。灯光渐渐地暗了下来。一个和尚在做法事。忽然，一阵烟雾过去，从戏台一侧的地板下面，升起来一个长袖捂面的女鬼。女鬼一亮相，很多观众便鼓起掌来，显然，这是一个名演员。这个戏并不长，说的是一个死去的青衣女鬼纠缠做法事的和尚，希望重生的故事。最后，舞台上的和尚越来越多，他们抵制住了女鬼的纠缠，一起在跳着威武的动作。

看完了这出很短的歌舞伎戏，短暂地休息了一下。然后，很快，第二场《义经千本胜》就开演了。因为不懂台词，只能够猜测大致的剧情。这个戏没有了歌舞，看来，更像是一个话剧，没有舞蹈动作，没有伴唱，只是在讲述日本某个历史时期，一个古老的恩仇和悲欢的故事。观众们不时地在一些段落衔接的地方鼓掌，但是他们除了掌声，不会发出任何别的声音。

看歌舞伎戏的感觉，很像在北京看京剧。我确实没有想到传统的东西、传统的文化，在日本被保护得这么好。接下来的日子这种感觉还要更强烈一些。现在，北京的京剧市场越来越活跃了。不过，好像也没有活跃到东京歌舞伎受欢迎的程度——我看到了很多年轻人，而京剧，现在很少有年轻人看。

我们重新来到了大街上，又下雨了，银光闪闪的银座被掩映在雨幕中，变得模糊不清了。

四十七武士：忠臣藏

在银座没有赶上看歌舞伎戏《忠臣藏》，我多少有些遗憾，但是，对这个故事我很熟悉，我觉得这个故事可以作为了解和理解日本武士道精神的典型案例。所有的日本人，甚至包括一些儿童，都熟悉这个忠臣藏的故事。现在，四十七个武士的墓地，已经长期成为人们拜谒的圣地了。

我曾经看过两个版本的《忠臣藏》的电影，最近的一个，是著名导演市川昆执导的，深受中国人喜爱的演员高仓健，在电影里扮演复仇武士的首领大石。这部片子拍得从容不迫而又惊心动魄。这出讲述复仇的戏，在第二次世界大战之后美国人占领日本期间，根本就不许上演，因为它有报仇的情节。

确实，忠臣藏这个故事，是日本一个有重要意义的故事范例。它不断地被拍成电影、改编成歌舞伎等各种艺术表现形式。透过忠臣藏的故事，一定程度上你可以理解大和民族精神的一些内容。

这是一个武士为主人复仇，最后忠义双全的故事。1703年，正是江户的德川幕府时期，幕府当时任命两个大名来主持各地大名觐见幕府将军的仪式，其中一个是浅野侯，但他不熟悉仪式需要注意的事项,而自己手下熟悉这些规程的武士家臣的首领大石碰巧不在身边。

于是,浅野侯不得不向在幕府的中枢机构担任要职的吉良侯请教。由于浅野没有按照潜规则向吉良侯行贿,结果,吉良侯故意让浅野侯穿上了根本不符合仪式规矩的衣服,在主持仪式的时候丢了丑,浅野觉得遭到了侮辱,于是,他当场拔剑刺伤了吉良侯。

他的刺杀行为有合理性。但是,尽管他是按照武士之德,刺伤侮辱陷害了他的吉良侯,可是在幕府将军大殿上拔剑,又是对政府的不忠行为,于是,为了履行臣下必须要向幕府尽忠的义务,他需要切腹谢罪。于是,浅野侯回到封地,等候家臣大石回来,在和大石话别之后,在一种果敢与深情的眷恋中,浅野切腹自杀了。

浅野侯切腹之后,封地被没收,所有的家臣武士们,包括聪明果敢的大石,立即成了没有主人的浪人。这些浪人一共有三百多人。

首领大石决定复仇,于是,在进行了一次对主人忠义的小小测试之后,他明白,自己一共有46个同伴,可以一起实施计划。其他的人都是不能完全可信的。他遣散了其他的浪人,开始和46个武士一起精心准备着刺杀吉良侯，为自己的主人浅野侯尽忠报仇的计划。

准备的过程十分漫长。一开始，他们放出烟雾弹，使吉良侯的耳目了解到他们已经散了，大都变得颓废和放荡，一蹶不振了。然后，他们用各种方式来麻痹对手，使对手放松警惕。

终于，几个月之后，在12月的一个大雪纷飞的夜晚，大石实施了他的计划：他带领着46个武士，包围并且冲进了吉良侯戒备森严的住所，和吉良侯的家臣武士展开了激战。这个交锋和战斗的过程相当惨烈和激动人心，尸横遍地，血流成河。然后，大石手刃吉良侯，把吉良侯的头供奉在了浅野侯的墓地前，为自己的主人报了仇，洗刷了主人被侮辱的名分。

武士们的义举，把整个江户给震撼了。但是，尽管所有的百姓和很多贵族、大名都对大石和他的46个武士对主人的情义的报恩行动，表示了巨大的赞赏，可是，为了向幕府表示"忠"，显示武士们没有犯叛国罪，幕府反复思考，决定47个武士必须要切腹自杀，来显示对幕府的"尽忠"。

于是，47个武士没有犹豫，因为他们已经报仇雪恨了，全部欣然切腹自杀，就这样，他们忠义两全了。

通过忠臣藏的故事，我知道了在日本人的精神中，"忠"和"义"一直是最主要的内核，而且，必须要忠义两全，才显得生命完美无瑕。

东京的小酒馆

晚上，我和靳飞、祝勇一起到王子酒店附近的一家小酒馆喝酒。已经是10点多，小雨正在变成中雨，但是一条街上，很多小酒馆的招牌都在闪亮，而且里面的人都很多。我们要了一些小菜，开始喝啤酒了。

日本人信奉的神道教有个说法，就是日本人的神非常喜欢从酒这样的液体中获得安慰。既然神都这样，那么人就更是如此了。所以，日本可以说是酒鬼的天堂，因为男人在工作之余，喝酒是最好的放松方式。

好几天晚上，在东京不同的小酒馆喝酒，我都看到，那些刚刚从公司里加班完乘坐地铁出来的男人们，他们首先不回家，而是急匆匆来到这些酒馆，开始喝酒。他们一般先喝啤酒，等到喝得脸红了，接着喝起了米酒。一开始是低度的米酒，很快，高度米酒——烧酒，上来了。于是，喝着喝着，醉鬼就诞生了。他们的嗓门高起来了，脏话也可以说了，动作也大起来了。他们可以跳舞，可以撒野，可以干一些发泄情绪的事情，快活地体会着醉酒的状态。

我的朋友告诉我，日本人对醉鬼们是十分宽容的，他们在喝醉了之后，怎么胡闹和撒酒疯，都是可以原谅的，而且，他们也不必在第二天酒醒了之后，对自己头一天的酒后撒野愧疚。可能日本是世界上最适合酒鬼们待的地方，不过，日本喝酒的价钱可能也是最贵的了。

我们发现，这个小酒馆的几个侍应生都是中国人，问起来，有北京人、福建人。两个北京小伙子，显然像一边打工一边读书的学生，那个很清秀的福建女孩，就不好说了。我们和福建女孩逗了几句，发现她很快不见了。中年女店主一直在观察着我们几个中国人，她看起来很警惕，把女孩调到别处了。

日本人在很多酒馆喝酒不用付现钱的，往往每个月底，酒馆会把他们喝酒的账单交到他们所在的公司去，由公司结账。当然，也有公司经营不善，无法结账的。我听说，很多工作辛苦的日本人，在这样的小酒馆里，往往都有一个"相好"，其实不是那种真正的男女相好，就是一个比较愿意倾听这个男人一边喝酒，一边诉说生活中苦恼的女侍应生。往往这个时候,男人完全地剥掉了平时的面具,可以向别人、向一个不是自己妻子的女人袒露心扉,他最后也获得了心灵的慰藉与平静。

内山书店

在皇宫附近护城河一侧看够了樱花,我来到了神保町,这里是东京书店最集中的地方。读书人到哪里都不忘逛书店,这些年,我在国内的很多城市,都喜欢找旧书店,结果淘到了不少好书。不知道在这里我可以淘到什么。

在神保町的街道上,果然看见了很多书店的招牌,远远地,还可以看见日本非常有名的文学杂志《文艺春秋》的广告牌。离和内山书店的老板约会的时间还早,我们可以分头行动。于是,我和祝勇就挨个逛书店。

我对日本近代以来的文学还算比较熟悉,像夏目漱石、谷崎润一郎、石川达三、加藤周一、川端康成、远藤周作、井上靖、司马辽太郎、大冈升平、安部公房、芥川龙之介、横光利一、大江健三郎等作家的文集,在这里都能找到。看到很多他们的原版日文书,我感到十分亲切。

这些书店的定位彼此都不一样,加上内山书店,其中有两三家是专门经销中国书籍的,我逛了另外一家,看到了中国出版的大批书籍,甚至还找到了我几年前出版的一部长篇小说。在另外一家书店,我翻阅了很多日本漫画书,发现大量都是黄色的。据说这些成人漫画书假如不是黄色的就不好卖。

结果,我们逛高兴了,竟忘了和内山先生约定的时间,日本人是非常遵守时间的,这可把翻译平田敦子小姐急坏了。我们赶紧往内山书店走去,上了电梯,直达五楼,在一个很小的会客室里面,内山先生正在等着我们。

很多中国人都知道鲁迅先生和内山先生的交往,不过,现在的这个内山先生,自然不是当年的内山完造了,而是内山完造先生的侄子。他很儒雅,戴着一副眼镜,穿着一套蓝色的西装,和我们进行了半个小时的见面。他的中文很好,聊天寒暄的时候,可以说汉语。

我想起他的叔叔内山完造和鲁迅先生的交往,他们的故事,已经成了中国现代文学史重要的组成部分了。内山完造1917年在上海开设内山书店,开办讲座,设立上海童话协会,进行了大量的中日文化交流活动,传播世界和日本近代文化。1927年后,他曾多次保护鲁迅先生免遭白色恐怖的迫害,死后他还要求葬于上海。他的弟弟内山嘉吉于1935年,在东京开设了这家内山书店，专门出售鲁迅先生的著作和其他中国出版的书籍，是中国人民的好朋友。

现在的经理内山先生，就是内山嘉吉的儿子。聊天当中，我们得知了现在书店经营并不容易。我在内山书店看到有大量的中国书籍，一些现代作家的作品很多，比如鲁迅、巴金、老舍、沈从文、冰心、茅盾，都有专门的架子，而当代作家的作品，像《白鹿原》《丰乳肥臀》《灵山》《土门》等，也都有销售。

离开内山书店，前面拐弯就是神田旧书店一条街，这里全是旧书，据说有上千万册，在等待着有心人。

临海副都心

副都心，是一个城市建筑规划学上的概念，就是指现代特大城市为了疏散城市中心区的功能和巨大的人流、物流的压力，在城市边缘地区建设的另外的中心区。像北京，早年就准备在望京地区建设副都心。

东京临海副都心，是在东京港湾之内，通过填海造田，于1996年建成的一个副城市中心。这里有日本规模最大的东京国际展览馆会场，还有世界上最先进的以虚拟游戏娱乐为主的东京娱乐城，还有日本建筑设计大师丹下健三设计的富士电视台大厦，以及存放日本"宗谷号"南极科学考察船的船舶科学馆、松下电器中心、东京电信中心等，是相当现代化的地区。

我们在芝浦坐上了城市轻轨，向东京湾内的临海副都心而去。轻轨上人很多，我注意到一个细节：一个女士曾经三次调整自己的座位，带给别人以方便。这使我感慨，文明，就是在公共场合，时刻注意自己的形象，尽量地给别人行方便。我还注意到，在东京很多公共场所的电梯上，紧急上下行道，不会有任何人占着，尽管另外一侧人山人海。这虽然是一个小事情，却可以看出来一个民族的文明发育程度。

轻轨列车轻盈地穿越了横跨在东京湾大海上的彩虹大桥，可以看见壮美的海洋景色。没有多长时间，我们就到达了临海副都心。可以看见，这里的现代建筑鳞次栉比，有些"未来时代"的现代感。

我们先参观了松下电器中心的最新产品展示馆，非常震惊。这里有很多孩子来玩，松下电器作为日本工业的一个符号象征，它不断地开发着新产品，改变着日本人乃至世界上很多人的生活形态。这些最新的电子产品，肯定在世界上是非常先进的。看着日本孩子在那里自如地操作这些新式电子产品，我有些流连忘返，想起了我自己贫瘠的童年。

而后，我们又来到了丰田公司的展览部，看到了丰田公司出产的最新产品展示。不过，我对丰田公司没有什么好印象，他们确实生产了世界上质量最好的汽车，但是，有个说法，说日本包括丰田公司，都只是把三流的产品给了中国。一流的产品给自己用，二流的出口到欧美，三流产品给了中国——是不是这样呢？我想还有待求证。

我们后来去了一个女士购物中心，这是一幢圆环形的巨大的欧式建筑，一个大购物中心，里面还有罗马雕像和喷水池。各种女人喜欢的东西，都在那里陈列和展示。可惜我是个男人，否则我就成了购物狂了。

我在科学馆、虚拟娱乐城、电信中心、时装城、日本科学未来馆眼花缭乱地观看着，戏谑自己今天有些像"小灵通漫游未来"，看到了我们自己可能的未来现代化的程度。祝勇同意我的感觉。

通过对临海副都心的仔细游历，我感觉东京是一个现代化程度非常高的城市，它显示了高度发达的城市文明。每天，超过六百万辆的汽车在市区活动，市区里高达五六层的城市高架高速路比比皆是。这里似乎已经被人类的活动波及了每一棵树、每一片草皮，甚至大海上的很多区域也被围海造田了，钢铁和水泥改造了每一寸土地。但是，这种改造也给那些大树、池塘与河流，飞鸟、古建筑和昆虫，花草、泥土和空气，留下了空间。

新　宿

新宿是东京一个商务和政务中心区。这里有两幢并列和连通在一起的东京都市政厅大厦，一共45层，超过200米，是附近最高的建筑。

和很多游客一起，我们排队经过安全检查，乘坐高速电梯，直接上到了观光层。观光层被开发成了旅游层，里面分成了不同的区域，在中间都是各种纪念品和小商品，而沿着玻璃窗，则是可以全方位俯瞰东京的观光区。

我随着人流转了一圈。下午的时光，当繁复的东京市容完全地展现在眼前的时候，我觉得这个城市像地衣一样在快速地向着远方——那大海闪耀的地方繁殖。这可能是我的一种幻觉，东京带给我的奇特幻觉。

在东京都市政厅大厦旁边，是一个主要的商务中心建筑群，令人眼花缭乱的摩天大楼拔地而起，三井大厦、住友大厦、中央大厦、京王广场饭店、第一生命大厦、NS大厦、KDDI大厦高低起伏，形成了一圈人造的高塔群。这种建筑风格，是美国芝加哥建筑学派的产物，棱角分明，实用、伟岸，又透射着物质的冷意。

在下电梯的时候，碰到一个台湾旅游团，和他们聊天，彼此很愉快。发现他们没有去过大陆，我觉得很遗憾，告诉他们，大陆尤其是北京和西安，古代文物还是有很多的，不比这里少，而上海和东京的面貌，已经差不多了——劝他们去大陆看看，我不免多少自夸了一点吧？

在新宿火车站附近，有一个有名的"电器一条街"，街上到处是电器和电子产品。我很想买一个数码摄像机，在商店里转了半天，发现确实比国内便宜。不过，因为没有售后服务，担心坏了成本更高，就没有买。

面对那些琳琅满目的电器和电子产品，如电脑、电视、摄像机、照相机——我忽然觉得，人类创造的电子垃圾可真多，一条街上都是新东西，那已经被人们买回去的旧东西呢？他们可以最终被地球给消化掉吗？

天色向晚了，我来到了被称为"花花世界"的歌舞伎街。

如果说银座是东京有钱人和职业白领的销金窟，那么这里是东京新兴的年轻人和没有多少钱的人的乐园。

我站在歌舞伎街的一个十字路口。潮水般的年轻人，在街道上来回涌动。他们的身体如同盛满了欲望的瓶子，在饮食店、剧场、酒吧、电影院、电玩中心、歌舞厅、卡拉OK室等消耗自己的青春。这里是藏污纳垢之地，也是充满了希望和快乐的地方。

两个穿黑色西装的人在盯着我看，他们的头发很短，但是还被烫卷了，很奇怪的发型。难道要找我的麻烦吗？我很平静地笑了，后来，他们走了。之后，朋友告诉我，我穿的黑色西装和留的短发，打扮得很像日本黑社会的人，也许，人家以为自己地盘上来了找事儿的帮派了。

在歌舞伎街，我进了一家十分明亮的书店。东京人喜欢看书，一本书动不动就发行几十万本，几百万本也是常有的事情。

我细致地搜索，注意到日本在外国文学翻译方面，非常快捷和齐整，像美国一个比较重要的犹太作家艾萨克·辛格，他的作品有几十本，基本上全部翻译过来了。而印度裔英国作家拉什迪的全部作品，都有日文翻译。在文化引进和吸收方面,日本的胃口真大,速度真快!我萌发了赶紧重新学日语的念头。

这天的晚餐,是在一家中国人开的中国料理店吃的四川菜。说实话,这家的四川菜很不地道,因为并不麻辣。

相 扑

连着多天,晚上看电视,我最喜欢看的,就是最近在日本举行的相扑比赛。我喜欢一个叫朝青龙的相扑手,盼望他能够最终获得胜利。果然,从东京看到京都,从京都到奈良,最后到离开大阪,朝青龙终于获得了联赛冠军。

据说,朝青龙是一个具有蒙古人血统的相扑高手,级别是仅次于横纲级的大关,也就是锦标赛冠军。没有想到,几个月后,朝青龙和其他几个日本相扑国手,来到了北京,还登上了长城。北京的报纸上,有一幅他和十几个中国孩子一起玩相扑的有趣镜头。

那几天的电视,除了相扑比赛,我还注意到一个新闻,就是一个小孩子被一家酒店的转门给夹死了。电视上,天天都在讨论为什么会夹死一个孩子,一条小生命。专家、警察都在谈论这个事情。这种对生命价值的关注,和对非正常死亡的不依不饶，使我很动容。

据说相扑起源于中国秦汉时期，当时叫"角抵"，一开始是宫廷体育，后来秦始皇的王朝很快灭亡，这才散布到了民间。但是日本人并不认为相扑是起源于中国，他们认为，相扑是日本土生土长的体育运动。

在武士阶层地位很高的各个幕府时代，相扑作为一种可以提高武士作战技能的运动，很为那些幕府将军和大名们所提倡。到了德川幕府时期，相扑已经变成了职业化的体育竞技和大众娱乐了，最好的相扑手，也和武士一样，被将军和大名所雇用。

1853年，美国海军舰队司令佩里将军率领的舰船出现在了东京湾，打破了德川幕府的闭关锁国。据说为了向美国白人展示日本民族的强健，幕府派相扑手到港口背着米袋子进行比赛，向美国人示威，希望他们敢于下场比赛。

明治维新开始的一些年，日本一切都向西方看，向西方文明学习，"全盘西化"，相扑作为日本传统文化的代表，被认为是过时的不文明的老古董，很快衰落了，基本被禁止公开演出。

但是，一个叫高砂的相扑手向禁令发起了挑战。他公开在东京演出和比赛，挑起了一场如何面对日本传统文化的争论，最后，"要现代化，不要西方化"的思想占了上风，日本人开始一边追求现代化，一边努力地保存好传统文化，包括相扑运动。相扑渐渐地发展了起来。1884年，明治天皇出席了一场相扑表演会，从此把相扑运动和增强日本民族自信心以及日本民族主义联系了起来。

相扑分很多段位，最高的级别是横纲级，标志是腰上有一条白色的、厚厚的带子，在后腰上打个结。相扑手们的发型自然是传统日本式样的"丁式"，中间的头发被剃掉，而扇子般的发型展开在脑后。他们比赛，往往又慢又快，慢是指他们上场半天，就是彼此打量，或者跺脚吓唬对方，往地上撒盐，然后蹲下来，注视对方，需要很久。这样的对视，就是和对手进行心理较量的。有时候，眼看着两个"肉塔"要冲向对方了，真正的激动人心的高潮要来了，他们却又分开了。

当然，现在规定这样的准备时间不能超过4分钟。穿黑色传统服装的裁判把扇子一开，两个相扑手猛然撞在了一起，这一刻很惊心动魄，一番短暂的争斗后就能分出胜负——失败的一方，被对手弄出场地了。

目前，日本职业相扑手超过一千人。绝大部分相扑手超过

30岁就要考虑退休的问题了。他们的寿命往往不长，一般不到50岁。现在，欧美一些国家对相扑也产生了浓厚的兴趣。出生于夏威夷的小锦，作为一个美国人，就到了"大关"的级别，最后，加入了日本国籍。

我找到了相扑手的一份菜谱，主要是在容量很大的火锅中，放入蔬菜、猪肉、豆腐、鱼肉、家禽和豆酱，再加上日本人喜欢的酱汤。

新干线

新干线是贯穿日本本岛的铁路轨道快运系统，从东京到福冈，有1100多公里。最早修建的是从东京到大阪的560公里，当时是为了迎接奥运会，于1964年10月1日运营。后来，又接着修建了东京到福冈、盛冈和新潟的新干线。1998年，修通了东京到长野的新干线。这样，新干线就基本上将本岛到九州和北海道的铁路，全部连接起来了。

我们要离开东京，前往京都了，乘坐的就是新干线。乘坐新干线是非常经济和快捷的选择，在二等车厢里，一侧是三个座位，另外的一侧，是两个座位。上午9点13分，列车离开了东京站。

新干线确实很快，时速二百多公里，沿着本岛的海岸线，向大阪而去。很快就到达了横滨，但是从一路上的城市风景来看，我根本就没有觉得离开了东京，可见东京和横滨已经完全连成了一体。

列车平稳而快速，有时候因为速度快，转弯的时候稍微有一点飘忽。这样体会速度的感觉很好。我想，我们完全可以像日本这样，尽快修建北京到上海、北京到西安、北京到哈尔滨、北京到广州的高速火车，把中国的所有速度都提升起来。

不到半个小时，透过右侧的车窗，我就看见了富士山。今天的富士山，在灰蒙蒙的云彩的掩映下，看上去很令人失望，因为它也是灰蒙蒙的。富士山是日本最大的象征性符号，海拔3700多米，是日本最高的山，也是一座活火山，山顶终年积雪。在山脚下，有5个很漂亮的湖，加上山上的森林、湖泊和瀑布，使其成为一个旅游胜地。不过，这一次，我已经没有时间到它的脚下了。

在列车上，我注视着富士山，通过列车快速变换的不同方位来观赏它。富士山的美，就在一种均衡的沉静与悠远，一种坐禅般的镇定和爽朗，一种庄严、肃穆和雄伟。我盯着富士山看，很快，列车转了一个弯，就看不见它了。

两个小时之后，我们在京都火车站下了火车。这个新干线，真是又快又方便。

金阁寺

京都是一座古都，它的气质完全不同于东京那样的现代化国际大都市。从新干线下来，一到达宾馆，我首先就看见了宾馆大堂有一个告示牌，上面写着京都的不同地区，今天樱花开放的指数。指数高就说明樱花开得好，值得去看。

这可真是很有意思的事情。不过，我忽然想起来日本作家谷崎润一郎的观点，他往往和这样的樱花指数预报反其道而行之，哪里樱花指数低，他就去哪里，结果那里人又少，花又美。

确实，这个季节来到京都，肯定要淹没在来看樱花的游客的人海里了。

京都作为日本古都，主要从平安朝开始，一直到明治维新迁都东京为止，已经有一千年以上的历史了。当时建立京都的时候，正是日本向中国的唐宋时代学习的时候，所以它的布局完全模仿长安和洛阳。皇宫居于中心，其他都是纵横方直的棋盘般的街道，而且一些街道现在还保留着当年的名字，叫一条、二条、三条、四条——一直到十条，和北京一样，而北京也是模仿唐代长安建设的。

京都有一种浓厚的古都气韵，它的寺庙很多，现在保留下来的寺庙，就有1600多座。而各种神社，也有400多座。来京都首先要看寺庙，于是我们马不停蹄，立即赶到了金阁寺。

最先知道金阁寺，是阅读日本作家三岛由纪夫的长篇小说《金阁寺》，现在亲眼看到了金阁寺，有一种忘言的体会。我长久地注视着眼前的金阁寺，它的影子柔和并且轻微地荡漾，这样的美，确实多少有些华贵了。

现在的金阁寺，其实叫作鹿苑寺，寺庙一共有13座殿舍，金阁不过是寺内建筑之一。金阁一共有三层，并不如很多寺庙的大殿那样巍峨，可是，因为它用金箔装饰，所以显得金碧辉煌，富丽堂皇；在镜湖池里的倒影，使它有了一个很好的反衬。

它是室町时代幕府将军足利义满的山上别墅。足利义满将军喜欢文化，尤其是日本中世的文化，比如能剧、狂言，比如日本早期茶道的雏形斗茶，这些文化都是从中国宋朝传到日本，被足利义满将军推崇的。他死了之后，这里被改成了相国寺派的禅寺，迄今已经有500多年的历史了。

我们现在看到的，是日本在1950年之后重新修建的。1950年7月2日，当时这个已经有500多年历史的金阁，突然燃烧起了熊熊大火，很快就把金阁给焚毁了。这成了日本报纸的头条新闻。

原来，金阁寺的僧侣、大谷大学学生林养贤是纵火的罪犯。这是一个性格内向、患有严重口吃、很自卑、心理多少有些扭曲和变态的人。经过他事后交代，他是因为金阁寺的美，并对这种美产生了嫉妒，最终决定要和金阁所拥有的美一起灭亡——说起来，这样的理由是不是很古怪？但是，作家三岛由纪夫却非常敏感地觉得这是一个很好的创作素材。他来到京都，兴致盎然地进行了极其认真的采访。1956年，他创作完成的长篇小说《金阁寺》，成为日本战后艺术小说的杰作。

我也经常想，为什么三岛由纪夫会根据这样一个心理扭曲的罪犯的纵火事实，来写一部小说？第二次世界大战之后，美国可以说是控制了日本，这使日本传统文化产生了危机，日本文人普遍感到精神失落，处于不可能恢复日本传统文化的美的焦虑当中，这和纵火犯林养贤的心理状态，有着隐秘的相似性。所以，极其敏感的三岛由纪夫把罪犯的一生成长经历看成是日本战后的精神境遇，创作了充满美与幻灭的矛盾状态的《金阁寺》，来表达日本现时代的文化处境。

离开金阁寺，我想象着三岛由纪夫曾经徜徉在这里的身影，他本人的形象，和金阁寺的影子重叠在一起，都在镜湖水面荡漾，渐渐趋向于空无一物。

京都的气韵

在京都不逛寺庙是不可能的。看了金阁寺，接着，我们又去了禅宗临济宗的大寺南禅寺。这个寺院都是木质结构的建筑，历经700多年，仍旧完好。日本的寺庙是没有香火的，所以，在寺庙里，看不到我们惯常的那种香火缭绕的情景，比较清新安闲。据说这和日本战后的一项禁止在寺庙里点燃任何火头的法律有关。

泉涌寺，我们是在一个阳光普照的清晨去的。

我们很早到了，寺庙里没有人，只有我们分散在各个区域自己欣赏。这个寺院供奉着我们的唐代美人杨贵妃。原来，日本人有个传说，说杨贵妃没有死，而是逃到了日本。泉涌寺的后面，一片墓碑林立，是过去一些天皇埋葬灵骨的地方。

东福寺是禅宗临济宗的大本山，寺庙气势宏阔，倚山借势，非常漂亮。这家寺院，是京都秋天看红叶的最好地点。关于东福寺，我知道一则禅的故事。相传，契冲是明治时代的大师，任东福寺管长多年。一天，京都总督来造访他，派人递上名片，上面写"京都总督北垣"。

"我根本不认识这个人！"契冲对来人说，"叫他出去！"

来人吓坏了，赶紧回去告诉北垣。北垣笑了，用笔将"京都总督"四个字涂掉。"请再去。"

"啊，原来是北垣啊！"契冲大师看了名片说，"我要赶紧见见这个家伙！"

然后是龙安寺。龙安寺的枯山水很有名。对枯山水，祝勇一直很有研究。枯山水，就是日本式样的庭院里，假山假石之间，用细碎的沙石代替水并用木制扒犁耙成水纹，形成独特的庭院景观，和中国式样的庭院完全不同，带有再造另一种自然的意境。

我无法忘记在龙安寺里吃过的一顿午饭。在一间被极其优美的山石流水和樱花所包围的木屋之内，我们席地而坐，围着一个陶器炉子吃清水豆腐。而且，除了吃这清水豆腐，外加一些配料和话梅，不吃其他的。

豆腐已经被煮好了，端上来的时候，在陶碗里，清晰而微微颤动，带有一丝禅意。我竟然有些不忍下嘴。我坐在拉门边上，完全可以看到门外那小池塘里面的红色游鱼。这一刻，清水豆腐和眼前的庭院美景，在内心深处忽然涌现出"禅那"状态，就是一种被美所控制的无意识、恍惚、迷离的沉醉。

祇园是京都传统艺妓和舞妓聚集的地方。我们走过了一条现在仍旧有艺妓存在的艺妓馆街。是下午的光景，我穿过这条很不起眼的街道，在平田敦子小姐的指示下，知道了哪些房间是仍旧开业的艺妓馆。这样的房间，门前总是挂了红色的精致的灯笼。

走到了街的尽头，忽然看见四个艺妓打扮的女孩子走了过来。我知道，这是一些都市女孩装扮的艺妓，为的是寻找日本传统美的体验。她们的笑容和姿态，十分美好。为了方便一些游客为她们拍照片，她们就坐在了一条板凳上，花枝招展地笑，任凭你拍照。

一只白色的鹤，在眼前的小溪里漫步。旁边的一座小屋门口，很多现代装束的男女在排队，我问他们这是干什么，原来这家点心做得好，都是排队买点心的。

这天晚上，我们在一个非常秀美的庭院里吃的晚餐，这家庭院，庭前有青石流水，天井里面有幽深的古井。我们进了一间榻榻米包间，这一次，我吃到了来到日本后最好的日本料理。

几天下来，逛了很多寺庙，也游览了京都的旧皇宫御所和1895年建立的平安神宫，因此我对这个千年古都非常钟情。京都的春夏秋冬，四个季节都是各有佳景、令人迷醉。京都的神韵，在一种精致的美、古朴的美，在一种含蓄的美，在一种宠辱不惊、历经了岁月洗礼的美，在一种和现代生活方式完全融合的传统美。

日本现在文化的核心价值和主要的一些模式，都是在以京都为首都的历史时期形成的，难怪，日本人把京都当作是他们的精神故乡。

夜樱花

在京都看到的樱花，和东京的真是不一样，在这里，我连着两天，看到了令人迷醉的夜樱花。

夜晚看樱花，也是欣赏樱花的一种方式。第一次，是在圆山公园里看夜樱。这天晚上，我们抵达圆山公园的时候，看到了八坂神社的标志,以及挂起来的很多灯笼。沿着斜坡向上走,已经有很多人在那里了。天色渐渐地黑了,道路两边的小摊贩在吆喝生意,有各种小吃,包括烤肉串、春饼,连煮玉米也有卖的。

而道路前面,在一片空地上,有几棵十分古老的樱花树,雪白的灯光打在上面,樱花怒放,像是一片皑皑白雪,挂满了枝头。人们在这棵樱花树王的四周,搭起很多小棚子,在那里肆意聊天,开怀畅饮。

忽然,一朵樱花飘然地落在了我的肩膀上,我用手指拈下来,仔细地看。过去,我还很少这样仔细地看过樱花。这朵樱花,花瓣是粉红色的,重瓣,分为五瓣,中间是颤抖着的花蕊,花蕊也是淡粉红色的,带着一根长梗,就这样躺在我的手上,似乎带着一点喜悦和哀愁、娇羞和安详。我确实被感动了。

据说,夜间观赏樱花,过去是贵族的生活方式之一,但是现在,却是京都人的一种风气了。每年春天,他们都要在樱花树下,摆开阵势,饮酒狂欢。樱花的图案也在各种艺术作品、各种日常生活器物上出现,成为象征日本精神品格的一个符号。

另外的一天晚上，我和祝勇在一条贯穿京都的河流——鸭川边漫步时看到了夜樱。那天晚上，我们在一家烧烤城吃了十分实在的烤肉。后来我们回到宾馆，觉得仍旧需要走走路，消消食，就来到了大街上。

京都的夜晚，灯火通明，白天古都的那种安静沉着的气息，都不见了。这里成了年轻人的乐园，似乎到处都在消费、欢闹和狂欢，人流滚滚。我们几乎是被裹挟着进了一些商场，胡乱买了一些东西，比如要带回去的化妆品和小吃，然后，再次走到了大街上。

不知不觉，我们来到了鸭川边上。

鸭川，就是鸭河的意思。沿着鸭川，分布了不少京都很热闹的场所，如商店、发廊等。

但是我们的兴趣还是在古典的京都美上面，于是，我们沿着鸭川向前走。一路上，鸭川的潺潺流水声一直可以听见，鸭川边上，就是一排鳞次栉比的樱花树。很多樱花树都被路灯照耀得很鲜亮，我们一棵棵品赏，它们在夜晚的姿态真是不一样。而且，在只有几米宽的鸭河岸边，分布着很多各色的餐馆，这些餐馆里面都有人在吃饭。不同的身影，不同的男女，不同的灯光，不同的心境——我观看着，猜测着，和着眼前的夜樱花，这真是一种难以传达的境界。

据说，樱花的品种有四百多种，最早的樱花，是从喜马拉雅山山脚下的某个地方传种到了日本的，经过精心栽培嫁接，反而使日本成了樱花的国度。

奈良东大寺

离开京都，花了一个多小时的车程，我们又来到了奈良。从表面上看，奈良似乎非常的安静，人口也比京都要少得多，目前有三四十万人，因此显得有一种非常从容静谧的气质。

奈良在京都之前曾作为日本人的首都，古时候被称为平安京。694年，这里成为日本最初的国都。因此，它作为都城的历史，比京都还要早很多年。

奈良作为都城的时候，正是日本大受中国影响的时期，当时，日本兴起了向中国学习的思潮，不断派遣使者前往中国。这个时期，中日之间文化交流的程度很高。而日本向中国学习回来的宗教、建筑、文化等痕迹，在奈良都有保存。可以说，奈良既是日本一个非常古老的都城，也是中国人可以看到很多似曾相识的文化遗存的地方。

在奈良，我看了三座大寺庙：东大寺、药师寺和唐招提寺。

东大寺靠近一座很开阔很秀美的公园，环境迷人，樱花树开放在一片常青树之间，非常有层次感。

东大寺是一座建立于公元8世纪的寺庙，它的大佛殿、南大门和钟楼是非常有名的建筑。大佛殿是木制建筑，是早年根据圣武天皇的意愿，于752年修建的。大佛殿如今存有一尊高度超过16米的青铜镀金大佛，被称为是日本的国宝。

在东大寺中，保存了很多在日本乃至世界美术史上，都可以大书一笔的珍贵艺术品。比如东大寺的八角灯笼、世界最大的铜像卢舍那佛像，还有各种观音菩萨的立像，都是奈良时期的珍贵文物遗存。据说卢舍那佛铜像的铸造花了4年的时间。

我国唐代高僧鉴真和尚东渡日本之后，曾经在这座寺庙设立了讲坛。在大佛殿后面的一片小树林里，是戒坛院，据说是鉴真和尚当年修建的。而等身高的四大天王立像，就分布在戒坛院的四个角上。

如今，东大寺里面到处都是春游的人，熙熙攘攘，来来往往。而且，通往东大寺里面的石路上，还有很多褐色的鹿，它们一点也不慌张，悠闲地和游人周旋。来这里的游人，可以买一种专门的饼来喂它们。

离开寺院很远，回头望去，看见那东大寺巨大的木制大殿，非常巍峨雄伟。我面对着这样历经千余年岁月的建筑，确实感到了震撼和忘言之美。

药师寺

药师寺似乎隐藏在一片民居当中，我们停在了一个停车场，进去要走一段蜿蜒的路，其间可以看见呼啸而过的郊区轻轨列车。

靠近了发现，药师寺似乎建立在一片十分开阔的平地上，掩映在一片树林里。有好几个院子，分布着不同的寺庙建筑。

药师寺，建立于680年，这个寺庙建筑群是由天武天皇当年发愿，由持成天皇最后修建成功的。它最显眼的地方是两座多檐塔，其中的一座上有一个高高的金顶塔轮，也是铜铸的，刺破了青天。

我站在寺庙的院子里，在不同的方位观看这两座塔，觉得非常美丽。正好那天的天气非常好，晴天之下，细看两座塔高耸的塔尖，隐隐听到有铃铛声从高空传来，感觉十分神秘。

药师寺的东塔水烟也是铜铸的，如同四根羽毛，每根羽毛上都雕刻有几个天界使女，呈现类似敦煌壁画上的各种舞蹈、奏乐造型。

药师寺以一座药师如来的坐像、一座观音铜像而闻名世界。这些铜像，都是8世纪的作品，深受唐代文化的影响。

在一个开阔的后院，我看到了一棵开放得十分灿烂皎洁的樱花树，花色比一般的樱花白，像春天的春雪颜色，十分奇特。后院的一排房间，是玄奘伽蓝院，有日本现代画家平山郁夫的一些巨幅画作，都是大唐西域的自然景观，描绘了玄奘西天取经的艰难环境。平山郁夫的画大气磅礴，同时又有十分细腻丰富的朦胧意境美。

唐招提寺

唐招提寺，是由中国高僧鉴真主持，于公元759开始建造，公元770年建成的。现在，鉴真大师的坐像被供奉在寺庙里，鉴真和尚的墓地也在这座寺庙里。寺庙里还珍藏了当年鉴真和尚带来的很多珍贵经卷。

这个寺庙，如今已经是日本申报的世界文化遗产项目。我们去的时候，因为事先联系了，所以有一个看上去很文秀朴实的年轻住持正在寺庙的门口等待着我们。终于等到了我们,他高兴地笑了。

进了清寂的寺院,我发现这里的一些建筑正在维修,尤其是寺庙里面的一幢大殿,需要重新修复,被脚手架完全遮蔽了。

听住持介绍说,大殿的整个修复,需要13年。我很吃惊,因为在古文物的维修和养护上,日本的方法,绝对是我们应该学习和借鉴的。他们可以在几个月之内建立一幢摩天大楼,但是却用13年的时间,来修整一幢高30米的大殿。

这里面的快和慢,是不是很有象征意味!

唐招提寺的院落很开阔平展,有几进的院落。里面到处都是鉴真和尚当年的遗迹,比如他开坛讲经的讲坛,比如他修行的金堂等。这些遗迹一般不对外开放,因为我们来自中国,外务省特地让他们开放给我们。

在唐招提寺里,鉴真和尚像、千手观音立像和卢舍那佛像,如来佛佛像、药师如来佛像,还有鉴真和尚亲自建造的金堂、讲堂等,都成了日本的国宝。在后院我们还看到了几个中国领导人过去在这里手植的一些树木和植物,内心顿时涌现出亲切的感情。

鉴真和尚多次东渡，成为连接中日之间文化的桥梁，他的事迹，我们的课本上也有介绍，而日本现代作家井上靖的名作《天平之甍》，更是非常详细地描绘了鉴真和尚当年远渡重洋来到日本传播佛教文化的事迹。现在，寺庙的后面，一片绿树掩映的小花园里，还有井上靖的纪念碑，旁边不远处，是我国佛学大师赵朴初居士的纪念碑。

我注意到，唐招提寺里面樱花树只有很少的几棵，但是开放起来，却完全不同于我们在别处看到的樱花——细嫩的枝条上，开满了有些不堪重负的富贵的大樱花，使枝条被压弯了，显现了一种柔和坚韧的美。

这样的美，在唐招提寺看到，是不是别有韵味？

大阪城

离开了奈良，我们来到了大阪。

虽然大阪是日本仅次于东京的商业城市，到大阪最先应该看的，却是古建筑——大阪城天守阁。大阪城的建立，和日本封建贵族将军丰臣秀吉有关。丰臣秀吉掌握了幕府政权之后，不愿意待在京都，而是到了大阪，于1583年开始了建立大阪城的工作，很快建成了雄伟的天守阁。现在，这里已经被建成一座公园，我们来到的时候是一个下午，公园里有很多鸽子，还有一个白人在公园里表演弹唱，另外还有一个杂技团在表演喷火和耍猴，一派热闹的景象。

天守阁被一条护城河所环绕，外城是由特别巨大的石头砌成的，我觉得比东京的皇居外城还要坚固许多。这样大的石头，前所未见。我多次在黑泽明和日本其他电影导演的影片中，见过这个巍峨的天守阁，今天亲自登临，十分高兴。

天守阁外五层内八层，我们坐电梯上去，然后一层层地往下走。每一层都有巨大的沙盘、壁画和电子三维投影，还有动画展示，来适合不同年龄的人观赏，同时展现日本各个阶段、尤其是丰臣秀吉的历史。这些三维展示，有的是话剧片段投影，有的是歌舞伎的片段，从顶层向下，渐渐地可以看到日本的历史是如何展开的。

离开了天守阁，我们驱车前往大阪商务中心区。这里又叫OBP地区，是大阪的商务中心区。仰望21世纪都市新媒体大厦，展望松下广场，感受现代的大阪。大阪作为日本关西最大的商业城市，已经有600多年的历史了。从传说中的古代到8世纪，它也曾经多次被定为首都。近代，由于经济的发展，它被称为"天下的厨房"，是日本现代都市文明的代表城市。

通天阁是模仿巴黎的埃菲尔铁塔修建的，在103米高的地方，可以一览大阪的全貌。站在这样的地方，确实有通天的感觉。

大阪最繁华的地方是道顿堀，之所以叫道顿堀，是为了纪念1612年在这里开凿大运河的安井道顿。运河边上，霓虹灯非常繁复明亮，各种各样的餐厅比比皆是，你可以品尝到各种美味。这里的欢场、商场，是日本除了东京银座以外，有名的另一个销金窟。而大阪的海洋馆应该是亚洲最大的海洋馆了。

我们的汽车一直在大阪各个地方游走。有时候，抵达了一个港口，在一个巨大的购物中心待一阵子，买一些十分便宜精美的东西，然后坐在港口临海的椅子上，看远处的轮船出航。有时候，我们又穿越一个跨海大桥，这样，被钢筋和水泥建造出来的大阪，雄伟和复杂地展现在了我的视线里。

通过游走，我发现，大阪和京都、奈良、神户，还有和歌山、姬路这些城市，已经通过地铁、轻型轨道交通、高速公路给完全地连接了起来，成了一个庞大的城市群。也许不久，这一片关西城市群，甚至可以和东京、横滨的关东城市群连为了一体，成为世界上最大的城市群。想到这里，我很钦佩日本人的勤奋和聪明、执着和一丝不苟、认真和精细的创造精神。

晚上，我们来到了全日空航空公司下属的酒店下榻。这是一家很高的豪华饭店，像突然挺拔起来的一棵巨树，矗立在大阪海湾边上。

我住在48层，透过窗户，可以看见大阪城市夜晚的真正风姿。而白色的雾淡淡地遮掩了大阪的暮色。我还可以看见，不远处在大海上浮起来的、完全由钢铁建造的大阪关西国际机场。明天一早，我们乘坐的飞机，就会从那里起飞，跨越日本海、北海和渤海，向大陆上的北京飞去。

三　走马澳大利亚

夜　航

从一块大陆前往一个大岛，需要长时间的飞行。8月的一天，我从北京首都机场乘坐飞机飞往澳大利亚。飞机从北京出发，一般有两个航班，分别在上海或者广州经停，然后，飞机再次起飞，奋力向东南方向不间断地飞行。

我乘坐的是国航公司航班，飞机机型是波音777型，可以说相当的安全舒适。整个航程需要10多个小时，这么长的空中旅程，对我来说十分漫长。因为在飞机上熬10个小时以上是一件非常痛苦的事情。我不能够在飞机上睡着觉。而且，只要是稍微有些颠簸，我就睡不着。

整个飞行都是夜航，所以，看不见外面的事物。我透过舷窗，只能看见机翼上不断闪烁的信号灯光。昏昏欲睡中，可以看见飞机上的小型电视屏幕，在不断地显示我们的航线进展。飞机飞出中国沿海大陆的时候，我觉得有些不安，可能是我觉得一出中国大陆的版图，万米高空之下，都是连绵不断的被海水包围的岛屿，不再有大陆相依托，飞机下面，都是茫茫大海，因此有些不牢靠的感觉吧。

当飞机进入澳大利亚最北边第一座重要的城市达尔文市上空的时候，我的心突然变得安静了一些。我知道，现在，在飞机下面，已经是广袤无垠的澳大利亚大地了，不知道为什么我突然十分安心了。

风中的桉树

飞机抵达墨尔本市机场的时候是当地的凌晨，飞机着地的时候，安放在飞机机头部位的摄像机清楚地显示了机场灿烂的灯光。此时我从舷窗看见，在东方，刚刚显出了一点儿鱼肚白的天色。跑到这么远的地方来看天光的鱼肚白，真是一种难忘的记忆。乘务员告诫大家，不要带任何从中国带来的食品，尤其是肉制食品入境，因为澳大利亚的动植物检疫手续，是相当严格和苛刻的，稍不注意就会被罚款。

在机场办理出站手续的时候，因为在飞机上我就填写了我的行李"没有任何禁止带入澳大利亚的东西"的卡片,所以,按照引导员的引导,走了一条被规定的通道。我来到一个检查台,按照一个黑色皮肤的高个子检察员的示意,把行李箱放在了检查台上。我的行李箱被这个检查员非常仔细地检查了一番。他打开箱子,用手仔细地探摸,连我带给在悉尼读书的一个表妹的国产电池,都研究了一番。最后,他向我道谢,并且祝愿我在澳大利亚"有个好旅程"。

在机场迎接我们的是简妮小姐。当我们坐上她的车,向墨尔本市区开去的时候,我发现今天的风很大。车子迅速地在高速公路上移动,我看见路边的树干在大风中激烈地扭动着,凌乱地在空中"书写"颤抖。这样的树我没有见过,想来一定是澳大利亚特有的桉树吧——树叶是那种灰色加一点点蓝色,树干则仿佛被剥去了皮一样,是白色的。问简妮,她好像并不认识桉树,也许是她从不关心这些树到底是什么树的缘故。

郊 区

车子很快到了墨尔本市区,可以看见与墨尔本市一些高耸的写字楼共同构成的天际线的轮廓。我们经过主要的城区,开始向墨尔本市近郊的下榻处而去。这个时候,可以看到,上班的车流形成了我们相反方向的车流——澳大利亚人开始了他们一天上班的紧张节奏,看来哪里都一样——城市里,越靠近城区越堵车。

大部分澳大利亚人都住在城区商务中心区以外的地方,房子都是那种一两层的带院子的木头平房,他们很少住在高层的公寓里。而且,澳大利亚地广人稀,土地相对宽裕,所以人们的居住条件就好多了。可是,住在郊区,每天都要开车往城区的中央商务区去上班,还有的需要乘坐郊区轻轨铁路上班,这样的生活方式,和不少北京人是一样的。看来这样的生活方式,全世界都快差不多了。

我们就住在一片低矮的住宅区的一幢两层楼里。附近据说是澳大利亚典型的中产阶级住宅区。房子都是坡屋顶的两层式样,每家有个很小的院子,一个小车库。但是没有游泳池。

到了住处,我很困倦,由于在飞机上没有怎么合眼,就先睡了一觉。房间里有电暖气,这个季节正是澳大利亚的冬天。据说墨尔本市的气候不算好,经常每天有四个季节的天气。上午像春天,中午像夏天,下午像秋天,凌晨像冬天。

因为这里靠近大海,所以这里比较潮湿,风也不小。

墨尔本

从一些资料上知道，墨尔本市是一个民族的大熔炉，除了英国人后裔，最多的、最有势力的是意大利人、希腊人和华人。华人的构成非常复杂，有东南亚各国华人，还有中国去的华人。因此，整个墨尔本市呈现出一种多元文化融会的奇特景观。这一点，从据说有70多个国家的美食种类与分布上就可见一斑。

早晨起床吃过了早点之后，简妮小姐就开车来接我，她负责把我拉到墨尔本市市区，然后把我放在那里，由我自己逛。

前往市区的公路越往前走就越堵，上班时间堵车已经是一个全球化的问题。汽车艰难地来到了墨尔本市市区，我在墨尔本市图书馆门口下车，简妮告诉了我如何步行来看墨尔本市的主要城区风景之后，我就自己胡乱行走了。

图书馆附近的椅子和台阶上坐了很多年轻人，他们一看就是大学生，大多背着书包或者胳膊下面夹着书籍，闲散地聊着天，或者在等待什么人。门口还有很多鸽子在起落，一点也不怕人。

唐人街和圣保罗大教堂

沿着大街一直向前走,我们来到了唐人街。据说全世界的唐人街都是又脏又乱的,可是我在墨尔本市的唐人街上逛,没有觉得多么的脏乱。各色商店和中餐馆的招牌上都是中国繁体字,看着很亲切。可是,当地的朋友告诉我,这里治安有时候是比其他地方混乱一些,贩毒、枪战等,时有发生。当然,白天什么也看不见。

我在一家商店里买了几瓶绵羊油,是澳大利亚特色,据说是用绵羊的毛上的油做成的。绵羊油是早年来澳大利亚的中国人最喜欢带回国的东西,可是现在早已经过时了,现在,一般中国人回国都带深海鱼油和各种深海产品制造的保健品,或者便宜得吓人的鲍鱼干,最差也带几张羊皮褥子回去,很多人不要这个东西了。

我很快就走到了一个古老的教堂门口。我阅读英文的简介,发现这座教堂叫圣保罗大教堂,进去之后,立即被里面幽静神秘的气氛所震慑。教堂里面的色调和灯光很暗淡,教堂经常采用的彩色玫瑰玻璃和釉烧的地砖给我一种玄幻的神秘感。教堂里没有太多人,长椅子都是木头制作的,边缘和棱角由于经常被使用已经十分的光滑。

我转了一圈,拿到了一些免费的资料,又按照一个白发老太太的指示,花一块澳元,买了一份给教堂捐赠性质的彩色报纸,这份报纸上刊载的,全部都是关于地球环保问题的文章。

阅读介绍,我知道了圣保罗大教堂的历史,这是墨尔本市的第一座英国国教大教堂,是墨尔本市民众的信仰中心。建造于1880年,由一个著名的英国建筑师设计的,属于哥特式建筑,1932年加了几座高耸的塔尖,直破云天,雄伟而引人注目。教堂门口的绿地上还有一个人的塑像,据说是早期来澳大利亚的白人探险家马修福林德的塑像,他昂然地坐在一匹飞马的背上。

菲林德火车站

出了教堂,映在眼前的史旺斯敦街和菲林德街的交叉路口。这里有两座很有名的建筑,一座是街道对面的菲林德火车站,这是家住郊区的墨尔本市人来到城区的中心火车站,建造于20世纪初。车站并不高大,青铜圆屋顶,是维多利亚时代风格的建筑,墙体完全是黄色的石材,颜色非常醒目。车站的大门上面还挂了一个大钟,据说墨尔本市人会合时的常用语,就是"大钟下面见"。

挨着菲林德火车站就是墨尔本市的母亲河雅拉河,河上有一座比较古老的桥叫作王子桥,并不宽大,桥上人来车往,十分热闹。菲林德火车站北边马路对面据说是墨尔本市最贵的地皮,那里是一幢几层楼高的建筑,一楼是一家有名的餐馆。而最早在澳大利亚获得了上等人地位的华人移民先驱梅光达,据说就在那个街角开过一家很有名的茶吧。他早年在英国受到了完备的英式教育,后来来了澳大利亚,经营茶吧和咖啡馆他谈吐优雅,他的生意兴隆,由此进入了澳大利亚人的上流社会。后来,他被一个小偷给刺杀了。今年好像就是他被刺杀一百周年的纪念日,澳大利亚的不少华人移民组织,正在准备搞一些活动纪念他。

联邦广场

王子桥的对面,就是墨尔本市一座非常著名的后现代建筑——联邦广场。这座建筑并不高大,但是,看上去整体却显得非常复杂和不规则,是建筑师彼德·戴维森设计的。这个建筑师还被北京的地产商潘石屹请来设计了SOHO尚都这个项目,也是一座看上去歪歪斜斜、不规则的建筑。

联邦广场是一个结构与解构、现代主义与后现代主义建筑相结合的建筑，也是墨尔本市的标志性建筑。里面每天都在举行各种活动，在门前的小广场上，每天都有一些组织，比如宗教组织、绿色和平或者志愿者组织在进行募捐和宣传活动。我路过门口，立即有人上前塞到我手里一些广告。

联邦广场建筑就像是由奇怪的几何图形构成的，里面用各种不规则的斜拉钢条结构、透明的玻璃幕墙和不透明的石材一起结构，把政治、商业、音乐、美术和娱乐全部融会在了一个建筑理念里，是很有意思的。对于这个建筑，墨尔本市市民分成截然不同的两派，年轻人喜欢而上了年纪的人不喜欢。但是不管你喜欢还是不喜欢，这座建筑如今都成了墨尔本市的标志性建筑，和悉尼市的歌剧院一样成了城市的符号性建筑。

进入到联邦广场地下，我先拿了很多彩色印刷的、各种免费介绍澳大利亚城市与旅游的大大小小的画册，然后去二楼看了一个画展。

土著人画展

我们坐着巨大的电梯上了二楼，来到了一个土著人画家的大型画展上。澳大利亚土著人已经不多了，据说只有10多万人，大都分布在城市里，比如墨尔本市和悉尼市。他们不好管理，早期来到澳大利亚的英国白人，面对很难有法律观念的土著人很头疼，于是想了一个绝妙的办法来管理他们：让他们喝酒。于是，土著人就渐渐地被酒精给麻醉和统摄了。

这和早期殖民者用倾销鸦片的办法试图占领中国是一样的。现在的土著人也是很难缠的，一个华人杂货店老板告诉我，经常有土著人小孩来商店就直接拿了东西，大摇大摆地走了。你要是报警，把土著人抓起来关进监狱，那个土著人就会自杀，因为他们根本就不能过被关起来的监狱生活，所以，还是最好不要抓他们。土著人艺术家的作品还是很有意思的，一般的画幅都特别大，喜欢用黄色的色调，这可能和澳大利亚中部蛮荒的沙漠景观一致，再就是各种神秘的符号很多，质朴、神秘、苍凉，还有一种野性。

我看土著人艺术家大都是天生的抽象派艺术家，虽然他们可能根本不懂什么抽象主义、超现实主义的理论，但是他们的作品却天生地具有这些元素。难怪一些大师，比如毕加索和高更，如此喜欢从那些具有原始艺术风格的土著人艺术作品中吸取灵感。每当我看到所谓大师原创的作品，我就想，也许这是在巧妙地抄袭人家土著人艺术家的东西吧。

王后公园和维多利亚艺术中心

后来，我的朋友开车拉我到附近的一个很大的公园里玩，公园很大，到处都是大树，树干很粗，在国内的城市很少见到这么粗大的树木了。

墨尔本市是澳大利亚的文化艺术重镇，我们去了维多利亚艺术中心，看了一个很不错的展览。这个展览，是关于古老的亚洲文化的，有很多的雕塑、青铜制品，都是不知道什么时间、通过什么渠道从中国弄来的。其中一尊特别漂亮的唐三彩，那个胖胖的仕女脸上的微笑是如此的大度和迷人，是我看到的最棒的一尊塑像了。

这个艺术中心常年开放，而且几层楼分别有着好几个主题展，有免费的，也有需要付费的。我们看的亚洲古文化文物展览，是免费的。另外一个免费的展览，是欧洲中世纪油画展，大都是和宗教题材有关的油画。我看了觉得很压抑，确实，文艺复兴之前的欧洲艺术，被神学艺术给完全统摄了，人是缺位的，没有什么意思。

可惜的是，在这个艺术中心里，很少见到黄色皮肤的人，听说当地华人并不是很喜欢到这里来，他们都在忙着挣钱呢。

看来要培养一代真正的贵族,要好几代人的努力。

农场与马

我们从市区开车过去,要走好几个小时,道路并不宽,但是澳大利亚的交通管理很好,没有堵车。一路上,可以看到真正的澳大利亚农场风光,真是一望无际。而且,可以看见大量的奶牛和黄牛,大群的羊在游荡,还有成群的马匹在奔跑。

除了连绵不断的、特别养眼的农场风光,我还看到了在蓝色天空中嗡嗡飞翔的小飞机。小飞机似乎很多,一会儿就飞过去一架。导游告诉我,他也经常会驾驶小飞机,他有驾驶小飞机的执照。他说,澳大利亚人拥有小飞机的人很多,尽管,平均每两个星期就有一架小飞机坠毁。但是,即使是这样,喜欢驾驶小飞机的人仍旧很多。在附近,刚好有一个小飞机教练场,因此我总是看得见那些小飞机。他说,澳大利亚地广人稀,所以,在澳大利亚中部荒无人烟的地方,居住在那里的人,出来购买东西一般都是驾驶小飞机。出来一趟,把一个星期的生活用品都给买齐了,然后就不出来了,过着特别安静和寂寞的生活。看来,在澳大利亚拥有一个农场,远远不是一件浪漫的事情。

我和导游聊起来，为什么澳大利亚的猪肉和牛肉那么难吃，有一股古怪的味道。导游笑了，他告诉我，澳大利亚的法律对动物很人道，就是不能用刀杀死牲畜，那样的话动物——猪、牛、羊、鸡会很痛苦，很不人道，所以，屠宰场杀牲畜必须是电击，让牲畜瞬间被电死，然后才屠宰。没有经过自然放血的过程，肉当然就有些怪味道了。而且，狗肉是绝对不许吃的，这可是法律规定的，必须遵守。

"在澳大利亚，是不许生吃龙虾的，必须要放到冰箱里冻死才可以食用。而且，我去澳大利亚的屠宰场参观过，我发现，要被电击的牛确实是知道自己的命运的，因为牛在临死之前，确实是会流眼泪的，那个场面，我很难忘怀。"导游说。

菲利普岛

我们在傍晚的时候抵达了菲利普岛。透过一棵巨大的桉树的树枝杈，我看见了一座铁桥横跨在陆地和岛屿上。导游告诉我，晚上6点半到7点，小企鹅会成群结队地上岸的，现在时间还早，而我们的肚子很饿，所以，我们先去了附近一家比萨店，点了几个比萨，每个10澳元左右。有海鲜的、牛肉的、火腿肠的。趁着比萨还在做，我到旁边的一家商店里上了洗手间。澳大利亚公共场所的洗手间，比国内不少的洗手间卫生，但是也有有气味的，不像日本的洗手间，真是什么味道都没有。

在这家商店里，我看到了一幕澳大利亚白人的普通生活的场景，他们大都是很壮实的胖子，正在赌马，而电视节目正聚焦在赌马上。人人红了眼睛，期待自己压注的马匹能够赢得胜利。这样的生活场景，在地球上很多地方都可以看见。

我回到了比萨店，我们要的比萨上来了。我要的是一份海鲜比萨。没有想到，我在北京吃了很多次的比萨，后来在墨尔本市最有名的意大利街上打头的一家比萨店"TOTO"也吃了一次比萨，但是，都没有我在这个位于菲利普岛大桥旁边的一家很小的比萨店吃的味道好。特别新鲜的虾仁，似乎是刚从大海里捞上来的，特别的鲜美，而且比萨也有一种粗犷和乡村风格，真是美味。后来我在别处吃比萨的时候，总是不满意，总是回忆我吃的那张比萨的味道。

吃完了比萨，眼看着天色已经黑了，我们上了车，驶过那座铁桥，正式上了菲利普岛。地图上的菲利普岛很小，可是，实际上菲利普岛并不小，我们到看小企鹅的海边，需要开半个小时的汽车。

岛上植被茂密，有很多桉树形成了森林。这里的桉树林里有一片地方，是澳大利亚国宝考拉生活的区域，其间在一个道路交叉口，有一个指示牌显示，从此进入可以抵达"考拉乐园"，但是我们因为要看小企鹅，所以就一晃而过了。

小企鹅

我们在小企鹅国家公园的停车场下了车，我突然看见了在一般的旅游区常看见的那种风景：很多游客下了长途大巴，大都是亚洲人，还有一些是白人，然后，沿着架空于草皮之上的一条弯弯曲曲的木板路向可以看到小企鹅的海滨走去。

夜幕已经低垂了，可以闻到大海海水的腥气，还可以听到大海咆哮的声音。这个时间，大海是在涨潮，还是退潮？道路的两边，都是低矮的灌木丛，小企鹅等一会儿就要到这些灌木丛中的窝里休息和交配。

据说因为环境的日益恶化，即使在澳大利亚，这些小企鹅的生存也很艰难了，主要是生育率很低，无法保障有效的种群繁殖。

小企鹅一生下来，就要面对极其艰难的生存环境，要自己从灌木丛走向大海，而这个时候，陆地上的毒蛇和各种小型野兽，都会袭击幼小的企鹅，小企鹅在走向大海的一小段旅程中的损失率就很大。等到它们终于到了大海里，小企鹅立即要面对，以它们为食物的鲨鱼、海豚等，然后艰难地求得生存。以后，还要寻求配偶，还要繁衍自己的下一代，过着一种特别艰难的生活。

我们来到了专门为了欣赏小企鹅而修建的看台，看台是水泥的，不大，能够容得下300名左右的观众。看台的背后，有探照灯打向前面的沙滩，而小企鹅等一会儿就要从那个地方上岸了。

我们找了一个地方坐了下来，有很多游客，从长相上可以辨别他们来自世界各地，其中大约有三分之一是华人，这其中又有不少是中国大陆来的，从他们的语言可以辨别出来。大家都翘首以待小企鹅的出现。等了没有多久，小企鹅开始胆怯地在大海的潮头中出现了，黑色的脑袋，白色的肚皮，完全可以辨别。有的小企鹅可能是看见看台上有这么多的人，有些害怕，于是不敢上岸，不停地在潮头中随着海水起伏。

而上岸的小企鹅，三五成群地站在一起，战战兢兢地打量和商议着什么，最后，它们突然做出了决定，排着队开始沿着一条小径，飞速地晃动着两只可爱的翅膀，向岸边的灌木丛跑去。人群开始喧哗了,热闹了。

越来越多的小企鹅上岸了,咕咕叫着,歪歪斜斜地向灌木丛中跑去。不断有小企鹅在白花花的浪头中出现了,它们浮动着,紧张地观察着,最后毅然地上岸。人群骚动了,开始向更靠近海滩的地方跑去。孩子们被特许靠近一条红线,而刚好有两只好奇的小企鹅前来和孩子们亲近。

空气中弥漫着一种潮湿和亲切的气息,还有大海散发的腥气。夜空中看不见一颗星星,似乎有一架飞机在不远处黑暗的大海上空盘旋。大海展开了无比巨大的黑色胸怀,它不吞噬我们,也不欢迎我们,这样的时刻,非常迷人而又有些忧伤。

我们沿着来时的路往回返。这个时候,就在路边的小道上,灯光照耀之处,可以看见很多小企鹅正在歪歪扭扭地向上走,一边走,一边呼唤着自己的伴侣。有的很快找到了伴侣,就开始亲热了起来,我们很多人立即靠拢了栏杆,观察这令人兴奋和多少有些不好意思的一幕:小企鹅交配了。而很多游客,尤其是一对对年轻的男女,则发出了会意的笑声,可能是联想到了人类自身的行为吧。也许,等他们回到了旅馆,也要像刚才的小企鹅那样亲热一番?由此,小企鹅反而成了恋人们加深感情交流的一个触媒?于是,黑暗中,很多灌木丛中,都响起了小企鹅的咕咕叫声，形成了一片无比欢乐的、充满了生机的场景。

我们踏上了回程的路，一切在黑暗中沉寂下来。汽车快速地回返，灯光如豆，澳大利亚的大地上，一种空旷的忧伤浮起来，使每一个离家的人，都想起了家的温暖。经过两个小时的车程，我们回到了下榻的地方。

新华人移民

我见到了不少新的华人移民，是在一个由墨尔本市的华人商会、澳中工商会组织的座谈会上。在这个座谈会上，有十几个十几年前来到澳大利亚的新华商，给我们讲述了他们来到澳大利亚艰苦创业的历程。

他们在1988年、1989年大批地来到澳大利亚，有的人身上只带了几百美元，就开始了在澳大利亚的闯荡。经过十多年的努力，他们现在都成了澳大利亚新华人移民的代表，适应了当地的文化习俗和法律与经济环境，如鱼得水了。

他们中间，有从事家具行业的，后来做得很大，垄断了某种家具样式的市场，有的专门攻盆景和花卉市场，成了行业的精英，有的是澳大利亚专门做壁炉的很大的供应商，有的是超市的老板，还有餐馆的老板、中医诊所的老板，还有的是在跨国保险公司里面，当上了高级管理人员的职业经理人和华人报纸传媒的投资人。

澳中工商会的会长金凯平先生，就是一个活生生的传奇。他是上海人，是在1987年来到了澳大利亚，开始了他的创业经历的。作为从大陆来到澳大利亚的新移民中间的一员，他和几十万华人一样，有着相同的生存遭遇、生活体验和创业经历。资产已经有数亿澳元了——他现在是澳中集团的董事长，澳中集团的公司业务，涉及中医诊所、教育培训、华文媒体、旅行社和房地产行业。作为澳大利亚房地产行业中崛起的新贵，他是新华人移民中做得很不错的一个，十多年来，他已经由当初的不名一文，变成了新华人移民中亿万富翁级的实业家了。

这些眼睛闪亮的新华人移民告诉我，100多年以来，前后有很多拨来到澳大利亚的华人，他们这一批，是目前最为成功的华人群体。

澳大利亚梦

160多年前的1842年，一些从欧洲大陆来到澳大利亚的白人移民，率先在现在的澳大利亚墨尔本地区发现了金矿，由此掀起了持续几十年之久的澳大利亚淘金热。澳大利亚发现巨大金矿的消息很快传到了欧洲和亚洲，于是，欧亚大陆上很多国家的那些渴望发财致富的人，争先恐后地来到了澳大利亚新大陆。在1845年前后，也就是中国清朝的中后期，就开始有大批广东沿海一带的华人，坐船奔赴澳大利亚，怀着和那些先期抵达澳大利亚的欧洲白人移民一样的渴求黄金和财富的梦想，开始了他们艰辛的淘金生涯。

这些华人淘金者人数最多的时候，多达好几万人。后来，他们中间的一些人淘到了金子，衣锦还乡了，少数人因为疾病、种族迫害和谋杀，灵魂与尸体永远地留在了澳大利亚这片广袤的土地上。于是，就是从那个时候起，澳大利亚作为新的希望之地，成了亚洲各国的华人移民发展事业和热情向往的新大陆。在此后的160多年间，来自中国和东南亚各国的华人移民，因为各种历史原因，在不同的年代，比如20世纪初、30年代、50年代、70年代和八九十年代，以及2000年之后，通过各种途径，络绎不绝地来到了澳大利亚，在这里开创自己的事业，建立自己的新生活。

目前，全澳大利亚有80万至100万华人移民，主要分布在墨尔本、悉尼、布里斯班等澳大利亚东部沿海的大城市里。华人移民群体和他们自身所有的文化，也成了澳大利亚多元文化构成的主要部分。而中国大陆大批来到澳大利亚的新华人移民，主要是从20世纪80年代中后期开始的，总人数如今已经超过了30万。

从地图上看，远在地球南半球的澳大利亚，是一个人口只有1900万，地广人稀，但是法律法规和市场经济体制却相当成熟的国家。它的农牧业和一些高科技产业非常发达，社会保障机制也很完善，在全球发达国家的排行榜中，澳大利亚名列第十三名。在过去的20多年间，澳大利亚的经济平均年增长率，一般不超过3%；而人口为13亿的中国大陆，同期的经济年增长率，却为10%左右。

而且，在2004年9月，澳大利亚的外贸部门宣布，中国已经是澳大利亚外贸出口排行第二的国家了。在澳大利亚的任何一家商场，你都可以看到中国制造的轻工业产品和各种服装家电等。所以，澳大利亚和中国大陆之间，彼此的市场空白点很多，互补性也很强。

在澳大利亚，法律法规已经相当的完善，短时间内发人财是非常困难的。可是，这里仍旧是安居梦想的乐土。而一代代新华人移民，正在成为这个澳大利亚梦的实现者。

新书店

  我到哪里都对逛书店最感兴趣的,所以只要有时间,我就会在墨尔本市的市区那些卖新书的书店里流连。我发现墨尔本市的书店很多,一条街上走不远就有一个书店,旧书店、专业书店和大而全的书店都有。这下就令我很快活了。我在一个比较大的书店里,专门在虚构类区域寻找我需要的英文原版小说。

  我步行到达了购物中心的楼下,一进去就看见一个书店,真是没有办法,我又开始看了起来。我首先发现了一本意大利作家翁贝托·埃科的新作、长篇小说《鲍德里诺》的英文译本,描写了欧洲中世纪一个传奇人物鲍德里诺,在当时很离奇荒诞的经历,有些像金庸的小说《鹿鼎记》中的主人公韦小宝,不过,由于埃科是一个特别有学问的作家,这本书是那种把知识和智慧、历史和想象化为了趣味的高雅小说,并不是一般人能够完全看得明白的。

  我还买了英国作家巴拉德的一本短篇小说全集,厚厚的一大本,收录了巴拉德接近80篇的短篇小说。这个作家小时候曾经在上海生活过,写过一本很有名的、后来被拍成电影《太阳帝国》的同名小说，而他的短篇小说我还是第一次看到，就毫不犹豫地买了下来。

此外，我比较留心那些中国作家的英文译本，我发现有莫言的《丰乳肥臀》、韩少功的《马桥词典》，还有虹影的几本书，此外就没有中国作家的书了。

美国作家唐·德里罗也是我很喜欢的作家，我买下了他的一本国内比较难出版的长篇小说《毛二世》，封面就是毛泽东的头像。这是一本后现代主义风格的小说，很有意思。我还买了他的最厚重的小说《地下世界》，也可以翻译成《地狱》，这是一本讲述美国50年历史的小说。他的小说并不好懂，国内翻译过《白噪音》《名字》《天秤星座》等。他是一个比较接近诺贝尔文学奖最终名单的作家。

我还看见了美国作家约翰·厄普代克的早期短篇小说全集，收录了他1955年到1973年写下的103篇短篇小说，厚厚的一大本，我没有犹豫，立即买了下来。他的短篇小说是我最喜欢的，但是，他的很多长篇小说，比如《兔子，跑吧》四部曲就写得有些松松垮垮。这个作家也是多才多艺，除了小说、诗歌，他还出了大量的评论集和随笔集，还有一本专门论述打高尔夫球的书。这个人在政治上特别低调。据说在一次美国作家的聚会上，别的作家都在声讨美国政府打击伊拉克的罪恶，轮到他发言了，他慢条斯理地说："我觉得美国联邦快递，给我邮递书籍的速度还是很不错的。"间接地解答了自己的政治态度。

我很欣喜地买到了英国诗人塔德·休斯的编年诗全集，收录了他的全部诗歌。这个诗人是英国20世纪后半叶最重要的诗人之一，也是我特别喜欢的诗人。厚厚的一大本令人特别的兴奋。我还买了一本英国诗人奥登的诗全集，这样就可以弥补我的书柜里没有奥登的诗集译本的不足了。

我还特别喜欢美国作家杜鲁门·卡波蒂的小说，刚好有一本企鹅出版公司出版的《卡波蒂读本》，收录了他主要的小说、游记、评论、访谈和对话等。我很喜欢。他的小说有一种淡雅清秀、忧伤和不露声色的气质。而另外一个美国作家威廉·加迪斯是我特别喜欢的作家，已经去世了。他一共只出版了4本小说，但是在最近50年的美国文坛上却越来越重要，代表作是《识别》《小大亨》《诉讼游戏》等，其中《诉讼游戏》全篇都是谈话、对话和电话里的交谈，我买下了他的《识别》和《小大亨》，这是两本非常难翻译的作品。由于没有詹姆斯·乔伊斯的《芬尼根守灵夜》的中文本，我买了这本书的英文原版。不过，看下去确实不太好懂。

旧书店

下午一觉醒过来，我就在附近转了一下。小商店、旧书店、杂货店和网吧都有，还有一座轻轨车站。在一家商店里，我买了一份当地的华文报纸，1澳元。我还发现澳大利亚的食品，比如一些生活必需品，牛奶、鸡蛋、面包并不贵，可以说十分的便宜。在一家由两个犹太老人开的旧货店里，我盘桓了很久，买了几件旧货，其中有一幅很小的风景画真迹，才卖4澳元，我很喜欢就买了下来。

在旧书书架边上我翻了半天。这里的英文版旧书也很便宜，一般一两澳元一本。我翻着一本英国作家勒卡雷的侦探小说，忽然有一个澳大利亚中年妇女递给我一本书，连声告诉我这本书比我手里的勒卡雷要好。

我接过来一看，原来是美国作家约翰·斯坦倍克的《愤怒的葡萄》的普及本。这本书的中文译本我早就看过了。我表示感谢，她转身离开了，然后我又把书放回了原处。看来这个热心的中年妇女，也是一个严肃文学爱好者，她并不欣赏我手头的勒卡雷。其实，勒卡雷是一个很有趣的英国侦探小说家，品位不俗气,做过外交官,所以写冷战时期的间谍小说是一把好手,我看过他的《锅匠、裁缝、士兵、间谍》。不过,等到冷战结束之后,这个作家也就被冷落了。

在这个书店里,我很惊喜地花1澳元,买到了美国作家多克托罗的《比利·巴思格特》的精装本旧书,像新书,这太便宜了。这个作家是美国当代很杰出的后现代主义作家。在这家旧书店里,我买到了美国桂冠诗人罗伯特·沃伦的早期叙事长诗《和龙攀亲》,8澳元,有点儿贵,但我还是买了。这个罗伯特·沃伦是著名小说《国王的全班人马》的作者,获得过普利策文学奖。他多才多艺,写了大量的小说、诗歌和别的体裁的作品,但从对诗歌的贡献而言,他现在已经是美国最近50年来最重要的诗人。我甚至可以背诵他的一首诗《深夜,水银柱不断下降》的片段。

旧书店里的书很便宜,新书一般是20多澳元一本,换算成人民币,就要100多元了,而旧书很多都是一两澳元一本,人民币就是几块钱,就便宜多了。我买了10多本旧书,其中包括美国作家多克托罗的《比利·巴思格特》,一本很厚的英国作家毛姆的传记和一本间谍小说精选。

购物中心

我后来在街上散步，主干道上车流量不大，这里距离墨尔本市市区约20公里的样子。街上人很少，人行道上的行人也很少，车子彼此交会的时候，车速很快，在红绿灯的变化之间，快速地奔驰而过。

我一路向前，距离我住的房子约莫2公里外，有一个比较大的购物中心。这个购物中心看来是为了满足方圆10公里左右的住户的需要而开设的，横跨在通向墨尔本市区主要干道之上，电影院、快餐店以及各种服装、食品、百货店琳琅满目，旁边还有一个比较大的停车楼。你要是开车来，在这里购物、吃饭、休闲都可以，一般的澳大利亚人在这里一待就是一整天。

我看了一些服装店，发现很多都是"中国制造"。不过，衣服的版型和面料不错，听说这样的衣服在国内买不到，都是来料加工，中国只是支付了廉价劳动力，衣服做完了就拿到澳大利亚卖，税收优惠，样子也不错。这个购物中心里面的顾客并不多，可能不是休息日的原因，总是少了一些国内商店里人头攒聚的热闹气息。在这个购物中心逛了两个小时，然后在一个澳宝商店柜台跟前看了许久,我便步行回到住处。

晚上,当地的朋友开车拉我们到附近的一个中餐馆吃饭。街道上除了车辆,几乎看不到一个人影,对于我这个在人多的地方生活习惯了的人,多少有些新鲜。车子停在一个中餐馆门口,我一看,这家餐厅叫作"香港餐厅"。我们坐下来,一看,服务员是一个华裔,和她说汉语时她只笑着摇头,原来她是马来西亚裔的华人,不大会说汉语,英语却很流利。我们点的菜是一些粤菜,但是明显西餐化了。炸虾片、炸春卷、红烧大虾、炒牛肉、米饭等,算是吃了中餐。回到住处,天色已经非常黑了。我凭窗向外面望去,四下里除了一些车辆来回飞驰,没有别的声音了。

郊区生活是沉寂与安静的,我第一次体会到了澳大利亚的风格:安静,真是很安静。

澳大利亚文学

我对澳大利亚文学不是很了解,在我的书柜里,只有几个澳大利亚作家和诗人的作品。1973年的诺贝尔文学奖得主,是澳大利亚作家帕特里克·怀特,这是目前澳大利亚唯一获得了诺贝尔文学奖的作家。他的长篇小说有四部被翻译成了中文：《风暴眼》《人树》《探险家沃斯》《树叶裙》，还有一本自传《镜中瑕疵》。他的小说有着史诗般的气魄，在澳大利亚周游的时间里，每当我瞭望开阔的景观中退避而安静的不起眼的房舍时，都会立即想起帕特里克·怀特的小说中的场景。

另外一个我比较熟悉的作家是彼德·凯里，这个作家是目前澳大利亚声名最巨大的小说家。他出生于1943年，是澳大利亚当代最为有名的小说家，获得过两届英国布克小说奖，他的小说中文译本有两部，一本是描绘绿林好汉凯利的小说《凯利帮真史》，另外的一本是《奥斯卡和露辛达》。据说，他也是诺贝尔文学奖经常被广泛提名的作家之一。后来在我们驱车前往悉尼的路上，就经过了当年凯利被抓获的小镇。

我随身带着的是澳大利亚当代的诗人罗伯特·格雷的诗集《旅行：北海岸》，这本书的名字，也是我这次来澳大利亚旅行的一个提示，不同的是，我主要在东海岸最为著名的一些城市旅行：墨尔本、堪培拉、悉尼等，假如有足够的时间，或者季节也帮点忙——刚好现在是冬季，不能够畅快地在布里斯班附近的黄金海岸游泳，我还会继续北上的。但是尽管如此，透过罗伯特·格雷的诗篇，我总是可以看到被诗人所描绘的景物，那些景物现在如此逼真地显现在我的眼前。桉树，以及掠过桉树树梢的风的形状，摇晃的姿态，以及诗人的心境和我的心境完全重合了。

除了罗伯特·格雷，我还喜欢另外一个澳大利亚最为杰出的诗人哈特的诗歌，他和罗伯特·格雷属于同一代人，但是诗风和前者迥异。我在深入澳大利亚的城市和风景内部的时候，两个人的诗，能够成为我的一面心灵的镜子，成为靠近澳大利亚风景和心灵的凭借。我的脑海里不断地出现他们的诗句。

金　矿

朋友要带我去金矿看看。从墨尔本市去金矿，需要两个小时的车程。一大早我们就出发了，车子很快从途经墨尔本市市区的高速公路上走过，沿途可以看见由墨尔本市城市核心区的高楼大厦所组成的天际线。

这个金矿距离今天已经超过150年了，在当时是非常有名的。快到金矿的时候，朋友开车，叫我们注意道路旁边有两排大树，每一棵树上，都有一个银色的金属名牌，上面是某次战争阵亡将士的名字。一共有124个。车子很快到了金矿，这里如今已经没有了喧闹的金矿小镇的景观了，除了被开发成旅游区的一片区域，旁边是低矮的居民居住区。

我们先看了金矿博物馆。看到我们是华人，女经理给我们找来了一个华人解说员。这个解说员有20多岁，一问原来是福建人，姓钟，是和在欧洲拿到了博士学位又来到澳大利亚工作的丈夫一起来这里的。她本来也是一个文科的硕士，可是找不到合适的工作，只好在这里当解说员了。

在这个博物馆里，解说员小钟带着我们看了巨大的金块，各种形状的，都保持着原来的样子，在柜子里被封闭着，打着光的金块非常的醒目，背衬红色的缎子，很是耀眼。我过去从来没有见过这么大的金块，很多有脸盆大小，这个博物馆有各种影像展示，展示了当时那些来自欧洲和亚洲的淘金人，是如何把这个荒野变成了一个无比热闹繁华的市镇，以及淘金的整个模拟过程。

这个博物馆里，还有一个专门的区域，是展示当时一些华人淘金者在这里的生活用具的。当时很多华人乘坐轮船来到这里，大部分人都死在这里了，少数人带着自己的金子回到了广东和福建。博物馆里还有一个旅行者纪念品销售处，有黄金油和各种金子做的盘子，还有价格比较便宜的澳宝。

走出金矿博物馆，我们步行了100多米，从一个商店里穿过之后，就是如今保留完好的金矿原貌旅游区了。这个旅游区完全是当时淘金者建立的小镇的模样，一条大道的两边是当时的各种店铺，杂货店、邮局、酒吧、饭馆、面包房、殡仪馆、铁匠铺子等，里面有穿着当年装束的人在活动，也做买卖。买卖的东西，就是当年所买卖的物品的仿制品。几辆四轮马车停在路旁边等候着客人。

我们在一家餐厅吃了饭，我吃了一个大热狗，然后在这个小镇上信步地走。在一片绿地上，我看见了十几只火鸡在悠闲地散步。很多来自各个国家的旅游者，也在穿梭往来。

我们先到了一个房间里，看如何冶炼金砖。一个围着围裙的魁梧男人，大声地问着每一个人来自哪里，参观的人来自十几个国家和地区。听说了我们是来自中国的时候，感到很满意，笑着说，他知道中国人口特别多，这块金子要是分给中国人，一个人分不到黄豆大小呢。

他先把烧红的金子变成汁液，然后把金子的汁液，倒入一个长方形的模具里面，然后，等到稍微冷却一下，一块红色的金砖就成型了。他把金砖放到水里冷却，刺啦一声，刚才还是火红的金砖，就已经变成了一块暗色的东西。他用钳子夹着成型的金砖叫我们看，笑着说假如现在有强盗，他就倒霉了。

不过，我们中间确实没有强盗。我们每个人都端详了一会儿他的金砖，然后他就把金砖丢进了一个柜子。表演结束了。据说这样的表演，要两个小时表演一次。每次都是把一块金砖熔化了再制作成金砖。

从观看制作金砖的房间走向旁边的一个房间，那是金币展览区。我们在柜台跟前流连了一阵子，我看到这些金币，大多是英联邦国家铸造的。

我出来后，发现下雨了，星星点点的雨使空气中寒冷的因子增加了。我信步走到了一个铁匠铺，这里正在表演给马匹钉马掌子。爱尔兰人打扮的白人粗汉，正在伺候着一匹并不驯服的马，这样的场景，过去我在新疆的牧区，总是看见。

我继续在小镇上溜达，人越来越多了。据说这个地方在人多的时候，还要表演警匪的战斗，完全是模拟当时的警匪枪战的场景，而且事先也不会告诉游客。突然从一个酒吧中出现匪徒，在街上就开始枪战了，场面非常激烈。不过，今天因为游客相对比较少，就没有表演这个节目。

但是，因为今天有不少孩子来了，这里也像我们国内的爱国教育基地那样，有一些专门给孩子准备的项目，而升国旗就是其中一项。突然，不知道从哪里钻出来一些按照当时的士兵打扮的军人，扛着枪，响应着指挥官的号令，按照统一的步伐，踏步来到了旗杆的跟前，吸引了很多孩子围拢了过来。

士兵们排好队，开始升旗，然后就是鸣枪致敬。升的旗子上面还有英国典型的米字的标志，说明当时澳大利亚还是被英国所管辖的一块海外的飞地，鸣枪的声音特别的响，然后军队又排着队离开了。

通过各种途径来到金矿的华人游客，最后被召集在了一起，我们在一个华人小伙子导游的带领下，准备到一个金矿的矿井里看看。参观这个矿井是保留节目，矿井是专门为旅游者保存下来的。这个矿井现在仍旧在生产。我看见一个巨大的抽水水车转动着，把矿下的水抽上来。我们在突然闪现出来的中午的强烈的阳光下站了一会儿，就沿着一个平行的坑道，开始往里面走。

坑道里面的风是凉的，往里面走有些黑了，导游给我们发了几个手电筒。很快，我们来到了垂直升降机跟前。导游告诉我们，矿工就是乘坐这样的升降机下降到很深的地方去挖金子的。

然后，我们继续往里面走，越来越黑暗了，微弱的电灯在飘摇，我觉得氧气不够，有些头昏脑涨的，几乎什么都看不清楚。最后,我们来到了一个坑道的拐弯处,这里是一个小小的放映室,导游关掉了灯光,然后给我们放了一段录像。

这个录像片是中文解说的,是专门给参观游览的中国人准备的,由此可见中国游客来这里的一定很多。据说假如游客是爱尔兰人或者荷兰人,那么也有同样的录像片给他们准备着,讲述他们的祖先来到这里的遭遇和故事。坑道里暗了下来,虽然录像片是在石头墙壁上放映的,但是却非常清晰。这个录像片是以回忆的角度,专门讲述一个华人青年,是如何来到了澳大利亚,如何在这里奋斗,挖到了金子,又如何被白人地痞流氓所欺负,亲人死的死,伤的伤,最终他找到了金子,然后,衣锦还乡,并且子孙满堂了。

整个录像大约10分钟。在这个狭小的坑道里,此刻我觉得似乎很漫长。我透过时间的帷幕,看到当年的一个广东华人青年,因为向往美好的生活,向往财富,来到了澳大利亚的辛酸的经历。在坑道里,这样的环境和这样的录像片,给我一种身临其境的独特感受。我忽然有一种想尽快出去的想法,因为觉得光线黑暗,加上缺氧,在坑道里是很难受的。好在这个片子放完了,我们这些华人游客,就一起出去了。大家很快再散开了。这些来自中国以及东南亚地区的华人,难道真的多了某些族群认同吗？我不能肯定。

从坑道里出来，往前面走，不远处，是一个当年华人在这里淘金时的生活情景展览。我看到了熟悉的华人的衣着，很小的房间，各种用具，还有蓝色的布衣裳。此外，还有关帝的塑像，被供奉在一个龛里。

旁边就是淘金场所。最后一个好玩的项目，就是自己亲自淘金。矿井里抽出来的浑水冲刷出来的一条小溪边上，放了很多铁盆，我们只要把溪水中的沙子放到盆子里然后不停地摇晃，把沙子和小石块淘洗出去，那么，最后剩在盆底的就一定是微小的黄灿灿的金子了。

我很兴奋，要自己亲自淘金了！澳大利亚很大方，不管你淘到了多少金子，只要是你淘出来的就归你！我就先用铁锹从溪水中铲了一铲子含有沙金的沙子，放到了盆子里，开始像旁边的示范师那样晃动铁盆，不断地把盆子中间的沙子和水晃出去，最后，果然，我淘到了沙金！小小的，像麦片的碎渣那样的沙金，因为质量重，所以最后留在了盆子的底部。这个时候，我取出来事先用一块澳元买下来的一个小瓶子，里面装满了清洁的水，小心地把沙金一粒粒地拈起来，丢到小瓶子里，我的淘金之旅算是圆满结束了。

离开金矿，往回走，我无法想象当年那么多的华人，就是这样来到了这里，把自己的生命交给了命运，创造了开拓澳大利亚的一段历史，他们的故事谁能真正能明白？

雅拉河

雅拉河是墨尔本市的母亲河，它蜿蜒过最主要的市区，沿着河边行走，可以看到一种别致的风景。

天气很好，天空很晴朗，不过有些风。我从雅拉河边上的一座桥边开始，往王子桥方向走去。走了不远，就可以看见墨尔本市非常有名的皇冠赌场。这是墨尔本市最大的销金窟。我走进去，出示了护照，由于我是第一次来这里，赌场的工作人员给了我一张可以免费到二楼餐厅喝咖啡，吃点心的票。我信步向里面走，赌场的灯光有些幽暗，这样的灯光，特别适合来这里赌博的人幽暗的心境。赌徒绝对不是心情爽朗的人。

很多老虎机、角子机跟前，都坐着人，这些人里还有老头、老太太，他们在赌着运气。接着是轮盘赌，我看了一会儿。一些华人正赌得快活呢。很快，押上去的成百的澳元购买的筹码就被收走了，我看见一个很瘦小的华人赌徒，很快就输掉了2000澳元。赌徒们都以这样的速度给赌场送钱，这里真是一本万利。我信步逛悠，拿出相机时被警告不许拍照，否则会没收我的胶卷。

我看到各种各样的赌博游戏，听说在二楼，还有大户室，那是专门给大赌徒准备的，里面有不少华人。我在北京的时候，一个警察朋友说，到了澳大利亚可以在皇冠赌场找一个当年在西单地区当老大、后来黑白两道通吃的家伙，他就天天待在这里的大户室。我想了一下，还是没有去拨他的手机号码。

继续沿着雅拉河往前走，可以看见一个女街头艺术家正在地上画画，我给了1澳元。这里沿河岸边的咖啡馆特别多，一到晚上特别热闹。海鸥根本不怕人，在我的身边和雅拉河的上空，像白纸片一样飞舞。还有一些不怕人的澳大利亚麻雀，正在一个垃圾桶跟前吃面包屑。忽然，天空中传来了一阵轰鸣声，一架直升机飞过来了，是电视台的。我发现澳大利亚的电视节目非常单调无聊，稍微好看一些的，却是付费频道，和中国大陆没有办法比的。穿过王子桥下面的桥洞的时候，一个流浪艺人吹的萨克斯特别的忧伤和悠扬，离得很远了，那萨克斯的声音还在回荡。

上了王子桥，就是联邦广场和菲林德火车站，前些天我已经在这里流连了。

这天的晚饭，是在一家广东人打理的新疆烤肉店里吃的烤羊肉，真是一种很奇怪的感觉。

东海岸景观

在墨尔本市待了10天，我要离开墨尔本市了。一大早，简妮小姐开车送我们去旅行社出发的地点。她开车沿着海边一路向墨尔本市核心区开去。

因为是早晨，所以路上车辆很少，可以看到美丽的墨尔本的海湾，太阳光线是如何把附近的建筑轮廓涂抹上了一层瑰丽的颜色。大海的潮骚正在涌动，而我就要离开这里了。

7点，我们乘坐一家华人旅行社的大巴，开始了我们向东北方向的旅行。游客都是华人，大都是大陆来澳大利亚探亲的，在澳大利亚生活的亲人给他们安排了这次旅游。司机和导游也是华人。司机是一个上海人，精明强干，而导游小马，则是一个性格欢快的小伙子，东北人。从墨尔本市到澳大利亚的首都堪培拉需要8个小时，一共670公里的路程。

我在任何旅途中，都是睡不着的。所以，我就靠近窗户，观赏一路上的风景。我的眼睛就像是摄像机一样，把所有的东西都拍摄了下来。我看到了什么？出了墨尔本市，经过了房屋连片的郊区，很快，景观变化了，变成了连绵不断的牧场。

这才是真正的牧场，一块块的，到处都是成群的牛羊在那里埋头吃草，牧草的绿色十分养眼。而且，最让我动心的，就是经常可以看见有两棵桉树并排站在那里。我看到有两棵桉树的其中一棵早已经死去了，站在地面上的是完全的枯树枝干，而旁边的另外一棵，则是枝繁叶茂的活生生的桉树，一枯一荣，似乎在向我昭示某种道理。当然，这不过是人家澳大利亚的环保工作做得好罢了，即使一棵树死了也没有砍伐掉，而是保留在大地上。还有一些黑色的岩石或者是一段朽木，静静地卧在那里，好像是一头安静的牛。

除了大片的牧场，成群的牛羊，我还看见了什么？我看见了一只颜色非常鲜艳的鹦鹉，站在路边的一道铁丝网上。我还看见了一个很小的水潭，这个水潭的表面，漂浮着铁锈色的一层水生植物，显得特别的神秘。忽然，还会经过一片墓地，墓地中有很多形状古朴的墓碑。我还看见了几只白鹭，在一棵桉树边上下飞舞，好像在进行一种奇怪的仪式。不久，下起了小雨，天空中云层压得很低，带来了某种寒意。

汽车再往前开，在高高低低的丘陵地带，道路两边都是桉树，好像澳大利亚就只有这样的树种一样。澳大利亚的法律规定很细致，长途汽车司机必须两个小时就停车休息一次；走在大街上不能拿着烟，边走边抽等，因为这会影响其他人。长途车隔一段时间就会休息一阵子。

这使我联想到了中国人或者说中国文化中不太注重公共空间领域里的道德问题，在公共场合，一些国人总是表现出特别自私的一面。文化的弊病要靠法律来改变。去年在九寨沟，导游告诉我们，假如我们在风景区乱扔东西就会被罚款500元，而确实奏效了，他们是真罚，而罚过一些人之后，就很少再有人乱扔杂物了。

我们抵达了一个途中休息的地点，这个很小的停脚处只有几家商店，这里的名字叫"狗站在箱子上"。这里据说也有一个传说，是关于一只忠诚的狗的：一只狗的主人出门，它就一直站在一个箱子上，等待主人回家。最后主人没有回来，它就饿死了。现在，这里还有那只狗的雕像，它站在箱子上，翘首期盼着主人的归来。附近有几棵云盖满天的大树，我们溜达了一阵子，接着前进。快到堪培拉的时候，可以看见路边成群的牛羊消失了，出现了很多的马场，我看见了很多马！还有训练马的人在马上飞奔。这样的场景是难得的,因为我在内蒙古大草原,没有见过这么多马。

终于看见了一些袋鼠,它们在一片被围起来的草场里发呆。我听说在澳大利亚大片的无人地带,袋鼠非常多,可是在大城市里还是并不多见。

堪培拉

下午5点的时候我们抵达了堪培拉。这个时候是星期六的下午,阳光很好,但是已经变得暖黄,可是,我们的汽车穿越了城市,几乎看不到几个人。原来,很多人的家都在墨尔本或者悉尼,还有就是住在堪培拉郊区的,城区在周末的时候就看不见什么人了。

我们先抵达了中国驻澳大利亚大使馆。据说这个大使馆的建筑,是中国游客来澳大利亚必须要看的一个景点,因为它的建筑特色。我们来到了中国大使馆的门前,这是一幢仿古式样的建筑,有着金黄色的琉璃瓦和飞檐斗拱,是一个几进的院子。有一些中国游客在大使馆的门前合影。我觉得这个使馆的建筑实在不敢恭维,像是一座中国国内的土地庙,很不好看。汽车在使馆区转了一圈,路过美国大使馆的时候,因为靠近

"9·11"这个日子,大使馆门前有荷枪实弹的警卫在严密地看守着。

我们后来抵达了一家事先订好的中餐馆,吃到了很辣的四川菜,很愉快。为了让我们看到堪培拉的夜景,司机特地把我们拉到了堪培拉一座小山上——安斯利的顶端,这里有观景台和一座灯塔。从这里可以看见万家灯火之下的堪培拉的夜色。笔直的道路,规划严整的街区,全部被整齐的灯光所映照。原来我认为是一座死城,现在看则是一座充满了生活气息的城市。

而奔赴宾馆的时候,天色已经完全黑下来了。宾馆里为了环境保护,不像中国的宾馆那样提供牙刷、牙膏、梳子和洗发液,只有香皂和毛巾。这个夜晚,我睡得很香甜。

地图上规划出来的城市

今天的计划就是在堪培拉游览。这座城市的整体规划是美国人格里芬在1913年开始做的,现在有个很大的湖就叫格里芬湖。堪培拉完全按照格里芬当年的规划建设,花了几十年的时间。总体上看,它的主要的建筑轮廓很像汉字的"本"字,一条水轴连通国会大厦和烈士纪念堂。

国会大厦是很漂亮，又很内敛的建筑，也是一个美国人设计的，据说体现了一种真正的澳大利亚建筑文化内涵：过去千百年来，澳大利亚都是土著人的天下，而土著人建筑他们的居所，特别小心翼翼，风格都是低矮的，唯恐给大地带来重量和负担。美国人吉乌尔古拉就是根据这个理念，设计了要在大地上消失，或者说是似乎刚刚从大地下面很不起眼地冒出来的建筑——新国会大厦。这座大厦在1988年落成，标志着历经近一个世纪的澳大利亚首都建设画上了一个句号。

国会大厦在休息日里，也是免费向参观者开放的。今天似乎就只有我们这一车中国人。我们从地下停车场乘坐电梯进入了国会大厦的一楼，经过了一番并不复杂的安全检查，我们进去了。在里面停留了接近两个小时，我们的朋友小马带领我们参观了参议院和众议院开会的场所。他对每把椅子上坐的是哪个议员很清楚，对大厅里悬挂的澳大利亚总督或者一些政治家的画像，也很清楚都是谁。而且，他讲解了为什么参议院和众议院的基本色调是桉树的颜色和澳大利亚中西部沙漠的颜色。他也借此给我们讲解了澳大利亚的政治制度的运行规则，以及正在举行的澳大利亚总理的大选预期的前景等。

在这里，我们上了一堂很好的民主政治课，然后驱车离开了。汽车驶过格里芬湖的时候，在湖水中间，可以看见一道高达100米的喷水柱，高高地喷洒着。

我们去了一个造币厂参观，这是专门给旅游者设定的一个项目，我们亲自用机器给自己造了一枚硬币。然后我们去了战争纪念馆。战争纪念馆在和国会大厦相对的轴线上，这里的高度略微比远处相对的国会大厦要低矮一些，规模并不宏大，是一座内部有一个长方形的回廊，中部是一个安静的水池式样的建筑。在两面长长的黑色墙体上，都是澳大利亚在"一战"和"二战"期间阵亡的将士名单。很多名字的旁边，都有阵亡将士后代所敬献的红色小花。"一战"阵亡将士名单的那面墙上的红色小花就比另外一面墙上的要少很多。不过，还有一面侧墙上有在1900年阵亡于北京的将士名单，这是八国联军入侵北京时的死者，这使我耐心观看了很久。这面墙上几乎没有后代敬献的红色小花。

麦当劳和大绵羊

中午在一家麦当劳餐厅吃饭。过去总是听人说，中国的麦当劳很好吃，已经本土化了，原来不相信，这次在澳大利亚第一次吃他们的麦当劳，这才觉得此言不虚。我要了一个墨西哥鸡肉卷，里面的鸡肉都是凉的，白面卷饼也显得特别的粗糙，很不好吃。上车继续往悉尼的方向驶了一个多小时，又在一个叫大绵羊的小镇停了一下。这里有一只巨大的绵羊，它的肚子里就是一家旅游商店。

我在里面买了一条羊毛的围巾，然后离开了那里。我们要继续向悉尼赶路。

此后，汽车一路开去，景色又重新变得单调了。总是那些桉树，一望无际都是桉树，古怪的树干，绿灰色的树叶，以及同样蓬勃的树冠。这里的自然景色有一种令人绝望的单调。刚开始你看到那一望无际的桉树林或者大牧场的时候，你会很欣喜，会非常激动，可是，当你总是看到这些景色，慢慢地就变得有些疲倦和劳累了。

韩　剧

韩剧的火热，在澳大利亚都能够体验到它的热度。长途车上正在播放韩国电视剧《蓝色恋歌》，这是一部很纯情的长篇电视剧，已经从墨尔本市一路演到了现在，它抓住了大部分游客的心。据说这样的戏，在来澳大利亚的亚洲人旅游团队中间，都是很受欢迎的，可以解决旅途的疲乏。那些在我看来有些婆婆妈妈的剧情，有时会干扰旅途的心境。不过，要是你不想听，可以把头顶的一个音响开关关掉，这样你只需要去凝视外面不断向后移动的风景。

悬崖风景

千篇一律的风景有时候也会突然地发生变化，比如在一片桉树林的尽头，突然地出现了沟壑纵横的悬崖景观。悬崖的下面，是一条无比幽深的河流，我们的车子飞快地越过悬崖边上的桥，继续前行。有时候，一只孤独的鹰在远处盘旋，好像在找自己的伙伴，但是却一直在孤独地旋转。

南天寺

接近下午5点的时候，我们抵达了一座海滨城市——卧龙岗市。这个城市也可以翻译成俄勒冈市。我们将去造访这里有名的一座佛寺——南天寺。

南天寺是佛学名人星云大师所建立的，依着一面山坡而修建，十分宏伟。在佛寺的边上，据说是一座火葬场。这种用佛教关怀今世，期待来生的感觉，更是让人叹息。佛寺里面的几个供香客和施主拜望的万灯大殿，据说有一万盏灯光在照耀，显得特别的金碧辉煌。灯光和蜡烛使得这个布满着无数个供养人供养的小罗汉的大堂，显得无比的艳丽。这种佛寺在国内是比较少见的。

悉尼唐人街

我们抵达悉尼的时候，天已经黑了。我们先到了2000年举办奥运会的场所——悉尼奥运会主场馆附近，参观悉尼奥运会的高科技建筑。这里一片死寂，除了那些耀眼的节能的太阳能灯光。在路上，观看悉尼的街景的局部细节，我觉得这个城市似乎有些脏乱。没有规划好的房子凌乱地在黑暗里沉默着。

晚上7点，我们抵达了悉尼唐人街的一家小旅馆——"太平洋旅馆"。

据说世界上各个地方的唐人街，都是脏乱差的。而悉尼本身也是这样，小马给我们讲述了很多在这里遭到抢劫的人的故事：有拿着沾染了艾滋病人血液的针管的强盗，有躲在街角随时准备抢劫的家伙，这些家伙在晚上——也就是这个时候，就开始出门寻找目标了。

我们和小马一起穿越了两条小街道，去唐人街上一家比较有名的四川酒家吃川菜。老板叫张登云，是一个地道的四川人，除了这家酒店，他还打理着其他几个公司。见到我们几个作家，他很高兴，我们还一起吃了火锅。在悉尼吃到了比较辣的川菜，心里还是很满意的。

晚上略微起风了，在这样的夜晚，看见很多黄色皮肤的亚洲人的面孔，多少觉得有些奇特和亲切。

悉尼歌剧院

悉尼的标志性建筑，自然是悉尼歌剧院了。我们吃过早饭，就出发了。我们先到了5号观景点，这是一个由长长的堤坝形成的岬角，在这里可以看见以悉尼歌剧院为标志性建筑的悉尼中央商务区的天际轮廓线。

太阳很好，鳞次栉比的高楼，分割了悉尼湛蓝湛蓝的天空。从远处看悉尼歌剧院，它那类似展开的船帆和微翘的贝壳状的外观，很漂亮。或者，我觉得它就像是一组引吭高歌的喉咙的特写，正在那里展开歌喉。

我们驱车来到了近旁。我发现歌剧院的外壳是那种银色加一些黄色的贝壳色，不是远看的白色了。据说为了省钱，悉尼歌剧院表面用的贝壳色瓷砖，是中国佛山生产的，物美价廉。

我们进入了歌剧院的内部,这才发现里面还没有完全完工,可以说,悉尼歌剧院实际上是一座没有完工的烂尾楼。说烂尾楼可能过了,但是的确如此——水泥的柱子没有任何修饰,很多地方的内装修都没有完成。原来,设计师完成了设计之后,开工建设了一半,另外一帮政客上台后推翻了前任的建设计划,歌剧院因此停工了,后来对手又上台,就接着修建歌剧院。如此反复几次,设计师都生气了,愤而离开了澳大利亚,所以,这座世界闻名的悉尼歌剧院,实际上是一座没有完工的建筑。好在主要的设施已经完备了,可以照常演出各种剧目。

我在悉尼歌剧院外面乱走,这里是一个伸向大海的岬角,附近可以看到出港的轮船,在缓慢地行走。来自世界各地的游客在四周观览景色。"看景不如听景,听景不如写景",我此时想到了这句老话。

悉尼港

我们乘坐游船出港,穿越一座大桥的下面,向更远的大海湾方向航行。这样的海湾之旅,就是为了从远处看悉尼的城市轮廓天际线。反正任何事物从远处看,都是很美丽的,这一点我从悉尼歌剧院身上充分地体会到了。在海上看悉尼,比在我们曾经眺望悉尼的5号观景岬角看悉尼要更为漂亮,仿佛是漂浮在一片仙境中的世外桃源。可是我知道,悉尼绝对不是世外桃源,它的房价很贵而且治安也不好,并不是一个特别理想的居住地。

在海上转了一圈,花了一个半小时,然后我们去看了悉尼海洋馆。这个海洋馆比较大,有三层,里面的海洋动物都是悉尼附近海域所有的,巨大的鲨鱼、海狮、各种热带鱼等,这样的景色我在很多海洋馆里都看到过。出了海洋馆,我们又乘坐一条橡皮的轻轨,穿越了悉尼最为繁华的街区上空,看到了悉尼喧嚣的街市风景。

下午,我们去海鲜市场买了不少当地的海鲜产品:巨大的螃蟹和各种已经煮熟了的海鲜产品,然后带到了张登云先生开的那家四川酒家,又要了一个酸菜鱼火锅,很美地吃了一顿。和张登云先生聊了很多当地华人的情况,他告诉我,很多华人开商店的时候,都遭过抢劫。他过去开过一家珠宝店,也遭到过两个持枪的蒙面人抢劫,但是,即使创业艰难,悉尼的华人也越来越多了,经济实力越来越强了。

我还抽空见了在悉尼学习的表妹,她请我吃了牛排,告诉了我很多她的经历。在这里留学是很辛苦的事情。下雨了，我去书店买了两本书：一本是约翰·厄普代克于1953年至1975年写的短篇小说全集，还有一本是威廉·加迪斯的《识别》。这是两本很厚的书。后来我们乘上国航的飞机，在悉尼的上空飞了起来，越飞越高，向西北方向不停地飞去。天气非常好，可以看见悉尼附近的大地上都是美丽的小房子。

　　悉尼，再见了，澳大利亚，再见了。我在飞机飞入很高的云层之后，开始睡觉了。10个小时之后，我到达了上海，在乱糟糟的、服务恶劣的浦东国际机场停留了一阵子，大约一个小时，飞机再次起飞。

　　这次没有花太长的时间，就在北京降落了。我到家了。

四　俄罗斯双城记

2007年6月19日

　　今年是俄罗斯的中国年。我们组团去俄罗斯，一共6个人，刘心武、曹参赞（原驻俄罗斯大使馆的文化参赞）、张小波的夫人何蓓琳，我和小燕子，还有《扬子晚报》的蔡震。

　　刘心武老师一直很想去俄罗斯看看。我不知道他之前去过没有，似乎他并没有什么印象。作为改革开放时期的风头作家，在20世纪80年代里他去过很多国家。自从1990年卸任《人民文学》主编之后，他一直是相对边缘地写作。作为他的忘年交，我很关心他的状况。刘老师很信赖我们几个年轻人，我们也很想陪他出去走走。而这次组团我们和旅行社商议好了，与一般的旅行团不一样，我们不购物，不参观大众景点，有自己的要求。最后，旅行社满足了我们的要求。

我们乘坐国航909航班从北京出发。飞机起飞了，是大型的波音747飞机，飞了大概八九个小时，飞机越过了广阔的俄罗斯的国土。俄罗斯真的可以称得上地大物博，它的面积有1700多万平方公里，境内民族有100多个，人口大部分集中在欧洲部分的国土之上。9世纪，在欧洲东部以基辅为中心，斯拉夫各民族建立了一个大公国，叫作"基辅罗斯"公国。后来这个公国分裂成很多小公国。经受了成吉思汗及其后代的蒙古军队的猛烈冲击和统治200年之后，15世纪末期，罗斯人逐渐地团结起来，而后大公伊凡三世以莫斯科为中心，建立了统一的莫斯科大公国。16世纪，伊凡四世改称"沙皇"，开始对外扩张，版图迅速扩大。1721年，彼得一世获得了皇帝称号，并改国号为俄罗斯帝国。1917年列宁领导了十月革命，推翻了沙皇的统治。1922年建立了苏联，后来扩展到15个加盟共和国。1991年苏联解体，俄罗斯成为联邦共和国。俄罗斯联邦现在有88个联邦主体，也就是有88个省级机构。最大的城市是莫斯科，人口有1400多万；圣彼得堡次之，人口有500多万。我们此行的旅行，重点就在这两个城市，外加托尔斯泰庄园所在地——图拉城。

我们抵达了莫斯科的谢列梅捷沃机场二号航站楼，满满一飞机都是中国人，俄罗斯人不多。入关的时候中国人要走单独的通道，大家闹哄哄的，拥挤成一团。而入关检查特别严，我似乎觉得俄罗斯海关故意刁难中国人。每个人进关的时候都要被详细检查。我先进去了，可是小燕子被挡在那里有几分钟。可能那个海关的胖女人对年轻美丽的女人到俄罗斯有丰富的联想吧。后来，我们终于进去了。

出了航站楼，旅行社的杜总亲自来接，车是商务车，刚好可以坐七八个人。我们到达莫斯科的时间是傍晚的18点35分。抵达莫斯科的一家宾馆之后，我们又出去吃了点儿东西，现在我完全忘记我们吃的是什么了。

6月20日

早餐我们在宾馆的餐厅吃的，我吃了牛奶、面包和香肠。这家宾馆似乎有一个小型赌场，我们今天要去参观的是莫斯科最重要的地点——红场。我们来到了红场上。红场的面积肯定没有天安门广场大，但是非常有特点。首先，红场的路面是石头的，多少显得凹凸不平。我对这个广场印象最深刻的地方，就是第二次世界大战的时候，斯大林在这里检阅红军，然后红军直接开赴战场，阻击已经抵达莫斯科郊区的希特勒的军队，最终将德军挡在了莫斯科郊外。

列宁墓也在红场上。我们先排队瞻仰了他躺在水晶棺材里的遗体。在地下,他安静地躺在那里,个子不高。脸色是一种白色,据说保护他的遗体花费了很大的功夫,导游告诉我们,我们很可能看到的是蜡像,蜡像有好多个,而真正的遗体需要护理和定期检查。所以,蜡像就是最好的替代物。

历史对谁有现实利益,谁就去打扮它。历史是自明的吗?没有人回答我。这需要每个生命个体去仔细地思考。所以,俄罗斯到底怎么样,不要妄下评论。苏联解体有历史的规律,我们的老祖宗早就说了,"天下分久必合,合久必分",用在俄罗斯人身上也是有道理的。现在的俄罗斯,显然已经过了阵痛时期,恐怕谁都不愿意回到惨烈的时期。

俄罗斯这个民族(包括其联邦内的其他民族)似乎性格也是暴烈、粗豪的,喜欢摧毁一个东西之后建立全新的。不像英国人,现在还搞君主立宪,互相妥协。即使是叶利钦时代,也搞了要命的休克疗法。几乎把新生的俄罗斯联邦搞垮了。幸亏后来石油、能源价格暴涨,加上普京的强力手腕,俄罗斯联邦迅速恢复了经济和政治地位。俄罗斯的教育、医疗据说全部是公费,政府负担,住房也是政府免费供给,人均18平方米。如果这么发展下去，早晚要成为世界最强国家之一。当然现在仍旧是。所以，中国的路还长着呢。

瞻仰了列宁遗体，我们来到了红墙之外的无名烈士墓，有一股永不熄灭的火焰在燃烧。有卫兵把守，并且定时换岗，场面非常庄重肃穆。一般外国元首来到莫斯科红场，都在这里敬献花篮。

无名烈士墓是为纪念反法西斯战争牺牲的无名英雄而建造的，修建于1967年胜利节前。它位于克里姆林宫红墙外的亚历山大花园里。正面朝北、东西走向的深红色大理石陵墓上陈设着钢盔和军旗的青铜雕塑，造型简洁明快，蕴意肃穆深长。墓前有一个凸型五星状的火炬，五星中央喷出的火焰，从建成时一直燃烧到现在，从未熄灭，它象征着烈士的精神永远光照人间。火炬前方青色大理石地面上镌刻着一行铭文："你的名字无人知道，你的功勋永垂不朽。"

两座玻璃岗亭置放于墓的两侧，亭前站着两名神情庄重的持枪哨兵，昼夜为烈士守灵。这便是俄罗斯妇孺皆知的"全国第一岗"。据说这"第一岗"原来设在列宁墓前，不知从何时起挪到了这里。最引人注目的是每小时一次的换岗仪式。烈士墓西侧排列着12座长方体花岗岩标志物，逐一镌刻着卫国战争中12座英雄城市。

　　转了一圈，我们来到了莫斯科的象征——古老的圣瓦西里教堂。这是一组洋葱头式样的东正教建筑，洋葱头是俄罗斯教堂的形象。关于这个教堂的历史，我所知甚少，进去转了一圈，就出来了。红场附近的游人很多，今天的天气也特别好。圣瓦西里教堂的对面，是一幢高耸起来的斯巴斯基塔，塔的顶端现在还有一颗闪耀着光芒的五角星。斯巴斯基塔体量巨大，几乎改变了红场的重心，据说那红色五星是由三层红宝石镶嵌在不锈钢上的，外边还敷了一层黄金。因为其中安装了5000瓦的灯泡，到了晚上会发射出红光。过去有着鲜明的意识形态的含义，而如今，红场周围和克里姆林宫那17座塔的塔尖上，只有斯巴斯基塔还保留了五角星。其余的现在有的恢复了俄罗斯的双头鹰标志，就是鹰头向着欧洲，又向着亚洲广袤的土地。

　　克里姆林宫对外开放，我们走了进去。院子很大。其中有一列白色的房子，据说普京平时就在那里办公。现在可能就在里面。我拉着小燕子的手，在钟王、炮王和一个小教堂边上照相，这里面有三个教堂都很不错。钟王是一口非常大的钟，需要四五个人环抱。下面还有一块脱落了下来，留下的空洞都够一个人钻进去。而炮王也是一门巨大的炮,不知道那炮弹有没有人可以塞进去,肯定要3个人才能抬起来。克里姆林宫院子里的气氛是轻松自然的,空气、天气都很好,使我们轻松自在。接着,我们进入了亚历山大花园。这个花园带给我的,是俄罗斯沙皇时期的那种辉煌、美丽和高贵的感觉。

就这样逛了一个上午,在蔚蓝的天空下,闻着俄罗斯的空气,是清新的,芬芳的,没有恐惧感,也没有污染的空气。中午吃饭,吃的是西餐,有牛肉,很不错。

吃完饭,刘心武老师非常想体验一下莫斯科的地铁。他听说莫斯科的地铁有的深达100米,是世界上最深的地铁之一,于是我们陪他去坐了一回。的确,光是我们进去的这个站,我估计就深50米以上,上下扶梯都很陡峭。我下行时,一些莫斯科人上行。我观察了一下他们的表情,似乎忧郁、失落和淡淡的哀伤是主要的表情。也许,我看错了?不知道。

进入到莫斯科的地铁站里面。导游告诉我们要小心,因为最近一些年莫斯科的光头党很排外,活动猖獗。有一次,就是在一个地铁站里,一个光头党成员一脚就把一个个子矮小的越南人踢到飞驰而来的地铁面前,那个东方人立刻被撞死了。其他地方也发生过针对中国人的袭击事件。

刘心武老师马上警觉了起来，我和燕子一左一右挽起他，让他放心。莫斯科的地铁是世界上最庞大的城市地铁系统之一，有十多条纵横线，一条圆圈环线将这十多条快速出城的纵横线连接起来，有500多公里。忽然，我们看到一列地铁呼啸着进来了，噪声明显比北京的地铁噪声大，简直是山呼海啸啊！在俄罗斯，什么都是大的，这和俄罗斯的国土面积大有关系，国土面积大，就会让俄罗斯人的意识里无论是城市，还是建筑物，包括武器都很粗大笨重，耐用好使。相反，日本则什么都是小的，胶囊公寓，一些物件都很小，但是很精致美丽。

我们进去后，车厢里就我们几个东方人，莫斯科人也不多，这个时候不是下班时间。我们坐了几站，下来之后又往回坐了几站，重新回到了地面。

下午，我们没有休息，直接驱车到达麻雀山，即列宁山上眺望莫斯科。这里是莫斯科的最高点，为什么叫麻雀山？这里灌木丛很多，麻雀多，所以叫麻雀山。这是导游告诉我的。的确，灌木丛中麻雀很多。在麻雀山上，眺望莫斯科，真的是美丽的。远处，崛起的俄罗斯最高的世界贸易中心群体建筑，据说施工方是中国建筑公司。我还可以看到河流、桥，以及最著名的一些苏联时期的那种类似教堂的尖顶——显示共产主义崇高理想的尖顶建筑。而在北京西直门的北京展览馆，就是这样的苏联风格的建筑。而在莫斯科，这样的建筑显得更加宏大、气派、庄严、坚固，站在蓝天下，傲视着人群。

从麻雀山上下来，我们去莫斯科大学参观。当年毛主席在这所大学，发表了著名的演讲。大学的主体大楼非常宏伟，是一幢带有尖顶教堂那样的苏式意识形态的建筑。楼前有一个长方形的喷水池。喷水池边有很多半身雕像，等距地排列在水池边。不知道为什么校园里人很少。难道学生放假了？怎么看不到学生？

我们于下午4点赶到了中国驻俄罗斯大使馆。使馆很大，很安静。我们按照约定进入使馆，刘心武老师作为著名作家和我们这个团的团长，和中国驻俄罗斯大使馆的文化参赞赵先生有一个会见。很快，他来了。我们在会见室聊天，气氛轻松。刘心武老师带来了赠书，也让赵参赞介绍了一下现在的中俄关系，以及中俄文化交流年的情况，还有现在俄罗斯的政治，经济和文化情况。

我们就是听着，很放松。其间我们到使馆后面的花园里走了一下。花园里很美，我们在喷水池边合了影。晚上6点，赵参赞在使馆里设宴招待了我们。饭菜都是中国菜，吃得可口，放心。我感觉跟着刘心武老师出来有一点好，他是一个很细心的人。都说俄罗斯有些不安全，实际上我们来了，觉得很安全。但无论是接待还是万一遇到什么情况，有外交官在和没有外交官在，大不一样。何况有些俄罗斯人是有名的不讲道理，必须要有准备。

晚餐的气氛非常好，刘心武老师也很高兴，还给我们讲了红学研究的情况。晚上我和蔡震一个房间，燕子和小何一个房间。

6月21日

今天是周四，早晨起来看到天气晴好。我们住的宾馆戒备森严，每一层都有一道铁栅栏门，而且有人晚上看守并且上锁。可见莫斯科不安全也不完全是传说，因此晚上和不在一层的妻子道晚安，还真的有点儿明早不知道能不能见到她的小担心呢。

我们吃的早餐是自助的，食物是丰盛的，胃口也是好的，不过我吃的西红柿多一些。我们上了中巴，直奔200公里外的图拉市。

出城后一路畅通。我看见进城的方向上的高速公路尽管有多条车道,但也是拥挤不堪的。莫斯科的堵车也是闻名世界的,但是莫斯科的堵车显然属于潮汐型的,早晨是进城堵,晚上是出城堵。这就是大城市的通病。我注意到莫斯科的车子以拉达和其他国产车为主,日本车,德国车也不少。车子走了两个多小时,我们就进入了图拉市。

图拉市区人烟稀少,似乎只有一条相对繁忙的公路穿行过去,其他的,就是安静的了。这里虽然和莫斯科相距200公里,但是明显就破旧了很多。有一座教堂,很有名,我们在图拉市市区简单地转了转,然后继续往托尔斯泰庄园而去。

到达托尔斯泰庄园的时间是中午12点。这个庄园的名称叫作雅思纳亚·波良那庄园。为什么不叫托尔斯泰庄园?我也搞不明白。我们先在庄园门口附近的一个餐厅里,吃了红菜汤和面包,然后,才进去游览。一进托尔斯泰庄园,可以明显感受到一种非常田园的气氛,路两边是高大的白杨树、绿草地,甚至还有人牵着马走来走去。这里面现在有一个马场。导游给我们找来了托尔斯泰的侄孙女或者更晚一辈的亲戚来做讲解,就是因为知道我们是中国来的作家。那位中年女士穿着一套牛仔服,带着褐色的墨镜,头发也是褐色的,很高兴地给我们一路讲解，一直到托尔斯泰平时居住的屋子。一所很普通的外表根本看不出来是文豪居住过的屋子。

木屋十分老旧了。踩着台阶进去会吱呀地响。我的心里忽然升起对大师的那种尊敬和肃穆感。列夫·托尔斯泰是人类文学的一个高峰。不知道是怎么回事，到了十八、十九世纪，人类文学的高峰和群峰，出现在了俄罗斯，形成了一片"俄罗斯文学高原"。普希金、果戈理、屠格涅夫、契诃夫、别林斯基、陀思妥耶夫斯基、列夫·托尔斯泰等，每个人都高山仰止或者别具风格，成了人类文学的奇观。

进入托尔斯泰居住的房子，我看到了一张很小很小的床，也就是说，连我躺在上面都会觉得狭窄，都会觉得随时可能掉下来，怎么身材高大的托尔斯泰他就可以躺在上面睡觉呢？我在俄罗斯，最大的感受是，他们的床都很小，宾馆里的床，都是很窄的。难道他们没有双人床？在卧室里，我看到了托尔斯泰的一双靴子。似乎还带着泥土，仿佛他刚刚从外面归来，脱下后坐在了床上休息。这双靴子，我似乎在哪里见过有人题写了诗篇，就叫作《托尔斯泰的靴子》，大意就是托尔斯泰从外面回来脚上带着泥土云云。

托尔斯泰的书房也是简朴的。书并不多。我们就踩着吱嘎作响的木板楼梯上下走了一圈，这里实在是一个俄罗斯农民的住宅啊，比起国内一些人的别墅，或者农庄都逊色呢。出来后，我看到附近的草地、池塘，以及茂密的白杨树和白桦树，树影婆娑，一只黄花猫懒洋洋地在门口躺着，土狗来回地窜。一副田园风光，我真是不大理解为什么托尔斯泰要离家出走。一般的说法是他看到自己过得太好而俄罗斯农民还在受苦，他就打算捐掉全部财产，可是，他和索菲亚生了6个儿子、3个女儿，把庄园、田产和金钱都捐了，老婆孩子怎么活？在托尔斯泰的故居里面来回走，我很痛苦地想着这些事情。要是他不出走，就不会死于感冒，也许还能多写几部作品呢。

不过，一出来，看到地图，我了解到这个庄园很阔大。我们沿着路线箭头向托尔斯泰的墓地走去，走了10分钟，白杨小道上寂寞无人，只有我们几个人。然后我们找到了托尔斯泰的墓地。完全是青草覆盖的青冢，草大概有20厘米高，高出地面的一个棺材状的突起上全是生长着的青草。这就是托尔斯泰的灵寝安放之地。我们默默地在那里站立了一会儿，内心涌现的是无比的崇敬。回想起我阅读他那伟大的几部长篇小说时的感受，它们开启了我高中时代那混沌的心灵，使我坚定了做一个作家的理想。瞻仰着2米长，1米宽的托尔斯泰青冢，我理解了为什么他的床也是2米长，1米宽那么小了。人死了，最多就占这么大的面积。

继续沿着庄园的小道走，非常惬意。庄园很大，我们绕了一个大圈子，看到了一个马场。有一个年轻姑娘在骑马。她戴着帽子，穿着白色的马裤在马上一颠一颠地跑着，撅起来的屁股很性感。

在托尔斯泰庄园溜达到4点，我们返程了，7点多到达莫斯科的市区。这个时候，我又看到了出城下班的车流高峰。我们先在一家俄罗斯风味的餐厅吃了饭，然后回到了宾馆休息。

6月22日

今天天气也非常好。吃完早饭，我们出发了。

上午的行程就是去看国家级的美术馆——特列季雅科夫国家画廊，这家美术馆收藏了俄罗斯12世纪以来的美术名作。俄罗斯的美术作品，我最心仪的就是风景画。因为广袤的俄罗斯大地隐藏了那么多可看的风景，俄罗斯的风景也养育了俄罗斯人的内心和俄罗斯文化的那种与大自然永远亲和、永远以敬神的眼光看待的精神。

风景画是有一个漫长的发展历史的。无论在西部欧洲还是俄罗斯，风景一开始都是作为美术作品的背景存在的。这一点和中国的山水水墨画完全不一样。在中国的山水画中，风景就是主角，而人则在风景中被画得很小，所谓忘情于山水，山水大于人。

从15世纪开始，荷兰低地上的画家创造出油画画法以来，荷兰画家最先注目于以大自然为主角。荷兰画家喜欢画以大海、郁金香、风车和池塘等为主题的风景画，风景画逐渐地成了单独的一种题材。16世纪到17世纪是意大利画家在风景画上有所作为的年代。而到了18世纪之后，法国的风景油画异军突起。19世纪之后，英国风景画后来居上。然后就是法国印象派画家对风景画的再度改变和提升。俄罗斯的风景画是从19世纪开始逐步地发展起来的，1861年沙皇废除了农奴制度，俄罗斯的美术发展更快，出现了一个影响深远的画派："巡回展览画派"。在这个画派的旗下，聚集了列宾、萨弗拉索夫、瓦·苏里科夫、希施金、阿·库因吉、列维坦等绘画大帅。

我在特列季雅科夫国家画廊逡巡、徘徊、流连。一路看下来，从12世纪的宗教绘画，到后来的俄罗斯人物与风景画的集大成，俄罗斯美术作品的线索非常清晰。俄罗斯美术的发展历史不长，但是非常有强度，正如俄罗斯东正教成了基督教一个强大的分支一样，俄罗斯的美术也成了西方美术，尤其是油画中间的一朵奇葩。其画风的凝重、大气、深沉和力度，都是一些西欧国家，如法国、意大利油画所无法比拟的。这就是和俄罗斯的广袤的大地环境有关。环境会造就人，环境也会造就俄罗斯的艺术家。

　　在俄罗斯的油画家里面，列宾的名声在中国最大。他的那种现实主义绘画风格带给了中国现代油画持久的影响。而风景画家中，我最喜欢的有三个人——萨弗拉索夫、列维坦和希施金。萨弗拉索夫出生于1930年，是俄罗斯风景画的最重要画家之一。他的风景画内容非常丰富，既有莫斯科郊外的风景，也有俄罗斯农村的风景，同时，还有以春天为题的系列绘画作品。他画笔下的春天非常迷人。我先是停留在他的《索科尔尼克的驼鹿岛》面前，沉思良久。画面上，松树林占据了背景的景深部分，高低错落地形成了森林的队列。而驼鹿则在画面右侧埋头吃草。前景是小水池和草地，形成了风景画优美、阔大与动静合一的风格。《白嘴鸦飞来了》这幅画画面上虬枝举天，白嘴鸦成为枝头喧闹的存在。大地之上，雪景中前景的树和后景中的教堂的寂寥，形成了冬日奇特的意境。遗憾的是，他画的春天题材的油画在特列季雅科夫国家画廊里不多见，我也没有看见原作，无法评述。

和萨弗拉索夫的春天系列对应的，是列维坦的油画中的秋天。最著名的就是"金黄色的秋天"系列。只要是秋天题材，列维坦就画得无与伦比。我在他的《金黄色的秋天》《秋天晴日》《金色的普廖斯》《索科尔尼基之秋》等原作面前驻足，完全沉浸在他沉静的画风里面了。我的心停止了跳动。只听见了落日沙沙响着，在画面上降落。

而希施金的画作中，树木尤其是俄罗斯的树林是他善长的，松树是他画得最好的。希施金的风景画有一种狰狞的动感，在幽深的树林里，隐藏着俄罗斯大地上的无数的精灵鬼怪，也有着俄罗斯人的苦难的灵魂。他就是俄罗斯森林的礼赞者，是森林的灵魂的书写者，也是俄罗斯森林和树木的最佳描绘者。无论是田野的辽阔，还是森林的幽深，都有一棵棵的松树，或者别的参天的大树以各种姿势挺立在那里。我驻足在《黄昏》的面前，黄昏中三个包着头巾的女人走过了村路，路边是暮色中高耸的白桦和杨树、金色的黄昏涂抹了天空最后的光亮，也映照着俄罗斯归家女人的内心。《黑麦田》里的麦子全部都是金黄色的！而一棵棵独立的昂扬的松树，站立在麦田里，那么峥嵘突兀和豪迈苍壮。而《密林深处》里的青苔和树干，《森林远景》里的远处发亮的被森林所包围的一条河，都让我叹为观止。

写到这里的时候，我在书房里翻阅几本欧美人写的艺术史著作，如美国著名的大厚本《加德纳艺术史》，以及法国艺术史家巴赞写的《艺术史》，还有英国人史蒂夫·法辛主编的《艺术通史》，以及美国人威廉·弗莱明撰写的两大卷《艺术与观念》。这些教材类美术史畅销书，竟然都没有关于俄罗斯美术史的描绘。而这些美术史对包括中国和日本在内的东亚美术史都有所涉猎。真不知道是为什么。这些"西欧中心论"的美术史著作"屏蔽"了俄罗斯美术，让我大吃一惊。

出了特列季雅科夫国家画廊，我们去了一家中餐厅吃饭。吃的宫保鸡丁等，味道还不错。中午没有休息，我们直奔莫斯科的凯旋门和胜利广场。天色转阴了，忽然，又从云层中间挤出来一点阳光。

凯旋门是纪念苏联打败纳粹德军的建筑物。而胜利广场上，一个如同刺刀一样刺入天空的纪念碑上，有两个小天使吹响了报喜的喇叭，宣告了胜利的消息。在这个广场的后面，就是著名的"二战"纪念馆。我们进去之后,很快发现光线暗了下来。油画、实物、象征物、雕塑、三维动画,各种手段把我们重新带入那伟大的抗击纳粹的卫国战争中。在人类的战争史上,俄罗斯和拿破仑统治的法国,苏联和德国纳粹的两场战争改变了历史。最宏伟的战争场面,就发生在俄罗斯广袤的国土之上。每一平方米的土地上,可能都洒下了俄罗斯抗击外来侵略者的鲜血。

在纪念馆里,最让我震撼的,除了那些阵亡将士数不清的名字,还有那从天而降的如同泪雨的,用铁和玻璃制作成的帘子。那是所有的俄罗斯女人为将士们的牺牲流下的眼泪,也是上帝为大地上的英雄洒下的眼泪。看着那一层层密集如雨的泪帘,我简直欲哭无泪。这又是"好死不如赖活着"的那种小地痞、小市民文化所无法理解的了。俄罗斯的伟大、深沉、牺牲和斗志,都在这个纪念馆里体现出来了。

出了纪念馆,在广场上留影,忽然看见了一对年轻的俄罗斯新婚夫妇在这里照婚纱照。他们的亲朋好友有十多人,都穿戴整齐地簇拥在一起合影。据说,很多结婚的俄罗斯年轻人都会到这里来拍照,因为他们现在的幸福生活显然来自历史,来自俄罗斯人的那种不屈不挠的精神。这让我大为感动,我拍了不少他们的照片，新娘因此在我的眼前也是那么的美丽，而新郎也显得更英俊了。

晚上安排去看俄罗斯大马戏团的演出，但是我们都觉得累了便没有去，因为晚饭后还要出发去圣彼得堡的火车，就在宾馆里暂时休息了一下。

夜晚11点，我们上了赶赴圣彼得堡的列车。据导游说，俄罗斯人脑子不够用，他们无法建设一个通向各个方向的大型火车站，而是通往俄罗斯的每个方向都建造一座火车站，因此莫斯科有十多个火车站。也不知道这种说法是真是假。我们上了车子，坐进了两个包厢。刘心武老师和曹参赞是上下铺。早就有种说法，在俄罗斯的火车上，抢劫是家常便饭，因此，我们一上去就把包厢门锁住了。

我和燕子是上下铺，我们聊了一会儿，就躺下睡了。这趟火车是直达圣彼得堡的，它属于蒸汽还是电气的火车我不清楚，时速在100多公里，显然不快。列车喘着粗气在奔跑，外面的黑夜很浓。

6月23日

圣彼得堡，一座带有传奇色彩的俄罗斯第二大城市，本身却很年轻，只有300年的历史。是在波罗的海边上建立的，模仿欧洲伟大城市巴黎、罗马、阿姆斯特丹的风格，由彼得大帝亲自计划，邀请了几乎全欧洲的工匠前来修建的。

在奔跑了一个夜晚，由1100公里外的莫斯科奔向圣彼得堡的火车上，我醒过来后，发现自己很安全，没有被抢劫。刘心武老师也很安全，在隔壁的包厢里。大家松了一口气。我们在圣彼得堡车站下了火车，出站之后，就坐上了旅行社来接我们的中巴，然后直奔芬兰湾彼得大帝建造的夏宫。

快到夏宫的时候，在树林掩映之下有一座非常鲜艳美丽的教堂。绛红色、蓝绿色、金黄色组合成教堂建筑的各个部位，山字形的结构使得教堂稳固而挺拔。导游告诉我们，这座非常美丽的教堂，是圣彼得圣保罗使徒教堂，于1894年兴建，它洋葱头式的尖顶上的十字架高高地耸立着。

夏宫是彼得大帝度假的地方，1705年，他开始建造这里。这里靠近大海，可以闻到很清新的海风。圣彼得堡距离芬兰不远，因为我去过芬兰，因此我感觉不知道哪里有些亲切。可能是天气的晴好，海风的舒畅吧。朝向芬兰湾建筑的夏宫的核心建筑，是一组白色墙壁和屋顶、明黄色间隔粉刷的皇宫建筑，在蓝天之下，这样的颜色显得非常的舒爽。沿着原先海岸的落差修建的台阶，自然地延伸向了大瀑布喷泉群。喷泉是夏宫最有名的景致。在一面水池里，有一尊健壮的男子雕像，是大力士参孙的雕像，他擒获了一头狮子，水是从狮子向上张开的嘴巴里喷射出来的，是高达10多米的喷泉水柱。而水池周边的雕塑，一个个小狮子的嘴巴里都在喷水。

在夏宫，我最大的体会是这里和凡尔赛宫很相像，也难怪，当时彼得一世邀请欧洲的设计师，一定秉承了巴洛克式、文艺复兴式和希腊罗马古典式样的总和设计，才形成了这样的宫殿建筑。这里的花园、喷泉、镀金的雕塑、亭子、回廊、宫殿建筑，都是从法国、意大利甚至是希腊罗马那里取得了灵感。欧洲的建筑学家、雕塑家、画家、工匠和设计师们采取了将欧洲宫殿建筑和俄罗斯新皇帝的诉求相结合的办法，建设了这座漂亮的夏宫。

皇权时代里留下的建筑艺术瑰宝自然是宫殿和休闲场所。比如颐和园、圆明园，以及承德避暑山庄，都属于这一类建筑。我们在彼得大帝建立的这座比起凡尔赛宫来说，规模稍微小一点的夏宫里散步，感觉非常愉快。到处都是喷泉，是亭台楼阁、绿地和鲜花。精美的雕塑充满了人性的苏醒，大喷泉，罗马式喷泉，人工瀑布等，都是美轮美奂的人造景观。

据说纳粹德军占领这里的时候破坏了宫殿,劫掠了藏品,后来苏联刚把这里夺回来,"二战"还没有结束就开始修复。这里是俄罗斯崛起的精神家园,俄罗斯之所以有今天的地位,与彼得一世,后来改称为彼得大帝的伟业有着密切的关系。

夏宫还包括了上花园和下花园,都是休闲式皇家庭院建筑。

我们还进入宫殿的里面参观游览。大殿里挂着一幅模样很年轻的彼得大帝的画像及伊丽莎白女王的油画像。大殿有觐见厅,装修得也是金碧辉煌——这个词汇用在皇家宫殿里,我才知道它的具体含义。

在夏宫那明亮的阳光下,沐浴着轻微的海风,散步漫游非常惬意。而且,我深刻地感觉到俄罗斯如今想恢复沙皇文化传统的那种心情。他们似乎对苏联时期摈弃得很厉害。在圣彼得堡,能看到当年十月革命的信息,主要就是那艘"阿芙乐尔号"军舰了。对自我历史的再次否定,使我感觉到俄罗斯人的决绝。现在,他们在普京强有力的领导下,再度成了世界强国,这一点是毫无疑问的。即使是按照人均国内生产总值,俄罗斯也很快达到了10000多美元,也许再有10年,就能和人均30000美元的任何发达国家媲美。

中午,我们返回到圣彼得堡,在一家宾馆住下,吃完了饭,就午休了一会儿。

下午,我们重点要看的景致,包括斯莫尔尼宫和彼得小屋。天气阴沉,有些凉,我穿上了外套。圣彼得堡天气阴沉的时候,似乎才是圣彼得堡应该有的性格。涅瓦河上,连波涛都是灰色的。这条著名的河流穿越圣彼得堡,带给了圣彼得堡波涛汹涌的历史和风云突变的景致。涅瓦河从拉多加湖流到波罗的海芬兰湾入海口,只有74公里,而流经圣彼得堡就有30公里,形成的三角洲有很多支流,因此有很多可以通过桥梁联通的岛屿。涅瓦河也给这个城市带来了很多突如其来的水灾。

圣彼得堡是俄罗斯历史上影响最大的城市,我觉得它比莫斯科美丽。圣彼得堡经历了俄罗斯现代史上最重要的悲剧变革,比如宫廷变革、废除农奴制、十二月党人的起义、1905年沙皇对起义人员的镇压、1917年的二月革命和十月革命,还有1941年到1945年长达900天里,被纳粹德军包围和攻击时决不投降的,即使大部分人饿死、冻死的顽强战斗,以及苏联解体带来的重新拾捡沙皇时代的光荣和梦想等,这个城市实在是有故事。城市的名字也几经更改,最开始叫圣彼得堡,1914年至

1924年叫作彼得格勒；1924年改成了列宁格勒；1991年经过公民投票，重新恢复了最早的名字：圣彼得堡。

首先，我们去了彼得小屋。1703年，彼得一世的士兵用松树原木，面对沼泽三角洲，在涅瓦河畔的彼得堤岸边上，盖了这么一个小房子，这成了圣彼得堡最早的建筑。房子分书房、餐厅、卧室和会客厅，很小。后来木头朽坏，房屋倒塌，现在的房子是1846年重建的。如今是一座小型博物馆，陈列着彼得一世的生活用具和其他东西。可以说，圣彼得堡这么一座恢宏的城市，是从彼得小屋作为起点的，这就是俄罗斯现代化的起点。就像日本的明治维新，真正把日本改变成一个现代国家一样，彼得小屋造就了一直到今天的俄罗斯的地位和辉煌的文化。

因此，登上"阿芙乐尔号"巡洋舰的时候我的心情很复杂。历史有时候拐了一个大弯，又重新回到了起点。俄罗斯大部分人如今就是这么看待自己20世纪的历史的。我们上去拍照留念，这艘巡洋舰现在看来非常小，根本就无法和现在的一般的驱逐舰相比了。

然后，我们去看了斯莫尔尼宫。斯莫尼尔宫位于圣彼得堡市的东北部，从地图上看，位于涅瓦河转弯的地方，是一座典雅的三层建筑。它的历史不长，建成于1808年，原为贵族女子学院。"斯莫尔尼"一词在俄语里的意思是"沥青"，初建时这里属于沥青厂。斯莫尔尼宫的色彩，也是清爽干净的蓝白相间，是巴洛克风格和俄罗斯风格的融合，在圣彼得堡的教堂里，相当具有代表性。正面长300米，主体建筑的两翼伸出，组成宫中的主要庭院，有8根壮丽的圆柱和7个拱形门廊，和其右侧巴洛克式建筑风格的斯莫尔尼修道院浑为一体，合称斯莫尔尼建筑群。

1917年十月革命期间，布尔什维克党将自己的军事革命委员会设在了斯莫尔尼宫，这里就成了"十月革命司令部"。1917年11月7日，列宁在会议大厅发表了对俄国公民的号召书，宣布一切政权归苏维埃。1917年11月中旬至1918年3月列宁曾在这里办公和居住过。会议大厅、三楼列宁第一间工作室、二楼列宁工作室和起居室，为斯莫尔尼宫的3处革命圣地。会议大厅以白色大理石装饰。工作室和起居室陈设简朴，后曾改为文献陈列室。这里建有马克思、恩格斯及列宁的纪念碑。

在涅瓦河左岸，矗立着一座高贵典雅的斯莫尔尼修道院。这个地方早在圣彼得堡奠基前就已有人烟：15世纪时期，此区为新城城堡外的郊区，而17世纪时期则为瑞典管辖，修筑有防

御工事及民居。有一个历史材料曾经记述了当时列宁在这里的工作:

> 斯莫尔尼宫灯火通明。在一条条走廊上,情绪激昂的人群川流不息。每个房间里,都是热气腾腾的场面,但是热情最高、情绪最热烈的,是在楼上走廊拐角的地方。在那里最末了的一个房间里,军事革命委员会正在举行会议。有几个姑娘已经疲惫不堪了,然而还在顽强地应付着那些前来要求解释问题、听取指示、提出种种要求和申诉的人所带来的难以置信的压力。如果卷进这个旋涡,那就能从四面八方看见一张张非常焦急的面孔和一双双要求取得某项指示或某种委任书的手。一些重大的任务和任命就是在这里决定的。打字机当场就哒哒不停地打下口授的文件,随即有人把文件摊在膝盖上用铅笔签署。一个幸运地获得了任命的年轻同志,拼命地驾着汽车飞也似的消失在黑夜里。而在最末了的那个房间里,有几个同志坐在桌旁,犹如一道道电流似的把自己的命令发给全国各地的起义城市。直到今天,每当回忆起这件了不起的工作时,不能让人不感到惊讶。自己至今仍然认为军事革命委员会在

十月的日子里的活动是人的精力的一种表现，它证明了在革命的心灵里蕴藏着无穷无尽的精力，而当这颗心灵在革命惊雷的召唤下，它又能干出什么事来。

晚上，在斯莫尔尼宫的白厅里，苏维埃第二次代表大会召开了。前来开会的人个个兴高采烈、喜气洋洋。那时群情激昂，尽管冬宫周围的战斗还在进行，时而还传来极其令人不安的消息，但是没有出现丝毫的慌张。没有丝毫的慌张，是指布尔什维克，是指代表大会上赞同布尔什维克观点的绝大多数人。相反，凶狠、窘迫、焦躁的"社会党"的右翼分子却是惶惶不可终日。当会议终于开幕的时候，大会的情绪就完全明朗了。布尔什维克的演说受到了人们欣喜若狂的欢迎。大家怀着热烈赞叹的心情听取前来报告冬宫周围战斗真实情况的年轻水兵们的发言。众所周知，冬宫周围的战斗打完时我们方面牺牲了一些人。苏维埃政权终于进入了冬宫，资产阶级部长们被逮捕了——这一盼望已久的消息受到了经久不息的暴风雨般的掌声的欢迎！同时，在当时的军队组织里很起作用的孟什维克库钦中尉走到讲台前面来，威胁我们，说要立刻把他那一条战线上的士兵调到彼得格勒来。他代表第一、第二、第三，直至第十二集团军，同时还包括一个独立的集团军，宣读了反对苏维埃政权的决议；末了，他公然对敢于采取"这种冒险行动"的彼得格勒进行赤裸裸的恫吓。这种做法吓不倒任何人。而那种宣称全国的农民在我们面前就像一片汪洋大海，要把我们淹没的说法也是吓不倒任何人的。弗拉基米尔·伊里奇如鱼得水，他愉快地不停地工作，已经在一个角落里草拟了新的政权法令、和平法令和土地法令。这些法令将成为20世纪历史上最有意义的篇章，这一点我们现在已经看到了。

除了上面寥寥几笔之外，还想回忆一下人民委员会的第一次任命情况。那是在斯莫尔尼宫的一个小房间里进行的，房间的椅子上扔满了大衣和帽子，大家挤在一张灯光暗淡的桌子周围。我们在选举新的俄国的领导人。觉得选举时通常带有偶然性，老是担心被选上的那些人同重大的任务之间的差距过于悬殊，因为对于他们是很了解的；觉得他们无论担负哪一种专门工作都还不够水平。令人懊恼的是列宁不管这些顾虑，却笑着说道："目前所有的岗位上都需要负责的人员，做了再看吧，如果不行，我们还能够换。"列宁是多么的正确啊！当然，有的人撤换了；有的人还留在岗位上。那些曾不无胆怯地担负起委任给他们的工作,后来表明是完全称职的人也不在少数。当然,有的人——不只是目睹革命的人,而且是参加革命的人,面对宏伟的远景和似乎不能战胜的困难晕头转向了。列宁以惊人的稳健神态,谛视着巨大的目标并紧紧地把握着它,就像一位富有经验的领港员,操纵着一艘远洋巨轮的舵轮。

从军舰上下来,天色还是白色的。到这里我们发现了陀思妥耶夫斯基笔下的《白夜》的魅力。现在很难黑下来。我们去吃了晚饭。21点了,天色还是白天。刘心武老师决定去散步。跟着刘心武老师,我们穿行在圣彼得堡的大街上,我深刻地感觉到这里似乎还沉浸在古典的气氛里,几乎看不到任何玻璃幕墙的现代建筑,人烟稀少,不像一个有着五六百万人的城市。刘老师带着我们到撒金大教堂看了沙皇尼古拉一世的铜雕像,然后又欣赏了彼得大帝的青铜骑士像,再一看表,已经是22点。

这个时候,涅瓦河畔出现了很多年轻人,有说有笑地朝着冬宫广场而去。在冬宫广场上,已经搭起了一个演出的台子,电视转播车呼啸着从我们身边开过去。而刘心武老师忽然想起来,在涅瓦大街上有一个咖啡馆,是普希金当年最喜欢喝咖啡的地方,于是,我们就去找那个咖啡馆。

我们找到了,但是客满了,我们只好在隔壁找了一家。几个人坐下来喝啤酒、咖啡,可以看到有很多年轻人,男男女女,都拿着啤酒瓶子,勾肩搭背,三五成群,十分密集地向冬宫广场走去。我完全惊呆了,一下子出来了十几万人,而且都是年轻人,这是怎么回事?原来,今天是圣彼得堡的白夜节,也是年轻人的成人节,在今天,很多年轻人成人了!他们可以喝酒了!所以,男男女女都拿着啤酒罐或啤酒瓶子在走动。啊!年轻的俄罗斯人!俄罗斯的年轻人!我算是都见到了。

我们也想去凑个热闹,出了咖啡馆,立刻被人流裹挟了。年轻人个个面红耳赤,显然已经喝了不少,他们高呼"到露西亚!到露西亚!"意思是"到俄罗斯!到俄罗斯!"还有的人在高呼"彼杰拉!彼杰拉!"意思是"圣彼得堡!圣彼得堡!"因为人太多了,曹参赞害怕出事,我们是人群中唯一的东方人,万一被攻击怎么办?俄罗斯的光头党很猖獗,尤其是,还有心武老师在,这就成了大新闻了。我们几个年轻人紧紧地簇拥着刘老师,把他包裹起来,在人群中像一团异样的存在，向着相反的方向走去。

说实话，就是那个时刻，我感觉有点害怕，有点担心。这些年轻人如果狂热起来，完全可以把瓶子砸在我们的脑袋上。但是不，他们仿佛没有看见我们这几个逆人流而行的中国人，而是很兴奋地喊着口号，继续向冬宫广场集结。因为晚上11点开始，俄罗斯最有名的流行音乐人要在那里演出，这注定是一个白夜，一个流行音乐之夜，一个年轻人的夜晚，在这一天，这些俄罗斯年轻人成年了。他们那么有活力，那么的青春和性感。我算是感受到了俄罗斯人的群体的力量。就是这些年轻人，他们继承了祖先的血液和性格、文化和记忆，他们无所畏惧。

我在人流中就这么胡思乱想着，直到离开了人群，来到了一个小巷道里，穿行到我们住的宾馆跟前。晚上我们是在宾馆里看的电视转播，反正也听不懂，但是，今天让我们见识了一个活着的圣彼得堡，一个丰富的、蕴藏着巨大的年轻活力的圣彼得堡，一个有着惨痛历史和伟大光荣记忆的圣彼得堡。

6月24日

圣彼得堡和莫斯科是俄罗斯双峰并峙的城市，在文学上，圣彼得堡甚至更加辉煌一些，从普希金开始，到陀思妥耶夫斯基，以及白银时代的阿赫玛托娃等大作家比比皆是。

尤其是普希金，更是和圣彼得堡有着密切的联系。如今的沙皇的离宫皇村，都改名叫作普希金城了，可见普希金在俄罗斯人心目中的地位。

我曾经读过普希金大部分作品的译文，老实说，我真的没有读出他有那么的伟大。这可能和文化的隔阂有关。据懂俄语的人说，普希金之所以伟大，是因为他是俄罗斯文学的顶峰，他对俄语的运用到了出神入化的地步。就像俄罗斯人也不大懂得我们的《红楼梦》很伟大一样，我们可能不能完全了解他。他这么说，我多少懂了点。

早晨吃完了饭，出了门，发现今天的天气特别好。蓝天白云，太阳普照大地。圣彼得堡显现了前所未有的清新和活力。我们一路往皇村而去。半个多小时，我们就抵达了皇村。游客非常多，而且俄罗斯的学生来的也特别多。大家排队进去参观。

皇村的建筑是以白色和蓝色相间的风格建造的，还有金色作为装饰和镶边。这样的建筑风格清新，自然而灵动。这里沙皇的行宫其实是由两座皇宫组成：叶卡捷琳娜宫和亚历山大宫。和彼得大帝下令建造的夏宫一样，皇村的建筑风格结合了俄罗斯人的审美趣味，以及欧洲巴洛克风格的繁复、庄重、华美，还有古典主义风格的坚固、对称和协调，是园林建筑和皇宫建筑的完美结合。1724年，彼得一世为自己的妻子、皇后叶卡捷琳娜建造的这座消夏别墅宣布竣工，之后这里便被称为皇村。到了1741年，彼得大帝的女儿伊丽莎白·彼得罗夫娜登上了皇位，她对皇村进行了扩建。改造后的宫殿长度增加到300多米，天蓝色的外表耀眼夺目，园林里丰富的雕塑和起伏的屋顶，一点都不单调呆板。皇宫里那座教堂的五个洋葱头式的尖顶，在碧空下金光灿灿，从任何地方都能看见。

而到了叶卡捷琳娜二世统治期间，她根据自己的趣味，把花园改建成了英国式园林风格，更加的细腻和精致、别有洞天和曲折婉转了。想想英国人的那种感觉吧！俄罗斯人总觉得自己比法国人、英国人少了点细腻和浪漫，比德国人少了点认真和执拗。于是，皇村中蜿蜒小径代替了笔直的林荫路，在扩大的园区内，还出现了冷水浴室、柱廊、空中花园、音乐厅、湖心岛屋，这座皇家园林的建筑内容就更加的丰富了。

1788年，涅洛夫在皇宫北侧建起一座坚固的四层建筑，由宽大的拱廊与皇宫教堂连为一体，这就是著名的皇村中学。诗人普希金就是在这里度过了难忘的少年时代。

1796年，亚历山大宫在新园落成，这是专门为叶卡捷琳娜的孙子、未来的沙皇——亚历山大一世建造的。到了19世纪20年代，尼古拉一世下令将花园装饰成具有欧洲流行的浪漫主义风貌的园林，融合了哥特式尖塔、小城堡、小教堂等一系列模仿欧洲中世纪的建筑元素。

皇村是普希金的文学生涯的开端和摇篮之地，皇村中学赋予了他源源不绝的创作灵感。从此，这里就和普希金有了联系。无论在沙皇时代，还是苏联时期，普希金都很受追捧，因此，1937年为了纪念普希金逝世100周年，苏联政府将皇村改称为普希金城。现在，这里还叫作普希金城。不过，我个人觉得皇村的名字更好，更适合这里原本的意思。因为这里就是一个沙皇的离宫和行宫，怎么可以叫作普希金城？就像故宫就是故宫，不能拿某个历史文化名人来命名一样。还是改过来吧！我在心里想。

我们在皇村转了一个上午，感觉就像在一个很大、很华美的花园里散步一样，一点都不疲劳。但是我们也找不到什么普希金的任何踪迹。当过去的一切都变成传说之后，那什么都是神奇的了。是不是也就可以任意涂抹了？

中午，我们在皇村附近吃了饭，然后回到了宾馆休息了。

下午3点，我们出发去看圣彼得堡的冬宫。冬宫过去是沙皇的皇宫，是圣彼得堡最重要的建筑群，就像北京的故宫一样重要。现在，冬宫成了国立艾尔米塔什博物馆。

冬宫是意大利建筑师拉斯特雷利设计的，1762年建成，1837年被拿破仑的军队大火焚毁，1839年重建。第二次世界大战期间又遭到德国纳粹的破坏，战后修复。从外表看，冬宫并不高大，是一座三层楼房，但是长度很长，体量不小，长200多米，宽140米，高22米，呈封闭的长方形。据说，冬宫里的房间特别多，一共有1050个房间、11886扇门、1945个窗户。

冬宫的内部设计和装饰风格是严格统一的，这也是我在冬宫里的观感。面向宫殿广场的一面，有三道拱形铁门，入口处有阿特拉斯巨神群像。阿特拉斯是《圣经》里的神。在宫殿的四周有两排高大的柱廊，宫殿内的装饰巧夺天工，华美万端，让我想起来我在法国看到的凡尔赛宫的装饰，许多大厅用孔雀石、碧玉、玛瑙来装饰，如孔雀大厅就用了2吨多孔雀石，拼花地板用了9种贵重木材。可以说，宫内以各色的大理石、孔雀石、石青石、斑石、碧玉镶嵌耀人眼目；以包金、镀铜装潢；以各种质地的雕塑、壁画、绣帷装饰色彩缤纷，气象万千。

我记得小时候看过的一部苏联电影里，出现过布尔什维克占领冬宫的画面。是的，在1917年2月前，冬宫一直是俄国沙皇的宫邸，后来先是被俄罗斯新兴的资产阶级领导的二月革命所建立的临时政府所占据。到1917年11月7日，俄历10月25日，列宁领导的十月革命中的起义军，占领了冬宫。

1922年苏联政府建立了艾尔米塔什（意思是"隐宫"）博物馆，在圣彼得堡的中文材料里，这里统称为"隐士庐"，有冬宫、小隐士庐、大隐士庐、旧隐士庐、新隐士庐、隐士庐剧院以及梅尼西科夫宫殿，皇宫广场上的海军总部的一部分。自此，冬宫成了博物馆的一部分。从地图上看，这个博物馆的面积很大，冬宫只是它的一部分建筑，作为皇宫建筑艺术和皇家珍藏品陈列馆。据说，这个艾尔米塔什博物馆与伦敦大英博物馆、巴黎卢浮宫、纽约的大都会艺术博物馆一起，称为世界四大博物馆。这里最早是沙皇叶卡捷琳娜二世的私人博物馆。1764年，叶卡捷琳娜二世从柏林买进了欧洲绘画大师伦伯朗和鲁本斯等人的画作200多幅，存放在这里。

沙皇叶卡捷琳娜二世喜欢艺术，她在位的34年间，一直在大量收购欧洲各国的艺术品,包括1.6万枚的硬币与纪念章、2000幅画、3.8万册书籍。她喜欢读伏尔泰,也喜欢法国人卢梭的作品,并与伏尔泰保持通信多年。现在,博物馆有近300万件艺术品,包括1.5万幅绘画作品、1.2万件雕塑、60万幅线条画、100多万枚硬币、奖章和纪念章,以及20多万件实用艺术品。真是可以说是人类艺术的宝库之一。

参观这个博物馆的400个大厅,要走22公里的路,如果每一件藏品看一分钟,每天8小时,则需要在这里待15年。因此我们只好走马观花了。在它的东方艺术藏品馆里,有公元前4000年以来的展品16万件。其中有几千件是古埃及的文物,那些石棺,木乃伊,浮雕,纸莎草纸文献,祭祀用品和科普特人的纺织品,让我想起去伦敦大英博物馆时的感受:还是英国人抢的多!这里有世界上最大的伊朗银器藏品,以及巴比伦、亚述、土耳其等国的文物,可见在旧殖民主义时期,俄国也是全球到处搜刮,抢掠好东西,第三世界的人民为此饱受蹂躏。在远东艺术藏品馆,我看到这里收藏了大量的中国文物和艺术品,其中,还有200多件殷商时代的甲骨文龟甲和兽骨,以及公元1世纪的汉朝留下的珍稀丝绸和绣品,敦煌千佛洞的雕塑和壁画的样品,以及中国的瓷器、珐琅、漆器、国画山水和仕女图等。

资料介绍上还说，这里有3000幅的中国年画及除泰国外数量最多的泰国雕塑（我不知道这些泰国的佛像等大量雕塑是怎么到了这里的）。

西欧艺术馆是最早设立的展馆，有120个展厅，主要的藏品是文艺复兴时期的绘画、素描和雕塑作品。珍品不少，如达·芬奇的油画存世总计不过10幅，而《戴花的圣母》《圣母丽达》就陈列在这里。还有拉斐尔的《科涅斯塔比勒圣母》《圣家族》，米开朗琪罗的雕塑品《蜷缩成一团的小男孩》，都是这里的珍品。我还看到了很多古希腊和古罗马的雕像、花瓶等文物，陈列在20多个大厅里。艾尔米塔什的建筑和内部装饰颇有特色，拼花地板光亮无比，让我产生了滑旱冰的念头，那些雕凿得异常繁复华美的家具精致耐用，各种宝石花瓶、镶有宝石的落地灯和大桌子就有400多个，落地灯千姿百态，大理石桌子光可鉴人。

在冬宫博物馆里面走着走着，会产生一种审美疲劳，因为好看的东西太多，人的眼睛也很容易疲惫。我们胡乱地走，使劲地看，最后疲惫极了。于是，我们走出博物馆，来到了冬宫广场上。

空气真好，天色总是那么的澄明。冬宫广场的气魄和规模都很大，它的建筑设计彼此很和谐。其实，冬宫广场上的这些建筑物是在不同时代、不同建筑师为不同的目的，使用了不同的建筑理念建造的，可以说是风格多样，但是做到了协调统一。中心的建筑，就是亚历山大柱，它高高耸立着，十分巍峨。它于1830年至1839年建成，以纪念1812年亚历山大一世率领俄军战胜了拿破仑。纪念柱高47.5米，直径4米，重600吨，据说是用整块花岗石制成，不用任何支撑，只靠自身重量屹立在基石上。它的顶尖上是手持十字架的天使，天使的双脚踩着一条蛇，这是战胜敌人拿破仑的象征。我到现在依旧不明白，小个子大野心的拿破仑带领法军来征服俄罗斯是为了什么。历史书上有解释，但是我觉得这不过是拿破仑的匪夷所思的精神病行为，不过是他个人狂妄的、异想天开的野心罢了。但是却在俄罗斯的大地上丢下了几十万具法国人的尸体，狼狈退却——俄罗斯的冬天太厉害了，希特勒也曾重蹈覆辙。

整个冬宫都面向涅瓦河，只有萨尔科特夫大门稍微突出。正对着前方的亚历山大柱，有3道拱形铁门，入口处有阿特拉斯巨神群像。站在冬宫广场上，我在想象着二月革命的资产阶级人群和十月革命的无产阶级人群冲击冬宫的场景。不过是过眼烟云，俄罗斯现在还是喜欢沙皇所留下的东西，尽量在消除二月革命和十月革命的痕迹。

今天走得比较累，在一家中餐馆吃完了饭，我们就回到房间里睡觉了。

6月25日

在圣彼得堡的住处Location hostel位于圣彼得堡市中心，即旧海军部大楼的对面，我们每天在饭厅吃饭时都能从窗口欣赏到海军部大楼的金色尖塔，看到大楼前喷泉周围的游人。而且，冬宫、十二月党人广场、基督滴血教堂、彼得保罗要塞、瓦西里岛、涅瓦河等都在附近，步行都可到达。

今天的天气不错，出来的时候感觉到有点凉爽。今天我们驱车来到了彼得保罗要塞参观。这个要塞坐落于市中心的涅瓦河岸，靠近入海口的三角形岛屿的一侧，是圣彼得堡标志性的古建筑。该要塞于1703年由彼得大帝在兔子岛上奠基，与圣彼得堡同龄，至今已屹立了超过300年。没有这么个要塞，圣彼得堡人就无法防御来自大海的敌人。当时，欧洲那些航海出色的国家——荷兰、西班牙、英国，甚至挪威，都可能从大海上来袭，因此，彼得大帝想的就是建立这么一个面对大海的要塞。

要塞、要塞，就是防守住这里，一般人很难进入的意思。我们来到了要塞，看到这里有彼得保罗大教堂，钟楼高耸，以及圣彼得门、彼得大帝的船屋等。这里还有造币厂、兵工厂、克龙维尔克炮楼，以及一座十二月党人纪念碑。最著名的彼得保罗大教堂，钟楼非常高大，我站在下面感觉自己特别的渺小。这是俄罗斯在涅瓦河畔以及波罗的海边领土的统治象征，因此你在圣彼得堡的任何地方，都可以看见它的尖顶。

我们攀爬到了要塞的城墙上。它高12米，沿着涅瓦河的一面是有炮台的，长达700米，可以看见涅瓦河向大海流淌。城墙上有六座棱堡，还藏有300门大炮及很多暗炮台，就是为了防御来自涅瓦河入海口进袭的敌人，易守难攻。

从要塞下来，我们来到了著名的"青铜骑士像"前。可以说，这是纪念性雕塑最完美的作品之一，是雕塑家法尔科内创作的。雕塑是最具有纪念性的艺术作品，一经雕塑完成，就不会改变，带有着和事件抗衡的力量和性质，最适合雕凿人像和历史事件。

这尊彼得大帝青铜骑士像在伊萨基辅大教堂与涅瓦河之间的十二月党人广场的中央，是彼得大帝的纪念碑。它高5米，重20吨。普希金在自己的一篇叙事诗中将这座纪念碑称为"青铜骑士"。从此以后，"青铜骑士"就成了彼得大帝纪念碑的代名词。

彼得大帝青铜骑士雕塑是圣彼得堡市标志性建筑之一，按照另一位俄国大帝叶卡捷琳娜二世的命令制作的。法国著名雕塑家法尔科内辛勤工作了12年才完成了这一艺术杰作。铜像被安置在一块重达1600吨的天然巨石上，头戴桂冠的彼得大帝稳骑在前蹄腾起的骏马上，显示出了所向无敌的风采。彼得大帝炯炯有神的眼光，目视前方。该马象征着俄罗斯，而马匹践踏着的蛇，代表着当时阻止彼得大帝进行改革的旧势力。从任何方向欣赏这座塑像，都可以强烈地感受到它的艺术魅力。

铜像底座的天然巨石，是当年在芬兰被发现，叶卡捷琳娜二世悬赏7000卢布，让数百名农奴费了九牛二虎之力把巨石拖出沼泽之后，再用几根底部挖有沟槽、装有铜球的大木梁进行运输。这块巨石沿着一条专修的道路滑行了整整一年才拉到了芬兰湾，最后用木排从水路运到了这个广场。现在每天都有许多群众和游客来此观光游览。

伊萨基辅大教堂是俄罗斯北方最大的教堂，整座教堂建筑雄浑壮观，被视为俄罗斯晚期古典主义建筑的杰出作品，是世界四大教堂之一。这座教堂的高为102米，相当于30层楼房的高度，即使在远处也能看到其金光闪闪的"洋葱头"圆顶，整个教堂的空间可同时容纳1.2万人，将东正教教堂的雄伟宏大的建筑风格诠释得淋漓尽致。

教堂的四面各有16根巨大的石柱，每根石柱重约120吨，成双排托起雕花的山墙。教堂外墙用灰色大理石贴面，内部使用了有色大理石、孔雀石、青金石等名贵矿物进行装饰，仅装饰用的黄金就有400多公斤，包括用于穹顶外部镀金的100公斤。自1858年建成后，这座教堂至今再没有重新镀金，但穹顶光彩夺目的姿态依然足以令游人叹为观止。

教堂在第二次世界大战中遭到严重破坏，战后用了20余年才修复为今天的面貌。在光洁的花岗岩石柱上，仍可以看到弹痕累累的印迹，这些印迹在修复工程中没有进行修补，目的是告诫后人不要忘记过去的历史。

喀山大教堂由安德烈·沃罗尼欣设计，建于1801年至1811

年。它的建筑风格受到罗马圣彼得教堂的影响，具有典型的18、19世纪帝国建筑特征。教堂最显著的地方在于它的一个呈半圆形的柱廊，这些石柱一路延伸到涅瓦大街上，掩映着背后高达70米的教堂圆顶。

喀山大教堂的名称来自教堂内所供奉的喀山圣母像。据说它曾多次显灵，在许多军事冲突中庇护着俄罗斯人民免遭战乱磨难。如今的喀山圣母像早已不在，但是俄罗斯人依然坚信，圣母会在俄罗斯出现灾难的时候再次出现。

1932年起，教堂被改建为国家宗教与无神论历史博物馆，这也是世界上第一个以说明宗教历史、宣传无神论为目的的博物馆。在近20万件馆藏中，最有趣的要算俄罗斯汉学家阿列克塞耶夫于1906年至1907年收集的中国民间年画。这共计1000幅的民俗画作堪称世界上最好的中国年画整套藏品之一。

基督复活教堂，又称"滴血教堂""滴血大教堂""圣彼得堡滴血教堂""圣彼得堡滴血大教堂""复活教堂""复活大教堂""喋血教堂""喋血大教堂""圣彼得堡喋血教堂""圣彼得堡喋血大教堂""基督喋血教堂"，以及"基督喋血大教堂"等。

基督复活教堂上有五光十色的"洋葱头"顶，反映了俄国16、17世纪的典型的东正教教堂建筑风格。教堂轮廓美丽，装饰花花绿绿，与古老俄罗斯风格和附近的古典式的建筑物成鲜明对比。教堂高约81米，宽阔的外形，采用了与莫斯科巴克洛夫教堂相同的构造，与华西里教堂的区别在于镶嵌复杂、颜色艳丽的影像图案，用丰富的彩色图案瓷砖、搪瓷青铜板装饰。教堂内部有7500平方米的马赛克。这些马赛克是由意大利产的不同颜色大理石及俄国产的宝石精致加工而成的，从1895年起由姆·维·瓦斯特索夫、姆·维·聂斯特洛夫、姆·阿·弗卢贝尔、里阿布金斯基等艺术家及技艺高超的维·阿弗罗洛夫进行设计镶嵌。

在俄罗斯，去感受和欣赏他们的人民所创建的一切美的东西，包括建筑、装饰、音乐、舞蹈、绘画、雕塑、园林，甚至人们的穿着打扮和日常行为，对于自助游者，最好的方式就是适度的浏览。俄罗斯的教堂，以欣赏外表美为主，涅瓦大街无疑是圣彼得堡最繁华的街道，这里聚集了该市最大的书店、食品店、百货商店和昂贵的购物中心。市区的主要景点大都云集于此，游人可以在附近欣赏到各种教堂、名人故居以及历史遗迹。

涅瓦大街大致可分为两部分，以莫斯科车站前的起义广场为界，西侧就是人们通常所说的涅夫斯基大街，东侧至亚历山大·涅夫斯基大修道院的涅夫斯基大街，则往往被称为旧涅夫斯基大街。游人可以在附近参观到果戈理、柴可夫斯基的故居，还有位于涅瓦大街与大马尔斯卡亚街相交之处的文学咖啡馆，俄历1837年1月27日，普希金正是在这家咖啡馆喝完最后一杯咖啡后，直接奔赴决斗地点"小黑河"的。

6月26日

一觉醒来，我们回到了莫斯科。

在莫斯科，我们的主要交通工具是地铁。因为莫斯科有些景点位置比较远，而那里的地铁又快又多，分布又广，搭乘方便又便宜（200卢布一张10次的磁卡，可以共用），另外你手边还得有一张标有中俄文的莫斯科地铁图（网上很容易获得，可用彩色打印机打印一张）；而在圣彼得堡，我们主要靠步行，因为其景点相对集中，到郊外去可以乘地铁、快艇和公交车，地铁票价与莫斯科一样，快艇相对较贵，从冬宫码头到彼得夏宫400卢布每人，而公交车只要25卢布每人，由于公交车行车线路相对较复杂，我们没有过多地研究，所以，我们仅在从彼得夏宫回来的时候乘坐了公交车。至于莫斯科和圣彼得堡之间的火车，一定要认真了解需前往的车站，因为莫斯科有9个，圣彼得堡有5个火车站。

在莫斯科的市中心，克里姆林宫的不远处，矗立着一座世界上最高的东正教教堂——救世主大教堂，这是俄罗斯最大的东正教教堂，可同时容纳10000人。

这座新拜占庭风格的教堂，建于1812年，是一座集宗教性和历史性于一身的纪念建筑物，连同中央的金色穹顶，总高度达103米，其俯瞰之下则呈85米等长的十字形，是一座不折不扣的杰作。教堂内部最值得注意的无疑是铺天盖地的东正教壁画，内容均为俄罗斯宗教和历史的相关事件。在巨大的金色穹顶周围，四座金顶钟楼同样极具质感，令整座教堂看起来格外优雅而沉静。即便在摩天大楼拔地而起的今天，在莫斯科的任何角落，你几乎都可以望见它的宏伟姿态。

在伊兹马依络沃工艺品市场，我们溜达着，这个市场又叫作"一只蚂蚁"，是俄语译为汉语有趣的音译，它是一个只在周末开放的大型工艺品市场。20世纪90年代初，它还只是一个很普通的工艺品市场，经营着档次很低的油画、俄罗斯套娃等，受到当初闯荡俄罗斯的中国人的青睐。后来，由于光顾市场的中国人越来越多，工艺品的种类越来越全，档次也逐渐提高，发展到了今天的规模。现在的"一只蚂蚁"市场里，经营着油画、古董、套娃、茶炊、邮票、琥珀项链、水晶制品等中国人感兴趣的俄罗斯工艺品。其中油画最多，虽然偶尔也能发现一两张精品，但档次还是不太高。这也就是为什么有人说，中国人的购买力救活了不少俄罗斯的三流画家。只有少数艺术水准较高的中国人在逛过"一只蚂蚁"后，选择到高尔基文化公园前的画廊挑选油画。

我们在回来的路上，去附近的超市买好当天晚上和第二天早上的食品。我们喜欢吃俄罗斯生产的成品和半成品，如酸奶、鲜牛奶、果汁、可瓦斯、伏特加、黑面包、白面包、红肠、酸黄瓜、和鱼掺和在一起的沙拉酱、烤鱼块、烤鸡块、牛肉炒饭、新鲜小黄瓜、西红柿、香蕉，还有各种樱桃和车厘子。有些古老的建筑现在都被用作高级商场，不买东西，进去看看都是可以的。

下午，我们来到了新圣女公墓。

莫斯科郊外的新圣女公墓里埋葬了俄罗斯民族历代的精英和骄傲。每天都会有大批的莫斯科市民来到这里，似乎只要在这里停留片刻，那些紧缩的心灵就会得到舒展和放松，平淡无奇的生活又会重新燃起希望的烛光，这里似乎有种魔力吸引着一代代人前来朝拜。面对这块神奇的墓地，我们产生了探访的冲动。

新圣女公墓是欧洲三大公墓之一，总面积7.5公顷，安葬着2.6万多位俄罗斯各个历史时期名人的尸骨。这里有著名文学家普希金，作家果戈理、契诃夫、马雅可夫斯基、法捷耶夫，作曲家肖斯塔科维奇，戏剧理论家斯坦尼斯拉夫斯基，舞蹈家乌兰诺娃，画家列维坦，科学家图波列夫、瓦维洛夫、米高扬，政治家波德戈尔内等。

新圣女公墓的历史可以追溯到16世纪。原来它只是一块埋葬修士的普通墓地，由于环境幽雅和地理位置隐蔽，到19世纪，这里渐渐成为俄罗斯知识分子和各界名流的最后归宿。20世纪30年代，原来安葬在教堂里的一些文化名人也被迁移到了这里。俄罗斯著名作家果戈理等人的墓葬，就是在这个时候迁入新圣女公墓的。然而，在这次迁移过程当中，一个隐藏了多年的惊人秘密被世人发现。人们打开果戈理的棺材后惊讶地发现，他的头骨居然不翼而飞，究竟是什么人与果戈理有如此深仇大恨？为什么要偷走这位文学大师的头骨呢？他在墓地的邻居是19世纪末俄国伟大的批判现实主义作家契诃夫。

契诃夫只比果戈理多活了一年，死于肺结核的他去世时只有44岁。幽默的契诃夫在生前总劝告人们要珍惜生活，要知足常乐。这位语言精练的大师，如今就埋葬在这个小尖顶屋子的下面。

列夫·托尔斯泰、普希金、果戈理、契诃夫等文学大师为一代代俄罗斯人制造了心灵的天平。从沙皇的黑暗到十月革命，从苏联解体后的困惑到恐怖袭击时的阵痛，俄罗斯的苦难孕育了伟人们的作品，这些心灵养料又反过来为每一个追求理想的俄罗斯人铸造一颗高尚的灵魂。

新圣女公墓的雕塑各具特色，是整个俄罗斯雕塑艺术发展的一个缩影。名人生前都会请自己最中意的雕塑家，为自己雕刻一尊最能体现本人历史价值的作品。

世界著名的米格战斗机设计者米高扬的墓碑设计得非常简洁，一架插入云霄的米格战斗机清楚地反映了米高扬毕生的理想和追求。《钢铁是怎样炼成的》的作者奥斯特洛夫斯基临终前的形象，被雕塑家定格在了墓碑的石板上。他的一只手放在书稿上，饱受疾病折磨的身体微微抬起，眼睛凝视着远方。墓碑下面还雕刻着伴随了他大半生的军帽和马刀。

这座全世界独一无二的公墓饱含着浓厚的俄罗斯文化韵

味，墓主的人格、身份与墓碑雕塑的巧妙结合，使来参观的各国游客总是给予无尽的赞美。苏联解体后，国家拨款急剧减少，新圣女公墓也面临着巨大的生存危机，这里已没有更多的地方可以埋葬新去世的名人了。现在，许多富有的俄罗斯新贵想通过捐助巨款，使自己也能埋在新圣女公墓。这种想法遭到了几乎全体国民的反对。今天，来这里参观的游客仍络绎不绝。俄罗斯百姓们也常来这里扫墓献花。

6月27日

位于莫斯科北郊的全俄展览中心占地达300万平方米，曾经是苏联鼎盛时期的建筑群之一，原名"国民经济成就展览馆"，诞生于1939年。展览中心由80个建筑风格各异的展览馆组成，展示着社会主义建设中从文化教育、环境卫生到工农业和科技发展的方方面面的成就，是苏联历史在莫斯科留下的深刻烙印。除了精致美丽的建筑群，雕塑、公园、喷泉等宽广舒适的户外空间也让人大开眼界，它们既是莫斯科人放松休闲的去处，也是深度游览莫斯科的游人憩息之所。

1935年5月,莫斯科地铁正式开通，是世界上规模最大的地下铁路系统之一，被公认为世界上最漂亮的地铁，并享有"地下的艺术殿堂"的美誉。莫斯科地铁长300多公里，有171个车站，4000列地铁列车在9条线上运行，每天运送乘客达900多万人次。地铁站的建筑造型各异，华丽典雅，铺设的大理石就有几十种，不同艺术风格的壁画、浮雕、雕刻和灯饰装饰其中，如同富丽堂皇的宫殿。

阿尔巴特大街始建于何年，如今已无法查考，但从俄罗斯官方的《莫斯科年鉴》的记录看，最早可追溯到1493年7月28日。俄罗斯的名门望族，如托尔斯泰、加加林、亚历山大等家族都落户在这里。他们留下了风格各异，装饰有凉台、女像柱和族徽的华丽房屋，至今人们仍可以在门楣上发现他们的名号。阿尔巴特街是依靠俄罗斯作家阿纳托·纳乌莫维奇·雷巴科夫的一部小说《阿尔巴特街的儿女们》而名声远播的。这部小说以20世纪30年代苏联的社会为背景，描写了一群居住在阿尔巴特街上的青年人跌宕起伏的人生经历。

阿尔巴特大街全长不足1公里，石砌的道路两边装饰着圆形玻璃灯罩的街灯，将阿尔巴特大街装点得既典雅古朴，又洋溢着诗意。有人形容那造型古雅的街灯像个头戴面罩的古代骑士，昂然站立，守护着古老的街市。在阿尔巴特大街的两端，有两座著名的建筑，一座是莫斯科最大的餐厅布拉格酒店，富丽堂皇；另一座是被无数国内外观光者视作文学圣地的普希金故居，端庄雅致。

阿尔巴特大街27号有一家店，它在莫斯科可谓独一无二。这里的商品从价值15卢布的艺术小匙到高达5000卢布的套娃，品种齐全。其中俄罗斯套娃是最富有俄罗斯民族特色的纪念品之一。最受人欢迎的套娃，是一个塑造成圆脸蛋的农村姑娘的形象。她身穿粉红色碎花底的花衬衫和一袭丝织的金黄色的长马甲，腰扎洁白的围裙，头系青蓝色花巾，怀里还抱着一只大公鸡。套娃可以拆开，每层各套装有一个小一点的，这样一个套着一个，一共有10个，色彩和图案各有不同，显示出阿尔巴特店铺艺人的独特匠心。

宝石商店位于阿尔巴特大街35号，这是一家很大的专门出售俄罗斯历代、特别是苏联时代首饰的商店。带有浓厚的苏联色彩的各式项链，镌刻和印制着红星、红旗图案的手镯和琥珀胸针，琳琅满目，好像一个博物馆。

与宝石商店相比，阿尔巴特藏品店所出售的商品都是比较时尚的现代旅游纪念品，而且把顾客锁定在行色匆匆而不懂门道的游客上。阿尔巴特藏品店里的油画、地毯、玻璃器皿、茶饰、首饰、漆盒、木雕、琥珀和宝石制品，加以精美时新的豪华包装，让许多游客以为买到了物美价廉的具有俄罗斯特色的真品。

随着俄罗斯经济和政治体制的转轨，经商逐渐成为莫斯科青年喜爱的职业之一，许多年轻人投身商海，在阿尔巴特大街他们或租赁街头的小店或摆地摊，出售以油画和艺术玻璃器皿为主的商品。在阿尔巴特大街出售的油画，一般不装裱，卷成一束，略加包装即可，便于顾客携带。当街为游客绘画是阿尔巴特大街绘画销售的又一特色。油画、版画、速描画、立体画……阿尔巴特大街上的绘画品种之多令我惊叹。这些画家笔下，碳素、粉墨、油彩画都能画，片刻之间，你的形象就惟妙惟肖地跃然纸上，一手交钱，一手取画，双方其乐融融。

我发现诗歌是俄罗斯文学艺术中的瑰宝。在俄罗斯，诗歌也走出了象牙塔，变成了路口街头出售的商品。在阿尔巴特大街上，一些俄罗斯青年诗人拿着自己新创作的诗歌在大街上当街朗诵、出售，成为阿尔巴特大街独异的文化风景。

晚上，我们吃的是乌克兰风味的饭菜，非常好吃。穿着乌克兰传统服装的服务员穿梭在我们中间。菜肴丰富极了，似乎根本就吃不完。但我们花了3个小时，全部消灭了。然后，我们奔赴莫斯科谢列梅捷沃机场，乘坐国航910航班回国。

五　法国、意大利、摩纳哥纪行

2008年5月18日

我们这个奔赴法国、意大利的访问团，一共有13人，成员有书法家2位——中国人民大学教授赵方和郑晓华，作家2位——星竹和我，摄影家2位，京剧、评剧、昆曲、河北梆子演员5位，国画家2位——南海岩和岳永逸。也就是说，作家、画家、书法家、戏曲演员、摄影家，构成了这个出国采风访问团。全都是艺术家，太有意思了。

5月18号上午10点，我们在三号航站楼中国海关标志下集合，11点办理完登机手续乘坐有轨电车到国际航班区。因为距离登机还有一个多小时，我们就在机场免税区闲逛，还吃了比萨。1点，我们在E51号登机口，登上国航的CA933航班，直飞巴黎。飞机2点起飞，飞了11个小时。飞行期间我睡不着，不断地拉开遮光板，去看飞机下面的大地。我看见了俄罗斯广袤的山川草地和森林，也看到了空中不断变化的云彩。

当地时间19点，北京时间凌晨1点，我们抵达了法国巴黎戴高乐国际机场。这个机场是安德鲁先生设计的，现在已又旧又破了，尤其是和首都机场的三号航站楼相比。顺利出关后，旅行社的车子来接我们去埃菲尔铁塔附近的一个中餐馆吃饭。中餐馆的饭很一般，有五六个菜，都是又咸又难吃的菜。之后我们抵达了假日Inn，那是一个小的连锁旅馆，类似我国的××快捷酒店。这时是当地时间22点30分，北京时间凌晨4点30分。我看到，巴黎街头两厢车很多，到处都是车子，停车非常困难。

导游有两位，一位姓曹的女士，家在东直门的中纺出版社，后来她只身来到了意大利，嫁给了一个意大利人。一头染黄的头发，初看她以为就是一个意大利女人呢，可是一嘴的北京话。地陪姓金，一个年轻姑娘。金姑娘很漂亮，她已经嫁给了一个法国小伙子，做兼职导游为内地游客帮忙。她是武汉人，父母亲都是大学的老师。她个子高高的，长得不错，很有些法国人的味道。给我们开旅游大巴的司机是一个意大利人，性格奔放。

巴黎！据说过去叫作光之城，在欧洲人眼睛里是上帝最眷顾的地方。我感觉巴黎比北京要冷一些。建筑都是那种石头房子，非常牢固，表面上看陈旧而衰败，其实，里面都是金碧辉煌的，或者都是百年以上的家底，非常厚实，是中国的中产阶层家庭不好相比的。巴黎高大的建筑较少，高大的建筑都在德方斯地区。巴黎的梧桐树很多，也有槐树。

5月19日

可能是时差的原因，我在当地时间凌晨3点多就醒了，赖床了半天，迷迷糊糊地，6点起床洗澡。据说这家旅店是4星级，但是我觉得与国内的3星差不多。我们去早餐厅吃了早饭。今天早晨的8点28分，是北京时间下午的2点28分，我们在巴黎假日Inn酒店的818房间，观看着中央电视台的国际频道。我们俩远在欧洲，和国内的人一同为汶川地震的死难者默哀三分钟。国家领导人默哀的那种庄重、肃穆的场面，以及国内各个地方默哀的场面都十分撼人，让我情不自禁地流下了眼泪。

我们上车出发，先去了埃菲尔铁塔。这个有名的铁塔的确是高大，站在铁塔下面，我们什么都看不见。导游要我们注意小偷，当时有很多人排队上铁塔。因为我们要去的地方很多，所以决定只以铁塔作为背景进行照相。但最终我决定花钱上去。我上到了二层，发现已经很高了，可以看到附近的小广场、树林、水池和骑马走过的警察，以及到处都是的那种巴黎的矮房子、石头房子。

我下来后，和大家在铁塔的各个方位以它为远景和背景照了相。接着，我们上了车，沿着前往凯旋门的那条名牌林立的大街驶去。围绕凯旋门的车辆迅速地开着，我们就像所有的可笑的游客那样，傻呼呼地以凯旋门为背景照相。

当然，我喜欢观察法国人。我听说凡是游客多的地方都看不到法国美女。我在巴黎的埃菲尔铁塔和凯旋门以及协和广场上，都没有看到什么法国美女。她们要么在写字楼里，要么就在晚上的夜总会里。在香榭丽舍大街上行走，我看到的，都是神色或兴奋或惶惑或疲倦的、不知道哪些国家的来到这个伟大城市的女人。咖啡馆、名牌店、有意思的各种店铺，是这座城市的血肉和活性存在。我们这样的走马观花的游客，没有时间去仔细地领略了。

经过蓬皮杜艺术中心，这个由蓬皮杜总统冠名的艺术馆，我们竟然没有时间进去！后来听说我们主要的行程是在意大利，在意大利会让我们看够那些博物馆的。好吧！之后我们来到了最著名的卢浮宫。卢浮宫，是世界上最著名的博物馆之

五　法国、意大利、摩纳哥纪行

一，过去曾经是王宫，据说也是最古老和最大的博物馆之一。它始建于1204年，呈U字形分布，老馆建于路易十四时期，新馆建于拿破仑时期。我们在这里停留的时间是2个小时。当然时间很紧张了，可是也很好了！我们先看到的就是卢浮宫门前那个贝聿铭设计的玻璃金字塔。还有一个倒金字塔进入了卢浮宫的下面，成为一个倒垂的锥体。在卢浮宫，一个国内某个大学来的姓李的导游来给我们讲解，每个人有一个耳机。这位当过大学老师的李导游讲得不错。我们时间有限，主要看了雕塑馆和绘画馆。我对雕塑的兴趣一般，因为雕塑这种纪念性的艺术，很难有特别让我兴奋的东西。而绘画就不一样了。在卢浮宫的绘画馆里，我可以看到欧洲美术史上很多杰作的原作。这太令人兴奋了！那些油画，我看到的几乎都是真迹。真迹带来的感觉让人震惊。我想了下，觉得还是我自己看比较好。于是与大家约好集合的时间、地点之后我就跑了。

我先来到了地下一层，看了古代希腊、罗马时期的雕塑，以及古代埃及文物展。还看了卢浮宫历史展和伊斯兰艺术馆。在一层，我看了德农馆里的意大利雕塑，真的是美不胜收，打破了我对雕塑的成见。米开朗琪罗的《垂死的奴隶》真的很棒！我惊呆了。此外，这一层的五到十九世纪的法国雕塑展也非常好，因此我彻底放弃了对雕塑的成见。这些艺术作品给了我很大的信心，让我在写作上有了很好的历史感。

在二层，法国绘画馆里的法国绘画，让人崩溃。此外，意大利绘画、西班牙绘画，以及黎塞留馆的法国七月王朝、十九世纪、文艺复兴时期的社会生活史展览很迷人。

在三层，我看了一点法国绘画、弗拉芒地区绘画和德国绘画及北欧和弗拉芒大区绘画艺术展，还有俄罗斯绘画。我看得忘记了时间，直到我的电话响了。我赶紧下楼，去和他们会合。

当然。卢浮宫馆藏的"三宝"——维纳斯雕像、《蒙娜丽莎》和胜利女神雕像，我都看到了。《蒙娜丽莎》前永远都围着人。

我们是在倒金字塔下面的拿破仑厅会合的。那里有游客服务中心，以及书店、纪念品商店。我只来得及买一本画册和导游手册。我们一起上了大巴车，前往巴黎圣母院去参观。今天在巴黎安排得太满了，简直是把所有的大餐都安排到一顿里面吃，这就是旅游团的招数。我想，再有机会，就多待些日子，由好朋友带着慢慢看。但是我又想，可能没有这样的人能耐心地带你看一个你其实不怎么有兴趣的城市。的确，巴黎再好，也是他乡，不是我的城市，只是我可以想象和通过资料了解的城市。要是在这里生活，我一点兴趣都没有，它和我没有任何感应关系。即使它是世界上最伟大的城市之一。

巴黎圣母院高大、坚固、结实、辉煌，它的双体建筑非常宏伟，正如那部同名小说一样宏大。在门口的广场上有鸽子，还有乞丐。他们说，巴黎的小偷也是这里的最猖獗，最近一些年尤其喜欢偷中国人的东西，因为中国人喜欢带现金。我们鱼贯而入。在巴黎圣母院的里面，那玻璃彩画，那幽暗的、光明的外面射进来的光线，那肃然的气氛都和圣母有关。关于巴黎圣母院，一本书都写不完，我们能走马观花地看看就很好了。

没有被偷，暗自庆幸。其实，我在兜里装了一点钱，就是打算喂巴黎的贼的。消财灭灾啊！可是，竟然没有人偷。小偷呢？我们上了大巴车，车子把我们拉到了老佛爷百货商场。其实这个商场的法语发音应该是拉法叶特商场。可是，因为中国游客总会来这里，而且来了就会大把地花钱，于是，老佛爷百货商场就这么叫开了，因为是谐音啊。

我们下了车子，沿着小街走过去，进去商场一看，果然有很多中国导购小姐在穿梭，引领着提着大包小包的中国人去结账。商场地上高达七层，地下两层。0层卖香水、首饰、化妆品、女包、手表，2、3、4层全是女装。5、6层是男装和童装，7层有餐厅我们没有上去。地下一层是青少年服装和文具、书籍、唱片等。这还是老佛爷百货商场的主楼。旁边还有男装馆和家居生活艺术商场，各有3层，可见老佛爷百货商场的确很大。

啊，商店里一派繁忙啊，来这里的人疯狂购物，人人的眼睛里都在喷火。那些优雅的、苗条的法国女店员，即使内心里充满了对东方人，对中国人的陌生感和厌恶，但是中国人掏出钱来的时候她们的笑容还是非常灿烂的，而且不是假笑，是真的在笑。我冷静地观察，沉着地应付，按照家人给开的一个单子，买了那些家人想要的东西，很快结束了战斗。

然后我到地下一层的书店里，耐心地翻阅那些法语书籍。我注意到，法语书籍是具有世界眼光的，他们翻译的外国文学特别多。中国作家的至少有20本，莫言、老舍、叶兆言、卫慧、苏童都有，还有日本浮世绘、八大山人的画册，等等。这已经很不易了。我在瑞典的书店里，就注意到瑞典人是非常幸福的，因为瑞典的书店是具有世界文学特征的，各个国家的新文学全都有翻译。因此，我觉得瑞典文学爱好者都可以当诺贝尔文学奖的评委，他们的视野是全球化的，不像美国人的封闭和自大。因为美国人很少阅读美国作家以外的其他国家作家的书。我买了上下册的法语版的《金瓶梅》,感到很满意。《金瓶梅》的各种译本我有几十种了。

很快,天色暗了,可是中国游客们还在血拼。我们加起来买了一万多欧元的东西,不错了。导游说,哎呀,该走了!我们一听都急了,虽然导游有提成。可我们还要夜游塞纳河呢。塞纳河没有想象的那么好。河边有人跳舞,还有人打手鼓。让我想起来我在北京的什刹海见到过的一个外国人在那里起劲地打着手鼓,背心都被汗水湿透了。

夜游塞纳河是美好的,我们手持船票,上了游船。这个时候是晚上8点30分。游船很不错,是敞篷的。

我们在阿勒马桥附近上船,游船向埃菲尔铁塔那边开过去,远远地可以看见沿岸的灯火。经过了小型的自由女神像,在天鹅岛掉头,游船往回走,经过了波旁宫和法兰西学院,我们看到了在河中间的岛屿上的司法大厦、古监狱、巴黎圣母院。之后船经过圣路易岛掉头,穿过玛丽桥,又穿过了新桥——有部电影叫作《新桥恋人》,是朱丽叶·比诺什主演的,讲述两个边缘人的爱情和这座桥的故事。哎呀,都有了,所有的记忆、历史、电影、传说,和塞纳河有关的东西都在我的脑海里浮现，加上导游喋喋不休的介绍，都混成了麻绳在我的脑子里纠结。船上有钢琴、小提琴的伴奏，十分浪漫。

一个小时之后我们上了岸，有点不想上岸，可是不得不上岸。回到房间里我感觉好累。一看表，晚上10点了，该睡觉了，于是我倒头就睡着了。

5月20日

凡尔赛宫是今天参观的要点。它距离巴黎市区18公里，是法国最重要的王宫和花园。前面是宫殿，后面是花园。还有一个玛丽·安托瓦内特王后建的花园，都非常美丽。天气很好，有风，游客特别多。据说贼也很多。我又在兜里装了几十欧元，看看哪个贼比较幸运，可以中我的大奖。我是前武术运动员，但我想，强龙不压地头蛇，我不会动手的，对方有刀我不怕，可万一对方有枪，我还是会倒霉的。

根据资料说明，凡尔赛宫是17世纪法国王朝政权的象征，是欧洲"最宏伟、最辉煌、最美丽"的皇家宫殿花园。的确是这样，凡尔赛宫实际上就是圆明园和颐和园加起来的感觉。可惜，圆明园被毁坏了。我去年在俄罗斯的圣彼得堡参观的彼得大帝建设的那个花园就是仿照这个凡尔赛宫建设的，也是规模宏大，但是比较粗疏，不如法国人搞得精致、典雅、辉煌。1624年，路易十三将这里建造成狩猎用的行宫，接着，路易十四于1661年开始大规模扩建，28年之后形成了欧洲最壮观的宫殿。从此，凡尔赛宫成为法国建筑和宫廷文化的象征，和法国的文学、芭蕾舞、绘画、戏剧等一起影响着全世界。

我们先进入到凡尔赛宫的正门，一进去，就可以看到有一个三面围合的小广场，正面建筑就是当年路易十三的狩猎行宫。红色的墙体有大理石的装饰，这个地方就叫作大理石庭院。我们跟着导游前进，很快上了二楼。进入了海格立斯厅。这个厅是王家小教堂，又是路易十四的接见厅。接着进入丰收厅，这里摆放了很多历代法国国王的奖章和珍宝收藏。我们接着进入到维纳斯厅，这里有精美的台球桌，过去还有路易十四用纯银打造的一套家具，后来被拿去化作银币了。接着，进入戴安娜厅。戴安娜是月亮女神，我写过一部小说，女主角是一个英国人，也叫戴安娜。墙壁上，可以看到很多精美的瓷器作为装饰。

接着，我们进入到火星厅，又叫玛尔斯厅，这个厅里面有巨幅的油画《战神驾驶狼驭战车》，是法国画家奥德朗的作品，画面上，战神威风凛凛，而狼拉着战车在疾奔。这里是波旁王朝的国王欣赏宫廷音乐会和玩扑克牌、赌博的地方。接着我们进入到墨丘利厅，又叫水星厅。厅内有一张大床，据说是路易十四的小儿子睡的，后来这个孩子成长为西班牙的国王腓力五世。好了，接下来我们进入了最重要的厅，阿波罗厅。这里是法国国王的御座厅，非常奢华，纯银的御座有2.6米高，就在那里的深红色的波斯地毯上。天花板上都是精美的浮雕，小天使、鲜花、传说中的神话人物在飞翔。天鹅绒布置了墙壁，由于路易十四号称"太阳王"，因此这里的其他厅都围绕着阿波罗厅来相对应。

流连在阿波罗厅里可以感受到法国王权时代的所有的信息：文化的感觉、趣味、对人世和子民的态度、法国人的观念和用的材料等。

我们继续走，进入到西北角的战争厅。这里有不少油画，画面上，路易十四征服了西班牙、德意志、尼德兰等地，镀金的炉壁上有一尊路易十四的骑马浮雕像。

这一个个的厅的确是让人流连忘返、目不暇接的，也是让人浮想联翩、目瞪口呆的。比起故宫的那种沉重和压抑，这里的摆设、装饰，感觉都是轻松、典雅、高贵和华丽的。以上的厅都是国王大寝宫的组成部分，后来路易十四才将寝室搬到了朝向东边的房子，为了面向东方升起的旭日。

好了，接下来我们来到了镜厅。镜厅，顾名思义就是镜子很多的厅。这个大厅长达76米，高13米，宽10米，面向中庭的花园的墙壁上，有17扇巨大的落地窗户，而另一面的墙壁上，则是白色和淡紫色的大理石，还装饰了400多面镜子。天花板上，依次分布了24盏巨大的波希米亚也就是捷克地区的水晶吊灯，柱子则是绿色大理石，柱身上装饰了展开了双翼的太阳，显然，也是在赞颂路易十四。天花板上，在吊灯的间隙里，可以看到很多歌颂太阳以及路易十四的油画。大厅的东面，就是通向国王寝室的四扇大门。在这个镜厅里，经常举办王宫化妆舞会。

镜厅左手正中就是国王的寝室，这里原先是路易十三的狩猎寝室，有一张金红织锦大床和绣花天蓬，天花板上绘制了油画《法兰西守护国王安睡》，这里可以说是凡尔赛宫的政治中心，一般起床礼、大臣觐见、问安、晚朝等活动都在这里举行。南边为牛眼厅，是因为通向国王寝室的大门上方有牛眼形状的天窗。一般亲王贵族在这里等候国王接见。

拐过来，在主楼的南侧，第一间是和平厅，这是路易十五装饰的，壁炉上有一幅油画题为《路易十五创造和平》，墙边还装饰有罗马帝王像、狮子和法国的国徽。

紧接着是连续的很大的王后寝室。包括了王后卧室、王后私室、王后会见厅、宫女起居室、王后卫兵室等七间房子。这个套房的楼下一层就是太子们的套房了。二楼最主要的房间就是这些，是国王和王后起居、会客、办公、玩乐和休闲的地方。

此外，还有主楼北侧的剧场建筑，这个剧场是皇家小剧场，可以容纳750名观众。在1789年最后一次演出之后，路易十六被砍了头。1871年法国国民会议是在这里进行的。

在北侧的楼里面还有一个皇家小教堂，路易十四修建，后来有多位国王的婚礼在这里举行。

我们从主楼下来，走向了它那广阔的花园。花园占地面积有100公顷，整个花园是以海神喷泉为中心设计的，一共有1400个大大小小的喷泉，有十字形、星形、米形等多种组合，还有一个长达1.6公里的十字形运河。路易十四喜欢在这里举行海战表演，或者布置船夫驾驭小船模仿观赏威尼斯的风光。我们在这个大花园里漫步，神清气爽。天很好，而且空气很透亮，道路两边的花草、温室、水池、喷泉、石径、柱廊、神庙和大理石雕像等，美不胜收，令我流连忘返。

再往前面走，就是大特里亚农宫和小特里亚农宫。前者是路易十四为他的情妇曼特侬夫人修建的，后来拿破仑喜欢住在这里。后者是路易十五为自己的王后修建的，之后路易十六为玛丽·安托瓦内特王后修建的瑞士农庄等组成了宫殿和园林花园建筑群落，精致细腻，典雅庄重，巧夺天工。

凡尔赛宫的小偷在法国很有名。中国人民大学的教授、书法家郑晓华的钱包丢了，就丢在他走在凡尔赛宫游客的人群里的时候，里面有1000多欧元的现金和几张银行卡。导游迅速报警，并且说很可能钱包能找回来，但里面现金肯定是没了，这样的事情发生在中国游客身上已经有很多次了。果然，一个多小时之后，警察给导游打来电话，说钱包找到了，里面的信用卡都在，但是那些欧元现金没有了。法国的旅游区的贼多是欧洲闻名的，他们喜欢盯着中国人下手也是闻名的。好在我兜里经常装的几十欧元现金——用来喂贼的消财灭灾的钱，到现在还在我的口袋里。

12点，我们上了车，驱车直奔法国东南部的城市第戎。这一路走了3个小时，其间在一家加油站旁边的牛排店吃了牛排。4点，我们漫步在第戎的街区。第戎是一个美丽而古老的城市。街上人很少，有很多鲜亮的美女，法国女孩子的美丽我在第戎算是见到了。同行者偷拍她们，被发现后，她们很不配合，要么加快了步子，要么把脸藏了起来。

我知道第戎还是在中学的课本上，有一篇讲述法国抵抗运动的文章"地下印刷所"，故事发生的地点就在第戎。第戎有一个小凯旋门，还有一个石头子铺成地面的达西广场。鸽子在地上漫步，几个小孩子在学步。我们参观了两座非常有名的教堂，圣贝尼涅教堂和圣米歇尔教堂。这两座教堂都有故事，可是我不是教徒，说不上了，听了就忘记了。但是我没有忘记教堂的建筑样式、内部结构、彩画玻璃以及教堂内部庄重、肃穆、清洁的气氛。

在第戎，我们还参观了勃艮第公爵府。过去的法国王国时代，这里是勃艮第公爵统治的，因此公爵府也保留了下来。我们在街上漫步，法国人对我们这些东方人似乎很注意。我们就是东走走，西看看，再就是照相，驻足，四下瞅瞅，一看就是游客。第戎的芥末很好，我们都买了。我喜欢逛第戎的一些小商店，店主都面带微笑，非常友善。我买了些当地的东西，不买都不好意思了。我很喜欢法国人的清雅，男人都瘦瘦的，女人则很简洁生动。

下午6点，上述地点参观完毕，我们上车走高速路，前往前方的城市里昂。一路上，可见大片的麦田，还有油菜花在开放，十分美丽。我还看到了白牛和十分漂亮的小房子。晚上7点20分，我们抵达里昂，在一家叫作"北京餐厅"的中餐馆吃饭，但是老板却是一个汉语说得很差的广东人，被曹导一嘴的京片子说得直翻白眼。也有些法国人在餐馆里吃饭，饭菜还是可口的。

晚上，住在里昂郊区的一家宾馆里，我写了一首诗：

去法国里昂的路上

白色的牛。有白色的狗看护？不许跑远
小屋子，尖顶，掩映在大片养眼的草地间
法国人的悠闲和淡雅尚不曾体会
我们擦身而过
真正的美人只有在小镇上才可以看见

电视上仍可以看到汶川地震救灾的消息
太太的短信不时发来
我和她结婚五年，认识十年

一度过了人生值得的岁月

　　法国的城市里都有河流
　　里昂有两条河，还有新城和旧城
　　在城市里河流涌动，让城市成为活体
　　人们安闲地如同河上泛舟的渔人

　　我静默着想念我的祖国的伤痛

5月21日

　　醒来一看表，是当地时间早晨6点。里昂有点凉，我穿上了风衣，今天有点小风，几个同行者打算去照相。里昂也是法国很古老的城市，是世界遗产城市。因为这里有欧洲文艺复兴时期的建筑群落，也是法国文化古迹最多的城市，值得细细地品赏。

　　里昂市区穿越了两条河流，这使得里昂这座古老的城市显得非常有活力。水的流动带给了城市以灵性。我们在街道上漫步，发现人很少。在法国，只要是离开了巴黎，那么其他地方的人都不多。经过一家剧院时，我发现这个剧院正在上演戏剧

《黑鸟》。我们在这里停留的时间只有一个上午,然后我们要赶往海滨城市尼斯了。

我们十多个人分成了三组,有喜欢照相的,有喜欢看博物馆教堂的,有喜欢购物的。风很大,尤其是在河边,吹得我的风衣都挡不住。我很喜欢看见里昂街头卖水果和蔬菜的小贩那被冻得发红的鼻头。我买了几个苹果。里昂街头卖的樱桃,看着就诱人,一公斤只有5欧元,太好了,然后我就买了些分大家吃。我吃到了小时候在河南乡村老家打谷场边上的樱桃树上的樱桃的滋味。国内的樱桃不知道从什么时候开始就没有樱桃的滋味了。当然我还想买胡萝卜,因为法国的胡萝卜看着小巧可爱。问题是谁爱吃胡萝卜?只有小兔子吧。

我们走向里昂的那个文艺复兴建筑群区,途中穿过了一座很古老的桥,看着桥下那亘古流动的河水,我说:"嗟乎,逝者如斯夫!"

我看到了路易十四骑着马的青铜雕像。那些文艺复兴时期的古董建筑群让我开眼。可是,对于欧洲历史、法国历史,以及里昂,我们只能是这么走马观花,因为我们只有120分钟的时间。

11点我们上车了,沿着高速公路继续南行。1点在半路上吃了汉堡包。继续南行，这个时候就来到了法国南部地区。经过阿维尼翁时，我想起一部法国小说《阿维尼翁的情侣》。接着，可以看到普罗旺斯地区的大片的葡萄园。我们没有到马赛港，而是向东走了。下午4点，我们先到达了戛纳，刚好赶上了戛纳电影节。我们在海边下车，四处闲逛起来。戛纳海滨上到处都是晒太阳的男女。我看到海滨大道上有很多游人，以及正在搭台晚上要演出的一些场所，发布会、啤酒会、舞会，各种场所被蓝色的围布围起来。戛纳电影节是世界四大电影节之一，每到这个时候就是世界电影的节日。有一帮子黑人小伙子和白人少年，在那里跳街舞。还有人在棕榈大道上玩滑板车。下午的光线很柔和、优美，我的心情也非常安详。戛纳街头的美女脸上的表情并不怎么丰富，脸是多毛的、化妆过度的。我这才发现，让戛纳女人美丽性感的原因就是高跟鞋，男人们的确是被打动了。

忽然，我看到人群在对面街区骚动起来。我走过去，拥挤在某个人多的地方看风景，像个乡巴佬一样踮起了脚尖。我看到在影星们下榻的某个酒店的门口，大家正在接待来宾，豪车一辆辆地行驶过来，然后一个个衣着光鲜的男女影星们下来，对着记者摆姿势，让他们照相。我仔细地辨认着，可是真的一个都没有认出来。按说我对当代电影是熟悉的,我熟悉很多大牌的脸,可是,我在戛纳这家酒店门口,还真的没有看见什么大牌明星进出。中国导演、演员有没有?有!是贾樟柯带来了《24城记》,但是我没有发现海报或者他们剧组的身影。贾樟柯我认识,我们是一代人。当年看到他的电影《小武》的时候,我就发现他带给中国电影以新的语言,那种粗粝的、质朴的、纪实的镜头语言下面就是对中国人的现实关怀和呈现。

一个穿红色裙子、戴着墨镜的女演员没有进酒店,而是出来了,几个摄影师不停地拍她,最后,这个女演员跟跄着冲过了摄影师的围堵。她走上了棕榈大道,手里还拿着一个小包包,也是粉红色的,和她紧身的裙子一个颜色。好了,那些摄影师拍完就走了。她躲开了很多人,不知道要到哪里去。她经过了我的身边,和我擦身而过,我以为她是我认识的某个明星,但是很遗憾,我不认识。我看到了她的脸上都是淡褐色的麻子,黄色小汗毛在下午的光线下熠熠闪光,眼角已经有了细密的皱纹。都说西方女人不经细看,20岁之后就没有"年轻"姑娘了。她继续走过我的身边,啊,她还是迷人的。

从戛纳到尼斯有28公里,半个小时就开到了。沿途的海边,到处都是游艇、游人。我们来到了尼斯小城,入住在海边的一家小旅馆，房间很小，几乎和日本的小宾馆的房间一样小。这里距离尼斯的老火车站很近，我们就在附近一家"中国城餐厅"吃了中餐，还喝了张建泉带来的北京二锅头，心情很好。尼斯的小街巷都很美丽。现在的法国南部的海滨天气很好，温度在14度左右，很宜人。据说这里平时就是四季如春。非常适合来度假。

从法国巴黎南行，一路过来，看到了我经常在法国小说里面看到的地名，比如第戎、里昂、图尔尼埃、阿维尼翁、土伦、马赛、戛纳、普罗旺斯等，感到很亲切。原来，这样的地名背后，有着这样的天气，这样的建筑、河流和大地、飞鸟和流云，以及男人、女人、老人和孩子。普罗旺斯的小房子和法国北部的就不一样，似乎是石头的，低矮生动，屋檐都很有特点，像一个个巫师、隐士和修道者住的房子。

法国有55万平方公里，相当于中国的三四个省那么大，但创造出这样丰富、独特的文化实在让我惊叹。南下的路途中，很少见到冒烟的工厂建筑、工业设施，他们的环境保护做得很不错。农田阡陌纵横，土地植被好、数目多，一路上都是绿色，十分养眼。我看到了梧桐、雪松、杨树、桉树、槐树等。槐树正在开花，十分灿烂的白色花，招惹了不少蜜蜂。大海和河流都很干净。我在宾馆里的确很少看到有一次性用品，我自己到哪里都带着牙膏、牙刷、拖鞋、毛巾、香皂，算是环保从我自己做起。而中国的环保的确是一个大问题，空气、水、食物都有问题了，人心的问题就更严重了。

不过，在法国旅行，感觉法国的环境会使人的性格小气、细腻，法国人一定不是大气的、豪放的，而是优雅、敏感和有分寸的。因为上帝给他们的景色和大地都发甜、发腻。法国人最爱吃肥鹅肝、蜗牛和青蛙腿！想想吧，吃这东西的人，能豪爽吗？我可是吃羊腿和牛腿长大的，自然比法国人豪爽和野蛮。

法国的房子尤其是城市里的房子感觉都比较旧，甚至是陈旧，而中国现在什么都是新的。文化之不同，构成了地缘政治的不同。欧洲史那么的丰富，虽然秦始皇两千年之前完成的统一伟业，欧洲才完成不久，但欧洲20多个国家的丰富性，至少要多来几次才可以领略个皮毛。

尼斯有一条长达4公里的环形海滩，沙子很柔软、细腻，和威海的某个环形沙滩很相似。阳光强烈的时候，我恰好忘记戴墨镜了，是个遗憾。

5月22日

昨天一觉睡了7个小时,是几天来休息得最好的一天。一天里运动量不小,走路多,因此累,星竹说我打呼噜,是肯定的。加上又换了一家酒店,更加疲惫。早晨看了一会儿电视,有中文节目,有凤凰卫视的欧洲台和中央四频道的国际台,可以看到国内的新闻。

我们今天要去摩纳哥公国一游。带上行李上了车,大巴把我们带到了距离尼斯不远处的海滨山崖之上,一拐下来,就发现我们来到了摩纳哥公国。

这个小公国受法国的保护,是一个独立的国家,很小,就在山脚下。摩纳哥号称公园大公国,首都蒙特卡洛几乎就是整个国家,这儿拥有着欧洲最好的赌场。我们要参观的是亲王宫广场、摩纳哥大教堂等。这里,大海之湛蓝,阳光之透明让我舒爽到极点。在这里可以看到蒙特卡洛的酒店、赌场建筑,和这里最有名的F1方程式的赛车跑道,今天正在举办赛车比赛。风驰电掣的赛车一路狂奔,如同巨大的蜂群在向人们发动袭击,吓人而令人血脉喷张、兴奋不已。赛车肯定是年轻人的玩意儿,我有心但已经没有那个力气了。

我们的车子不能直接进入市区，就在一个高地停车场停了下来。我们坐公交车进入了市区。10分钟之后，我们来到了皇宫的边上，我们沿着皇宫的外墙走，一边是大海，一边是宫墙。摩纳哥公国只有1.95平方公里，人口听说只有3万多人。摩纳哥主要靠旅游业、金融业（与瑞士银行有一拼）、博彩业、邮票发行等经济支撑。这里也是欧洲著名的旅游胜地，我看到来的游客哪个国家的人都有。地势北高南低，大海之蓝非常醉人。我们在海边步道上漫步，闻着阳光的味道，那么透明，将大海的澄明和沿途鲜花的芬芳混合起来了，白色的墙、大树、小巷子里面飘来的阵阵饭香，那古香古色的宫殿建筑里有多少故事！公元前6世纪有一个叫摩诺尼哥的部落居住在这里，因此后来演变成了摩纳哥。

　　在皇宫门口可以看到门卫站岗，广场上有法国警察在维持秩序。远眺大海，蓝得让人心醉神迷，而且，你要是凝视地中海的蓝色，你会发现这样的蓝色在太阳光线下会迅速地变化。

　　中午时分，我和星竹两个人在一个小巷道里面的一家小餐馆吃饭，一人点了一份比萨，一共花了31欧元。我的那个比萨饼里放了咸死人的金枪鱼酱。吃饱了，继续转悠，在炮台边上的几棵大树下，我们和很多游人一起远眺不远处的那个赛车场里面正在举行的赛车比赛。那里风驰电掣，不时传来一阵阵的欢呼。阳光这个时候白花花的，把广场的白墙和石子路都照得变形了，似乎在动。

11点半，我们离开了摩纳哥公国，走到了停靠大巴的平台上，然后坐车沿着海滨公路前行。我们来到了尼斯半山腰的一处香水产地。法国香水天下闻名，可是我听说香水最早是意大利人发明的，因为意大利人要贩卖皮货去法国，而皮货的味道比较大，因此意大利人就从植物里萃取了香精，喷洒在身上掩盖皮货的臭气。结果，法国人很狡诈，将香水进一步地发展成了合成香水，又运用了法国人浪漫的想象力，让法国香水变成了一种特产，主要的产地在巴黎、里昂和格拉斯。

我们一进尼斯半山腰的这家香水厂，导购员就热情地围上来，引导我们了解她们香水的历史和热点。这里的东西很多，很多彩色的香皂都很美丽，更别说那些五颜六色的瓶子了。啊，香的世界是一个幻觉的世界，也是一个酝酿想象的世界。我们的嗅觉立刻活跃了起来。这家工厂建立于1926年，历史悠久，香精和香水是很多样的，有纯天然系列，采用了柠檬、茉莉花、百合、忍冬、风信子、麝香、龙涎香、檀香、小苍兰、藏红花、橙花、鸡蛋花、栀子、蜀葵、广藿香等植物和香料作为原料。另外一个系列是果味系列，以柚子、桂花、玫瑰、丁香、铃兰、橘子、胡椒、桑葚、草莓等作为原料。鲜花系列则更加具有鲜花的味道，以香柠檬、生姜、保加利亚玫瑰、胭脂花、香堇菜、天竺葵、白梅等为原料。还有一些品种是专门给东方人，也就是以日本人、韩国人、中国人为主的亚洲人做的香水、香精。因为东亚人的口味比较清淡，不大喜欢浓烈的味道，且东方人的体味没有那么的重。我的同行者买了一些香精、香水、香皂和其他东西，然后离开了那里。虽然解说员说，香水的制造技术有蒸馏、浸泡、油萃法等，可到最后我也没有搞清楚香水是怎么炼成的。

我们驱车回到了尼斯城区，来到在一个坡面上的圣保罗艺术村。这座艺术村浮现于到处都是橄榄树的坡地上，是很迷人的一个小镇，崎岖的小路边上都是中世纪的建筑，很多画家的足迹依稀可循。这儿有一个马蒂斯博物馆。有四个人想进去看看，分别是音乐家、书法家、画家和我这个作家。我们进去转了半个小时，看到了马蒂斯大师的原作。马蒂斯是毕加索的前辈，他的作品色块浓烈质朴，线条粗粝生动，是现代美术的瑰宝。马蒂斯是一个综合艺术家，他有油画、雕塑、拼贴等多种形式的艺术作品。他生前的一些用具，比如一把很有意思的扶手椅，扶手都磨损很严重了。马蒂斯48岁来到了法国南部，在这里治疗他的支气管炎，同时，他喜欢普罗旺斯的风景，尤其是旺斯古城。他还在戛纳、尼斯等地留下了丰富的足迹，画了很多作品。他说："我特别喜欢划船。我每天下午都划船。我只是在上午光线好的时候画画。"想象老马蒂斯在这把扶手椅上来回摇动，观看自己画作的场景，也是动人的。其实，他的野兽派风格并不明显，从他的早期作品看他很拘谨，离"野兽"差远了。他去世后，安葬在了尼斯斯密叶的墓地。

从山腰的这家美术馆下来，我们还去附近一个非常古老的教堂看了看。但是忘记这个教堂的名字了。

我还根据一些路标，看到了很多法国大画家曾经生活在这里所建立的故居等，无奈没有专业引导人和当地朋友，我没有办法去。尼斯历来是法国艺术家度假、休养和艺术创作的好地方。因此，这里的艺术史可以单独有一本《来尼斯的艺术家的故事》出版。我们十几个人根据各自的兴趣散开了。我们这十多人，基本上分成三组，购物的一组，以女艺术家和演员为主，她们到哪里都要去大小商店购物，还有一组是摄影爱好者，有四个人到哪里都拍照，第三组是艺术家组，我、画家、书法家、音乐家，我们几个人，都爱逛博物馆，艺术家故居，以及参观独特建筑和教堂等。

我一个人穿越了一片有着铛铛车、有轨电车的小广场,来到了尼斯老城的一家书店。云在变化,天色逐渐向着傍晚行进。这里距离海边也不远,书店有两层,在一个环形建筑里面,有一个长长的廊道。我看到这家书店有很多文学经典读物,法国人的阅读品味可见一斑。我寻找翻译成法语的中国作家的作品,找到了格非和阿城的作品的译本。此外,我看到了有巴尔加斯·略萨、君特格·拉斯、欧茨、福克纳、亨利·罗斯(《不如称之为睡眠》的作者)的作品。当然还有帕慕克的《我的名字叫红》。然后,我买了翁贝托·埃科的那本《洛阿娜女王与火焰》的法文译本。因为这本书里面有大量的意大利20世纪早期的一些连环画和卡通画,非常有意思,是一个画本和字本的结合本,是埃科的小说新作。这本书给我带来了很多快乐,因为翁贝托·埃科是我最喜欢的小说家。

每次出国,都有一种想把英语好好抓抓的念头。可是回去了,被一大堆事情缠住了,就又忘记了。

按照约定好的时间,我们回到大巴上,驱车去中餐厅吃饭。欧洲的中餐厅大部分都不怎么样,似乎主要是针对中国游客的,可是,也有些是面向当地人的。法国是烹饪大国,不知道中餐在这里受不受欢迎。

夜幕降临在尼斯，风里有大海的咸腥味道。华灯初上，我的内心突然涌现了一丝忧愁。在走向餐馆的街面上，我看到一个法国流浪汉在垃圾桶里面翻东西吃。他拣出来的有被丢弃的蔬菜、水果、酸奶。哪里都有下层的穷苦的人。世界大同纯粹是扯淡。我还看见一个躺在大街上的流浪汉，打着哈欠从他的破被子里钻出来。吃完饭已经9点了，我们回到了宾馆。今天因为主要在蒙特卡洛城逛，非常悠闲，天气又好，所以一点都不累，尤其是在海滨公园里面转悠，十分愉快。

5月23日

一大早就起来了，几个喜欢摄影的同行者决定去海边拍摄早晨的大海。尼斯有一个著名的"英国人散步大道"，又叫盎格鲁街，据说居住在寒冷多雾的英国的英国人喜欢在这里漫步，把脚踩在那些石子沙滩上享受蓝色海岸的悠闲自在。

摄影者最喜欢的时刻是早晨和傍晚，那个时候的光线能让一切事物呈现出微妙的变化，于是，我们从酒店的坡地上往海边走。行人不多，跑步的人很多，他们一个个地单独跑，身形矫健、健康、活泼。这样的清晨，总是让我觉得人生很美好。

五　法国、意大利、摩纳哥纪行

走到了海边，早晨的光线带来的是凉意。大海涌动，海水在冲刷和拍打着堤岸，浪花很高。海鸥到处飞翔，如同闪电。海边的游艇、帆船很多，可见尼斯人是多么的会悠闲生活，会做大海的朋友。一道道的大浪过来，试图冲进一个港湾，但是都被拦在防波堤的外面。

他们几个摄影家专注地拍摄着浪花，他们匍匐在沙滩上的身影实在太专业了。我则凝视着大海上的远方，捡拾了几块尼斯的石头。后来我们登上了尼斯的眺望台，最后眺望了法国美丽的蓝色海岸。啊，真是蓝啊，水天一色，让人呼吸停顿。白色的小帆船把大海点缀得像是有瑕疵的蓝玉。

回到了酒店吃早餐，只有面包和牛奶、水，没有蔬菜和肉，我觉得很糟糕。难道我们没有给旅游费吗？上了大巴，车子很快在早晨的光线里出发了。大巴一直沿着海边走，穿过几个隧洞，就进入到意大利境内了。第一个小市镇是圣雷默，接着是萨沃纳。因为是欧盟国家，所以边境现在都是畅通的，感觉不到进入另外一个国家。但是风景有时候会因为国家制度的不同而有所不同。沿着地中海的海边高速公路前行，开始有雾气，有山峦，山势显得险峻和高大了起来。甜腻腻的法国风景不见了，有些峥嵘突兀的意大利风景出现了。

我们沿着热那亚湾的海滨高速公路，还经过了热那亚这个著名的意大利海滨城市。然后大巴开始向北边进入山地。一路上的自然环境都很好，几乎没有看到有什么工厂的高大的烟囱。我记得我只是在里昂看到有一座化工厂，在去往尼斯的路上，看到有一个地方山体被挖开，裸露出白黄色山体内脏，那似乎是一个水泥厂。一进入意大利，山就高大巍峨了起来，还在雾气中隐现。我感觉法国和意大利就是以这些山作为自然分界的。我还注意到，意大利的农庄、葡萄园有的似乎有玻璃暖棚，这一点和法国境内的不一样。

中午1点，大巴开了3个多小时后，我们进入米兰市。米兰市是意大利的时装之都，也是一座非常有魅力的古城。但是在进入城区的路上，我看到了一幅破败的城市景象。房子低矮破旧，让我十分失望。不过，进入到中心城区，就看到有轨电车四通八达，店铺云集林立。行人行色匆匆，男人大多穿牛仔裤，表情轻松自然。我们的车子直接来到了米兰大教堂附近。停车后，我们立即展开了游览。

米兰大教堂是非常美丽、气势宏伟的教堂，有很古老的历史，据说光是建造时间前后就用了600年。从外观上看，它属于气势撼人并且还精雕细刻式的教堂建筑。白色的墙体，纯洁生动。典型的哥特式建筑风格，有135个塔尖。教堂的塔尖高耸起来，据说就是为了无限地接近上帝。走进去参观需要安检。教堂的内部游人如织，我们在里面转了30分钟，感到光线十分晦暗。关于教堂内部的结构和使用的功能，我就不细说了。即使我不是基督徒，我也可以感觉到教堂里那种宗教的压抑、神圣、统摄与清洁混合的力量。

从米兰大教堂出来，我们进入到旁边一个建设于1871年的巨型长廊。这个长廊如今是一个购物中心，里面品牌林立。意大利国王艾曼纽尔二世建立了这个十字架形的长廊。我们在长廊里面漫步，喜欢购物的人有福了，我们的一些同伴尖叫着消失在了商店里的那些物品后面。我信步游走，买了几双意大利皮鞋。在长廊的中心部位，有几幅描绘欧洲、亚洲、非洲和美洲四个大洲的油画，画的是人种的形象和差异。中国的区域上画的是一个清朝人，留着很长的辫子，此外还有黑人和印第安人的形象。

穿越了长廊，我看到一尊达·芬奇的站立像，而基座是他的四个门生。达·芬奇是一个全才，不光是一个艺术家。对面就是米兰斯卡拉歌剧院建筑。据说这个歌剧院和巴黎歌剧院齐名。但是我最不喜欢的就是歌剧了。

我们穿越了歌剧院边上的斯卡拉大广场边上的小巷道,来到了米兰很有名的布雷拉美术馆参观。布雷拉美术馆不算很大,主要的藏品都在二楼,是中世纪以来的油画,大部分都是圣经里面的宗教题材的作品。这个美术馆的藏品到了后面,才开始有了文艺复兴的藏品,这个时候,就可以看到以人为本的油画了,普通人和自然的风景,成了代替宗教传说人物和神话故事的主角了。

在布雷拉美术馆看了一个小时,我的确被意大利油画给震惊了。技法之纯熟老练,油画的丰富和厚度都是让人吃惊的。

出了美术馆,我们又来到了一座宏伟的古堡参观。这个大古堡,实际上就是一个围绕大庭院的大古堡,很宏阔,可以看出意大利老王宫贵族的建筑理念。我们在里面走,看到不少区域都被开设成了美术作品的展览区。很多展览要额外收费。在庭院里,还有很多的雕塑,大都是胸像,有各种造型,在艺术上十分多样。

在古堡游览了一个多小时,我们又来到了米兰大教堂附近。这下就是散开来闲逛了。我沿着街道逛店铺,看了看卖的东西。意大利人做的东西就是比较精细。我买了两件衬衣,因为我仔细地看了针脚,哎呀那个线缝得很细致,原料也很精当。我看标签上的产地是意大利,即使是中国人在这里加工的,怎么工艺就这么好?中国人能不能慢一点、耐心一点地做任何事情?包括建设国家,建设政体,建设山川大地城市乡村,包括建设我们的内心,我们能不能慢一点、耐心一点、细致一点?不要撕裂、打破、推翻重来,不要低水平的重复。无论文学还是艺术,无论工业还是农业,我们都应该慢慢地精耕细作。

在街头,我看到了一个中国画家在那里画人像。在街头画人像是需要经受考验的,锻炼的就是一个人的写生功夫和素描技巧,像不像是关键,快不快也是关键。这个画家画得不怎么样,还敢到意大利米兰这样的美术之都市来混?

我照例进入一家书店。意大利的书店看来人不多,但是,意大利的书店有一个好,就是书的印刷质量很高,大都是可以作为收藏品的。我特别注意意大利有没有好的小说家冒出来,可是我看到的是伊塔洛·卡尔维诺的作品系列全集在那里摆放着,还有翁贝托·埃科的《美的历史》《丑的历史》《玫瑰的名字》等作品在那里。艾柯是意大利当代作家中最让我喜欢的作家,他号称"当代达·芬奇",是一个全才,涉猎面很广,是打通了文史哲的当代欧洲最重要的知识分子。

在法国、意大利待了这么几天，的确是的，从外观上看，法国、意大利的城市是陈旧衰败的，老欧洲似乎在逐渐地破落。但是人家是家底厚实，进入到外表破旧的房子里，随便一件东西就很值钱——我想，我们不要用新来衡量古老的欧洲。欧洲跟你玩的就是旧，没有欧洲的旧，就不会有美国、日本的新。不过，法国人的吝啬小气，意大利人的懒惰散漫是有名的，这一点我从他们的脸上就可以看出来。

5月24日

今天早晨吃早饭的时候，餐厅将中国游客和西方游客的就餐区隔开了，而且中餐的菜品很少，没有什么吃的。我觉得很诧异，就问曹导。导游说，这家酒店接待中国游客时，有些中国游客吃早餐的时候喜欢多拿，结果盘子里总是剩很多，浪费食物引发了酒店的反感，因此中国人就餐就这么被分开成两个区域。我们来给你们送钱，你们还歧视我们。我心情很不好。但也许是我们的团费给得少？这也是有可能的。

简单吃了点黄瓜西红柿，我上了大巴。从米兰到威尼斯是今天的旅程。这是一路向东的路途。沿途可以看到意大利北部地区的地形地貌，以及精巧的小镇。意大利的风景比法国的要粗犷一点点。不过，最赏心悦目的，就是那农田。麦田、葡萄园、玉米地，还有一种不知名的红花，都非常自然、美丽。中途遇到了堵车，三车道按说很宽阔了，可是我们在路上也堵了半个小时。堵点是在修路。开了接近4个小时，我们于12点来到了威尼斯附近。12点20分，我们来到了一家叫作中华酒店的中餐馆吃饭，我感觉饿了，所以吃得比较多。饭菜是五菜一汤，量不少但是都是大锅菜，很不好吃。下午1点30分，我们被拉到了威尼斯水城的边上。

说是水城威尼斯，到跟前一看，还真的是水城，我感觉几乎都要被海水淹没了似的，完全漂浮在水面上，需要坐船过去。下了船就来到了无数油画、作家画笔和文字笔下的圣马可广场，广场有一座高耸的尖顶的钟楼建筑十分扎眼。广场不算很大，但是非常开阔，里面有一个更大的围廊包围出一片空地，游人特别多，肯定是从世界各地来的，肤色、种族的差异非常大。还有一座很重要的建筑是总督府，现在是博物馆，这个博物馆建筑体量不小，还连着水岸，进入很容易迷路。

我们先是在圣马可广场里面转，这是一个大型的庭院式建筑，中心是长方形，有太多的游人，一股股的，一堆堆的，一对对的，一队队的，三个两个的，到处都是人。还有画家，美术学院的学生在这里画风景画和肖像画。有露天咖啡厅,有音乐演奏。我们径直穿越了圣马可广场,前往当地一个玻璃器皿制造作坊。这家作坊隐藏在威尼斯那石头房子里,沿着狭窄的楼梯上去,就进入到作坊里。威尼斯的玻璃制品显然非常有名。我看见有一个火炉子里面的火焰在熊熊燃烧,一个围着围裙的小伙子,脸上两鬓的黄毛很长,他用铁钳子从火炉里夹出一块烧红的石英石,这就是玻璃的最初形态。然后他用夹子将这块红色的玻璃水石英石变成了一匹站立的小马驹。

之后,导游将我们引到了卖玻璃制品的柜台。似乎这个作坊是专门针对中国人的,服务员会说几句中文,是个体态丰满的意大利女人。她笑容可掬地给我们介绍加了矿物质会变化为各种颜色的玻璃杯,比如,加铜就变绿,加了金银就会变成鲜血一样的红色。她最后给我们推荐了一种公母杯,又叫罗密欧与朱丽叶杯,呈殷红色和暗红色,非常美丽,我感觉喝葡萄酒很好,喝咖啡和喝茶都不是很合适,总之用来当个摆设是可以的。而且经过打折只要240欧元,也就是人民币1000多元,这个价格也不便宜啊!我赶紧躲开了,没有买。不知道有没有人买,因为围观的人很多,不只我们一个中国人旅行团。

这个时候,这个女人看没有人买,又笑容可掬地取出来了一套银色的包水晶玻璃的首饰，的确很漂亮。经过打折计算，要价120欧元。同行的女性显然是越买越精明，窃窃私语之后都觉得这东西意思不大，华而不实。的确，中国女人最喜欢的就是金银首饰和钻石翡翠玉石等，其他的兴趣都不大，尤其是玻璃制品，再美丽，不过是玻璃嘛。我记得我看过一个展览，那东西真是巧夺天工，各色奇巧的作品很漂亮。不过再漂亮也是玻璃的。玻璃的就不会、也不可能和稀有的钻石、翡翠、玉石、黄金相比较。最后，我在这家玻璃饰品店里挑选了几块要价20欧元的玻璃胸饰，准备带回家。

威尼斯实在是有太多文学作品涉及了。别的不说，托马斯·曼有名的中篇小说《死于威尼斯》，就将同性恋题材处理得很好。这个作品被拍摄成了电影。另外一篇名篇，就是莎士比亚的戏剧《威尼斯商人》。

接下来应该是来威尼斯的人都要选择的项目了：乘坐贡多拉游船游览水城威尼斯。我们来到了小码头，分成了三批，乘坐了三艘贡多拉，开始在威尼斯那河道里面穿行。贡多拉是一种很漂亮的木船，每条贡多拉都被装饰得不一样，船头大都雕饰得非常精美，有的如波浪一样翻卷起来，翘得老高。船主穿着威尼斯人的传统服装，小伙子漂亮，狡诈，眼睛滴溜溜地转动，盼望着我们到时候多给小费，然后他少出力气。油漆船体黑色是主调，然后有红色的条带。每条贡多拉坐6个人，我们的贡多拉沿着威尼斯的水道前行，水道两边都是威尼斯的古老的房子。这些房子的地基显然是牢固的，但长期在海水里浸泡，不腐蚀地基也不可能。而且在这样的房子里居住容易得关节炎，因此，很多房屋一层就没有人居住了。我看威尼斯的水道里的水也很脏，水发绿发臭，船主撑杆，贡多拉在弯曲的水道里前行。船主和其他的贡多拉交错而过的时候大声地说笑，调侃，十分有趣。

在河道的某个拐弯处，我看到在前面的石阶上，坐着几个女人，有老有小，一个美丽的白人少女微笑着托着腮，在凝视着水面，我很少看到这么美丽的姑娘，不由得看呆了。幸亏老婆没有同来，否则会斩断我的目光。那个少女的确美丽极了，像是从威尼斯的历史深处、从那些油画里面走出来的一样，她笑着坐在那里，安静地看着附近的景色。她的姐姐、妈妈、奶奶簇拥着她，影响着她的心绪，决定着她的未来。而我，就这么和她擦身而过。

在贡多拉上看水城，的确别有味道。很快，我们的贡多拉进入到波涛汹涌的、宽阔的运河里了。运河两边也都是石头房子，在波浪的拍打之下显得岌岌可危。船主看到我们是中国人，就指着某处房子说，那里是马可波罗住过的房子。在运河上我们的贡多拉左右摇晃得厉害，因为还有更大的游船经过，水波涌过来，冲击着我们的船体。我有些担心掉进河里，我可不想在威尼斯淹死。好在很快我们的贡多拉重新进入到城区的狭窄水道里，然后沿途返回，继续是古老的风景，和流动的人。阳光妩媚清新，今天的天气非常好。

上了岸，我们走在一座座桥上，叹息桥、里阿尔托桥等，都是有故事的桥。我去参观了过去的那座总督府，现在的博物馆，这幢建筑很宏伟，可见当年威尼斯的富足。博物馆里面，有些展厅没有开放，还在整理修缮。展出的部分很小，有些油画作品和历史摆设。

我们都觉得威尼斯非常美丽，就是游人太多了，快赶上故宫了。我们在这里待了一个下午，前后5个小时，还是觉得意犹未尽。逛累了，我们三三两两地在咖啡馆里喝咖啡，看圣马可广场上那群鸽子。这里的鸽子非常多，和海鸟混在一起，飞起来，落下去，落在游人的肩膀上和手上的都有。我坐在那里看人，看景，心情舒畅。我想，威尼斯是应该再来的，不过，再来就会换一个季节，换一种方式了。也许可以住在这里几天才好。

傍晚的天色暗了下来，波光潋滟之中，已经将落日的余晖涂抹上了金红色。这波浪在涌动，而大海依旧是温柔的。7点，我们坐上了快艇返回市区。

威尼斯是一个著名的海港旅游城市。来的时候我看到有三四艘那种巨大的豪华游船，停靠在码头边。据说，这是专门游览地中海国家的游船，船体都有炫目的船号，船的窗户现在都亮着灯光，每艘可以有3000个客人。我在去北欧旅游的时候就乘坐过这样的大船，非常舒服。在6点30分的时候，我在圣马可广场边可以见到大型豪华游轮一艘艘地鸣响了汽笛，然后离开了威尼斯，驶向了大海。

回到了大巴上，半个小时之后，我们就入住了威尼斯城区的一家旅馆。吃了晚饭，觉得今天是累而兴奋的。我翻阅着威尼斯画册，抚摸着买的几块玻璃饰品，又读读翁贝托·埃科的那本有很多漫画插图的《洛阿娜女王与火焰》，很快就睡着了。

5月25日

今天从威尼斯赶路，到达佛罗伦萨。佛罗伦萨是意大利文艺复兴的中心和重镇，欧洲人的人本主义在那里解放了。在意大利的靴子样国土的腿肚上方的部分，和圣马力诺国一起成为了意大利中部重要城市。不过我们这次不去圣马力诺，我们直接前往佛罗伦萨。

昨天晚上没有睡好，因为我晚上忽然被星竹的呼噜给惊醒了。我们俩都是小胖，因此都打呼噜，每天的旅途其实是很累的，可是因此我的饭量也增加了。我是入乡随俗之人，没有那么娇气，凉水就着凉三文鱼我都可以吃得欢，不像那些出国不带热水壶、榨菜、辣酱就不能活的人。因此这些天我的体重一点都没有下降。

我此行在巴黎、尼斯、米兰、威尼斯等地都进了当地的书店。感觉法国书店里的书非常国际化，法国读者的品位最高。意大利的差很多。中国作家的视野因为这30多年持续地翻译介绍外国文学的精品，已经大为开阔了，我在法国、意大利的书店里看到的中国作家，或者华裔作家的译本有莫言、高行健、叶兆言、苏童、余华、卫慧、欣然、山飒、格非、阿城、郭小橹、老舍等人的作品，并不多。可见欧洲对中国当代文学的介绍，还有一个时间差。就我自己而言，写到什么程度算什么程度吧。

关键是中国作家对自己要有信心，要开阔眼界，要知道自己的写作已经是和世界上其他语种的作家处于同样一个时间里了。

早晨8点30分，吃过了早餐，我们就从威尼斯出发了，前往佛罗伦萨。在路上，可以看到意大利的麦田里间隔着麦苗，种了很多不知名的红花，特别美丽，将麦子的平凡和朴实衬托得异常的华丽。沿途又是油菜地、玉米地、小麦田和树木，看来意大利的工厂也转移到第三世界了。一路走的都是高速，路况还不错，路途中，我们还经过了一座古城博洛尼亚。这里有大师作家翁贝托·埃科就职的博洛尼亚大学，据说这是欧洲最古老的现代意义上的大学。我透过车窗，看见了博洛尼亚城那簇拥在一起的建筑顶端。

中午12点30分，经过了4个小时的车程，我们到达了佛罗伦萨。公元前59年，罗马人建立了佛罗伦萨。文艺复兴时期的三杰——但丁、薄伽丘和彼得拉克就是出自这里。我们的大巴车停在了停车场，我们下车之后，沿着一条河边的路向市中心步行。路上有一些黑人向我们兜售模仿欧洲名牌的包包，看来哪里都有卖水货的。一个丰满的黑人女子拦住了我，我用英语说，我们这个东西很多！躲开了。他们发现有警察来了，一下逃跑了。看来哪里的小贩都怕"城管"啊。

我们先到达了佛罗伦萨的一家叫作汉宫的中餐厅吃饭。这家中餐厅比较地道，是我在欧洲吃得最地道的一家了。餐厅非常雅致，欧洲人也喜欢的环境。小桌4个人一桌，菜品很好，我们的胃口自然好。吃完了饭，我们就步行来到了佛罗伦萨的市中心。这座城市最著名的自然是米开朗琪罗广场，有大卫像，还有一座老桥，就架在那缓缓流动如同奶酪的河流之上。我们还要去乔托钟楼，并且根据导游的建议，在这里参观一家皮具店，因为意大利的皮货、皮具是世界上最好的，不买就亏了。

在市中心的广场上，我们知道了，这个城市的缔造者是美第奇家族。广场上有我特别熟悉的米开朗琪罗的雕塑大卫，还有其他很有名的雕像。我们都兴奋极了，围着这些曾经只在书上看到的雕塑来回地看，就像从来没有见过裸体的人一样那么新鲜。佛罗伦萨市政厅就在旁边，游人非常多，出出进进的全都是人，不知道为什么，今天怎么那么多人！我们随着人流进去，随着人流出来，我都不知道我看见了什么。

佛罗伦萨可以说是由美第奇家族建立了最主要的部分。这个大家族政治、金融、商业和文化杰出人物出了很多，从中世纪开始，美第奇家族就用雄厚的财力建设这个城市。而其他的人，佛罗伦萨的市民、士兵、艺术家、修道士、文人和手工业者也一起努力，将佛罗伦萨建设成了一个艺术宝库之城。

在博物馆的门口，有三个人正在表演活体雕塑。他们一动不动，然后突然一动，吓人一跳。还有一个台子上，干脆有人在表演木乃伊。这个木乃伊是一个女人扮演的，忽然，她睁开眼，人们尖叫了起来。还有一个花脸小丑在人群中乱跑，增加着佛罗伦萨的艺术和搞怪的气氛。

乌菲齐博物馆是佛罗伦萨也是欧洲最重要的博物馆。1765年，这家博物馆就开放给世人了。现在，这家博物馆展出的作品以中世纪欧洲艺术作品和文艺复兴时期美术作品为主。尤其是让我看到了从神本主义到人本主义在绘画历史上的演变，如乔托的大量作品、波提切利最著名的作品《维纳斯的诞生》和达·芬奇的《基督洗礼》《天使报喜》，真迹就在眼前，我觉得很多原作都是我过去在书上看到的，还有部分德国画家和荷兰低地画家的画作系列，真是琳琅满目，美不胜收。在第二和第三走廊展示的是米开朗琪罗、拉斐尔、提香和佛罗伦萨画家的大批作品，我在提香的《乌尔比诺的维纳斯》前沉默良久。一直到鲁本斯和卡拉瓦乔，并以德拉克洛瓦收尾。这个博物馆的美术作品收藏让我继续开眼，继续了我在卢浮宫的那种开眼的感觉。

出了美术馆，我沿着佛罗伦萨的街道漫无目的地散步，进入一家书店，拐进去，看到有莫言、苏童等中国作家的译本。

街上悠闲走路的人不少，有成群的犹太人，穿着很像经学院的学生或者拉比，还有至少200斤的很肥的女人颤颤巍巍地走过去，浑身的肉都在上下跳跃，我看到有阿拉伯人和黑人在兜售小商品。我可以看到有马车在奔跑，游客在马车上拍照。还可以看到拉手风琴的乐手，在快活地乞讨，把乞讨变成了玩乐。佛罗伦萨还有著名的圣母百花大教堂，我们走进去转了一圈，看到一个儿童合唱团在唱圣歌，声音纯美动人。这次出来，看了太多的著名教堂，因为不是基督徒和天主教徒，我实在是有点麻木了。圣母百花大教堂建筑非常漂亮，和它的名字一样美丽。佛罗伦萨还有圣多明各和圣方济各两个分别对应富人和穷人的教堂，其中，圣方济各是专门面向穷人传教的教会组织，他们之间的关系只有宗教学家才可以说清楚。

我们走过但丁的故居时，我走进去仔细地参观了。但丁是最重要的作家之一，他的作品是我熟悉的，各种《神曲》的译本我就有七八种。但丁的历史顿时在我的眼前复活了，走进作家的故居，作品和人的关系就变得亲切了。这和我去年去俄罗斯,在托尔斯泰庄园里,进入到托尔斯泰的房间里,看到托尔斯泰的书房、床、饭桌,甚至是靴子的时候,产生的感慨是一样的。

在一所小教堂里还有伽利略和米开朗琪罗的墓。这家教堂叫作圣十字主教堂,是佛罗伦萨最有代表性的哥特式建筑,始建于1294年,1443年才启用。教堂内部极其精美,到处可见精美绝伦的雕塑和壁画。

来佛罗伦萨,一定要到老桥上看看。在老桥上,我忽然找到了曾经在凤凰县一座老桥上看水看河流的感觉。这座桥的历史实在是久远了,1345年的时候它就在这里了。算起来,600多年过去了。老桥由三个结实的圆拱构成,桥上有屋顶,有屋子、格窗,只有中间的部分可以一览无余地看见河流。河水在桥下非常平静地流动,我凝视着,几乎看不出河水在流动。这就是佛罗伦萨,在历史中从不变老,也从不年轻。

晚饭依旧是在汉宫中餐厅吃的,我想起来了,在米兰吃的那家中餐厅叫作万珍楼。这家店主也是浙江温州人。在欧洲,浙江温州人开餐馆的很多,他们真是适应环境,并且吃苦耐劳。店主姓方,人很有趣,似乎和曹导熟悉,过来和我们聊天,开玩笑。

晚上住在佛罗伦萨的一家酒店里，酒店不错，房间很宽敞。赵方教授来到我和星竹的屋子里聊了很久。主要谈的是音乐和文学的关系。

在佛罗伦萨的这个晚上睡得很好。佛罗伦萨，古老的意大利城市，每块石头的背后都有故事。石头的房子、建筑雕塑都那么美不胜收，让我沉浸其中无法自拔。佛罗伦萨真的是老贵族啊，破旧的屋子里，宝贝太多了。

5月26日

早晨起来吃过了早饭，我们就驱车前往意大利比萨，去那里看著名的比萨斜塔。一个多小时，我们就来到了比萨。这是一个古老的港口城市，距离利古里亚海不远，空气潮湿，有着海的味道。在意大利的历史上，这里是很有名的一个小公国，是海上强权之一，最终接受了佛罗伦萨人的统治。

1173年，建筑学家那诺·皮萨诺开始建造比萨斜塔。八九百年之后，我来到了斜塔的跟前。我们先穿越了圣玛利亚之门，就进入了比萨斜塔的建筑群庭院。游人非常多，多得让我想起来了我在汉武帝墓参观的感觉。那一刻，我的心情非常肃穆。面前是有着穹顶的圆包式样的建筑，是主洗礼堂。然后就是主教堂建筑，白色的大理石墙体，五层建筑格局，大气庄严。主教堂里，各种宗教浮雕恐怕是最好的艺术品了，活灵活现地将历史中的那些宗教人物展现了出来，他们奔走，他们簇拥，他们呼号，他们惊喜。这些宗教人物现在都不见了，可是，眼前的教堂还在那里。

接着，就是著名的比萨斜塔了。站在斜塔的跟前，我真的很担心斜塔要倒掉。它倾斜的角度实在很大，尤其是在跟前，可以感觉到它随时要倒下来一样。1990年开始，比萨斜塔因为成为危险建筑，不再向游客开放。在随后的几年里，开始了多次的加固，促使斜塔可以恢复到挺直。但是，施工过程也非常惊险，比萨斜塔开始朝另外的方向倾斜。现在，经过了加固，比萨斜塔总算是保持原先的姿势不再倾斜了。

中午我们在比萨老城的一家中餐馆吃饭，老板给我们每个人送了一尊大卫的石膏雕像。比萨老城非常安静，房子都是那种红屋顶的低矮的石头房子，沿着一条河分布。据说比萨晚上灯火通明的时候，在河边散步非常美好。

饭后我们上了大巴，沿着一条海滨高速公路向罗马飞奔。一直走了5个小时，我们在下午5点赶到了罗马。罗马！世界上最著名的城市之一，意大利的首都，我们靠近它的时候就可以感觉到罗马的气息了，那是一种繁华和古老混合、历史和现代交集、传说和故事云集的气息。车流密集，人也多了起来，好像意大利人主要居住在罗马，城市里一下子人多了不少。

我们先到一个超市买了一些东西，因为有人要买地道的巧克力。在法国和意大利的超市里，我发现吃的东西并不贵。几十欧元可以买到很称心的食物。接着，我们去了"中华饭店"吃饭。这家餐厅又是温州人开的。曹导告诉我们，温州人非常抱团，只要是温州人来到意大利，在米兰、罗马找到自己的老乡，那么老乡会先借给这个人一笔钱，帮助他立足，十个人集合起来借钱给一个人，等待他发家致富。结果，如此帮衬，温州人各个传帮带地在意大利扎根并且很快就站稳脚跟了。因为浙江人聪明、勤劳、智慧、狡黠，因此到处都是温州人！中国人在欧洲最多的就是浙江人吧，浙江人中间肯定是温州人在这里最多了。

一路奔走一个多星期了，我感到有点上火，嗓子眼很疼，不舒服，吃了点清火的胶囊也不起作用。我们下榻的酒店叫作皇冠酒店，还不错，8点我去超市买东西，发现意大利人就是懒惰，超市早关门了。明天要看罗马主要的废墟建筑，著名的那些废墟，要走很多路。

这一天主要在路上了，走了6个多小时的路，从佛罗伦萨到比萨，从比萨到罗马，穿过了意大利四五千公里，看到了意大利的面貌，似乎从来没有变化，人都活在历史里，但是又活在当下。当下的熠熠闪光，都在古老的房子里。

5月27日

意大利的国花是雏菊，这么不起眼的花在意大利到处都是。不过，在罗马漫步，我喜欢的花是一种灌木开的黄色小花，叫作石楠花。这使我想起来看过的海因里希·伯尔的小说《莱尼和他们》（又译《女士及众生相》）里的女主人公在石楠花丛中，和男朋友玩闹的心理活动，非常美好的描述。我还看到了一些红色的花，开在罗马某些花园里。

今天吃完了早饭，我们就出发了。大巴把我们放到了罗马斗兽场附近，我们下车。斗兽场太有名了，今天的天气也特别好，阳光简直可以称得上是毒辣，一点云彩都没有。进入斗兽场里，我感觉到了震撼。想想古代罗马帝国的伟大、辽阔和统治者的残暴吧，在这个斗兽场里面，人和兽斗，人和人斗，鲜血随便喷溅，人如蚂蚁被皇权践踏。但这就是人的动物世界。斗兽场上，看台是空的，但是我仿佛看见那看台上依旧坐满了人，斗兽场里面也依旧有着和野兽拼杀的勇士或者奴隶。我想起来了艾青写的关于斗兽场的诗歌：

> 也许你曾经看见过
> 这样的场面——
> 在一个圆的小瓦罐里
> 两只蟋蟀在相斗，
> 双方都鼓动着翅膀
> 发出一阵阵金属的声响，
> 张牙舞爪扑向对方
> 又是扭打、又是冲撞，
> 经过了持久的较量，
> 总是有一只更强的
> 撕断另一只的腿
> 咬破肚子——直到死亡
> ……

接着，我们又去看了一个古代罗马的市集废墟。罗马最有名的古代建筑，很多都是废墟。但是在罗马，这些废墟保存得太好了。市集废墟很庞大，可以看出来当年罗马人的生活状态。我在废墟的岩石缝里摘取了一朵小红花。这朵红色的小花非常柔嫩，只有三瓣叶片，一碰就碎。这花不是罂粟花。

据说罗马是由狼喂大的孩子建设起来的。这个传说很古老，因此罗马崇拜狼。我上火了，在炎炎烈日之下嗓子冒火，口干舌燥地走路，使劲喝水。

我们接着又去了威尼斯广场、西班牙广场，这些建筑都有自己独特的历史和作用。万神殿是使我们很震撼的建筑。它并不宏大，但是建筑理念却是通天的，圆顶之上，有着通达神话和上帝的穹顶，万神殿在建筑史上非常有名。关于它，要半本书才可以说得清。

接着，我们来到了许愿池。这个地方我在很多电影上看到过。啊，人很多，姑娘尤其多。许愿池，喷着清澈的水，水边人们聚集着往里面扔各国钱币，同时许愿。据说在这里许什么心愿都会灵验。我想了想，许愿父母亲身体健康，然后扔了几个钢镚儿。

我们是在西班牙广场附近的一家餐厅吃的饭。吃完了饭，继续行走。下午我们在罗马自由活动了。这下好了，我们13个人本来就分成了三组，喜欢看博物馆和美术馆以及各种文化遗迹的有四五个包括我，然后是摄影家有四五个，他们带着长枪短炮，到哪里都是噼里啪啦地拍摄。对于他们来说，拍照一定比眼睛看更管用。对于这一点，我真的很诧异。后来我就不怎么拍照了，因为我觉得用眼睛看、用心灵感受是最重要的事情。至于留不留影，我真的没有兴趣。人在风景和伟大的建筑面前，永远都是俗物、蠢物。这就是我的想法。第三组是几个姑娘加两个武生、老生组成的购物组，他们是每店必进，每进必买。我也很佩服这样的人。欧洲人可能就是他们喂肥的。

没有想到罗马这么热，废墟和历史有名的建筑这么多，给我造成了审美疲劳。欧洲里面，光是法国、意大利就让我在文化上、历史上、古建筑和宗教上大开眼界，同时也感到了力不从心和靠近无门。我的审美也开始疲劳了，因此有点想家，想早点回去。中国！忽然开始在心里亲切了。其实，我今年已经39岁了，人到中年的确有一种不惑之感，就是对外部世界的好奇心减弱。这其实是要命的。

罗马中心区的店铺特别多，各路名牌很多，我买了一双皮鞋，然后进入罗马某个地下通道边上的一家书店。星竹跟着我，他既不喜欢摄影，也不喜欢购物，似乎对美术馆博物馆的兴致也不浓厚，但是人非常厚道。在罗马的这家书店里，他说了一句让我特别激动的话:"即使看不懂,看看这些书,我也感到了亲切。"可是,我发现,罗马人更爱逛街购物,并不喜欢买书。

我看到书店里有王刚的意大利文《英格力士》,还有英国华裔女作家张戎的《鸿》——一本给西方人看的写三代女人的自传。据说这本书好多年都大卖,尤其是西方人不怎么了解中国的时期,张戎有一年的版税收入超过了英国女王的年收入。我还看到了日本作家村上春树、吉本芭娜娜和智利女作家伊莎贝尔·阿连德的书。至于我喜欢的意大利大作家卡尔维诺和翁贝托·埃科的,有很多的版本,但是放在了不起眼的位置,也没有人去翻阅。

罗马不是一天建成的。这是很有名的一句话。还有一句就是,条条大路通罗马。这话够狠,说你干什么只要你一条道走到黑,就到了罗马。所以,置身于罗马,我的确感到这是一座魅力四射的城市,她的废墟之美,她的现代生活之美,完美地结合了起来,并且并不冲突。城市很有活力,游人多得数不清。我觉得罗马人光靠旅游业,靠祖宗留下来的废墟建筑,就可以过得很好,游客纷纷来送钱,难怪罗马人整天吃喝玩乐。

一天下来，在罗马城里走了8个小时。当然中午吃饭的时候休息了一下。哎呀，我感觉在家的时候想出门，可是出门了又想念家的安稳和舒适。这些年，中国人有条件出国了，我有朋友一家子就喜欢全世界旅游，而且喜欢去偏远的不安全的国家，比如缅甸、尼泊尔，还有些岛国，南非，南美洲的丛林。哎呀，我可受不了那个罪。

晚上在宾馆里，人大的赵方教授喜欢到我们屋子聊天。他是四川人，有连鬓胡子，很壮实，他说他睡觉是头和脚必须露在外面，不然睡不着。而和他同屋的书法家则体寒，必须要全身都蒙在被子里才睡得香。赵方说，我们看到的都是太有名的东西了，我说，那外国人到北京，看的不还是故宫、天坛、颐和园、八达岭长城？赵方说，的确，他的外国朋友来到北京，还是被我说的老建筑、园林、长城，还有国家大剧院、鸟巢、中央电视台新楼给震撼住了，北京的古代、近代、现代、当代的叠加，也是非常丰富和有着勃勃生机的。一点也不比罗马差。

我这天睡得很香，因为走得很累。罗马可不是叫人累的。

5月28日

今天一早起来就听见了鸟鸣。我们在罗马住的宾馆是在郊区,半明半暗的晨光从窗户外面照射进来,我起来了,去吃早饭。窗户外面是乌鸦、小雀的叫声,天色大亮了。我忽然想看看意大利的诗人是怎么写罗马的,但是我想不起来。我拼命想着意大利"隐逸派"诗人蒙塔莱、翁加雷蒂和夸西莫多的诗篇。但是没有想起来和罗马有关的诗篇。

吃完了早饭,我们就坐大巴前往庞贝古城,去看一看庞贝古城遗址和维苏威火山遗址。这也是令人兴奋的旅途。因为途中要经过那不勒斯。车子沿着沿海高速走,越走天气越热,跟多年之后我在台湾从北往南走的感觉一样。而且,非常显然的是,越往意大利南部走,就感觉意大利南部越穷一些。道路破损狭窄,有的地段还收费。阳光白花花的刺人的眼睛,经过那不勒斯的时候,的确看到了马路边上有很多垃圾堆在那里。

据说,那不勒斯的黑帮非常厉害,就是不倒垃圾,因为垃圾的处理和政府较劲,结果那不勒斯就成了一个世界闻名的垃圾成堆的地方了。意大利黑手党十分著名和猖獗,实际上,黑手党就是另外一个政府。地下的政府,黑手党就是意大利文化本身所诞生的，很难根除。因为基层的，地方的，片区的，行业的利益和黑手党都是搅和在一起的。

　　导游也警告我们，说在那不勒斯有时候会有街头枪战，不注意就会被流弹击中。我滴个妈，我来旅游可不是来挨枪子儿的。所以，本来打算在那不勒斯吃午饭的，经过和导游商议，我们决定去维苏威火山附近吃意大利海鲜面。地道的意大利海鲜面是我很想吃的。这次一路上吃的都是中餐，都快把我吃吐了。其实我一向是一个入乡随俗的人，到哪里就吃哪里的饭，喝哪里的酒和水。

　　我们赶到了维苏威火山附近，在意大利司机的推荐下，我们在一家意大利面馆吃了海鲜面。面条的确不错，尤其是海鲜虾仁的味道怎么就和东海南海的不一样。面条也筋道，我吃过中国所有省份的面条，觉得这意大利面属于中上吧。维苏威火山是于79年爆发的，迅速地将庞贝古城掩埋了，近代以来，庞贝古城才被发掘了出来，让我们看到了古代罗马人的辉煌成就。

　　然后，我们跟着导游进入到庞贝古城的废墟里。多年以前，维苏威火山忽然爆发，将庞贝古城湮没了，毁灭了。现在残存的，都是没有屋顶的废墟。街巷还在，但是人没有了。

这个废墟保存完好，可以看到当时庞贝城的规模和建制。有神庙和神殿、政府机关、民居、澡堂子、剧场、官邸、商店，甚至还有妓院。庞贝古城的妓院建筑里壁画还有很多，我买了一册画册，在这本画册上，可以看到古代庞贝人是多么的热爱生活。看到这些壁画，我感觉古代罗马人非常强大开放，也找到了罗马帝国灭亡的原因，就是耽于淫乐。人将死于安逸，活于勤奋。

废墟很大，这些残垣断壁让人触目惊心，发人深省。让人的大脑空空如也，让我觉得我没有碰上那倒霉的火山爆发，真是幸运，甚至让我这个北京人觉得北京郊区没有火山是祖宗的大德啊。庞贝古城条条的街巷纵横有序，但是我没有地图，不知道方位，只能瞎走。废墟里面穿行的都是现代游人。剧场也是扇面形的，和那个古代罗马斗兽场局部是一样的。阳光非常强烈，我们在废墟里走得汗流浃背。在某个废墟房间里，还保留了几具干尸，显然是窒息而死，姿势还是挣扎的姿势，让每个游人都在那里驻足沉思，在那里惊慌失措和庆幸不已。尸体就那么保存了2000年，真是不容易啊，真是厉害啊，时间，大自然的手在瞬间就改变了人们的生活。

在庞贝古城容易发思古之幽情。但是我没有那么文人气的风骚,我觉得这庞贝古城,说起来就是:我来了,我看见了,我进入了,我又走了。

我们上了车,司机把我们拉到了维苏威火山上去看火山口。死灭的火山口像一个枯井,现在是沉静的,谁也不知道它还爆发不爆发。在维苏威火山上,到处都开着一种不知名的黄花,是雏菊?意大利的国花?似乎是,似乎又更野生。大巴缓慢地沿着盘山路向上面走,越走越荒凉,可以看到多年前的火山喷发使这座大山的植被遭到了彻底的破坏,大树、深草都没有了,虽然火山灰非常有养分,可是不知道为什么,现在的维苏威火山几乎是光秃秃的,只有点小花小草。

我们下了车子,向火山口奔跑。我想最好是飞到半空才可以看清楚火山口的情况,可是没有办法,也就是在火山口附近走走。我看到,漫山的黄花在火山口也不多见,似乎就是雏菊,意大利的国花。为什么意大利人喜欢雏菊?我想这和意大利有黑手党是一样的,雏菊是非常容易存活的,卑微而耐性,到处都是,淡然而自在,就像意大利人的天性。

回罗马的路上,导游把我们拉到中途的一个旅游商店。在那里,我买了几种意大利面的面酱配料,想回去做意大利面的时候放进去,颜色是绿的,很怪。估计味道也很怪。我喜欢红色的各类酱，因为红色的酱，不是辣的咸的鲜的就是番茄的，肯定不错。其他颜色就很可疑了。有了酱，面就好配了。

我们傍晚7点赶回了罗马的宾馆，在门口的一个仓储大超市里，我们疯狂地采购了各种意大利的东西，以巧克力和意大利面为主，因为在意大利除了皮鞋我还没有买别的。意大利面长的短的，粗的细的，还有其他形状的比如海贝形、圆筒形、长条形，就是没有方块形的。

回到了宾馆房间里是9点了，感觉很疲乏，我的嗓子眼疼，冒火，是上呼吸道感染了，或者就是水土不服。好在明天傍晚就踏上归国的航班了，心里忽然感到了轻松。我做梦了，梦见了我的那本长篇小说《教授》出版十分不顺利。这本书都快成我的一个心病了。而四川汶川地震的事情还在发展，伤亡人数据说超过了10万人。在中文国际台，美国电视台都在谈论这个事情。

5月29日

吃完早餐，大巴把我们拉到了梵蒂冈圣彼得广场附近，我们下来了。梵蒂冈又是一个小国家，但是特殊的地方在于，梵蒂冈是天主教的教廷所在地，也是天主教徒的行政和精神的中心。它位于罗马的西北部一片高地上，是世界上最小的政教合一的国家，面积0.44平方公里，在籍人口800左右，大都是神职人员。警察和其他社会服务人员都是意大利人。说起来我们是在法国意大利走了10多天，可是我们基本上是摩纳哥公国、圣马力诺国也经过了，眼下又来到了梵蒂冈，等于是五个国家都进入或经过了。

我们今天要在圣彼得大教堂、圣彼得广场和梵蒂冈博物馆参观一天。这注定是我们这次出游的一个高潮和辉煌的收尾。我们先来到了圣彼得广场上。这是一个非常宏阔的广场，正面是圣彼得大教堂，它建立于1506年到1626年，是很多代建筑师持续建造设计的结果。这是巴洛克建筑风格的完美体现和最佳代表。整个圣彼得大教堂系列建筑包括了主体教堂、广场，以及西斯廷礼拜堂里面米开朗琪罗绘制的巨型壁画，梵蒂冈美术馆、博物馆和图书馆构成的丰富馆藏，成了天主教精神和物质财富的核心。

什么是巴洛克风格？简单地说，这是欧洲在16世纪到18世纪流行的一种文艺思潮，在建筑、美术、文学上都有表现，特征就是豪华、庄重、又有飞腾和运动感，对称、波动、繁复和大气。这就是巴洛克艺术风格的大概特点。代表人物就是参与了教堂建筑设计的贝尼尼。比如由圣彼得广场、圣彼得大教堂和梵蒂冈博物馆、美术馆、图书馆及花园建筑形成的建筑整体，分别是圆形、长方形略收窄以及十字架形，形成了这么一个丰富的图案走势。

圣彼得广场中心矗立着高耸着一座方尖碑塔，它是基督教英雄时代的象征，而喷泉、浮雕和柱廊上面那些圣徒的站立雕像，每个高达3米，他们全部面向广场，形成了向心的结构。最辉煌的就是它那呈现圆弧状排列开来的柱廊，柱廊里的柱子分四排，有很多，经过了严格的计算，你在任何角度都能看到柱子和柱子之间不是互相遮挡的，总是可以看见几乎所有的柱子。这个柱廊是大半圆，形成了一个巨大的类似母亲怀抱一样的空间，让人觉得天主教会就像圣母张开了怀抱，在敞开胸怀地拥抱你。这个空间大到几乎可以容纳几十万人。每次教皇祝圣的时候，在教堂门口的祝圣台上，面对这个圆形广场上的信众祈祷，非常壮观。

走进教堂，里面的建筑细节、雕刻、装饰、壁画、宗教礼仪器物等都是美不胜收的，让人叹为观止。金碧辉煌！灿烂绚丽！复杂多变！庄严神圣！正是那些建筑学家、美术家、雕刻家，将这座大教堂弄得巧夺天工，集中了人类最高的智慧。宗教的神圣性通过这些艺术手段得到了极大的弘扬。进入到梵蒂冈博物馆，更是让我瞠目结舌：宝贝太多了！你想想吧，多少信徒将他们获取的世间的宝贝都无私地奉献给了教会。展出的只是一部分，让我无法形容。而进入到西斯廷教堂看到米开朗琪罗那幅最著名的油画，内容是宇宙的诞生，诺亚方舟和最后的审判。而拉斐尔那幅著名壁画《雅典学院》我也看到了原作！欲辨已忘言，我不知道怎么形容了。你面对伟大的艺术品杰作，你那无知者无畏的那种北京流氓才子才有的小家子气，真的荡然无存了。

中午是自己买了热狗吃，还喝了饮料。我的腿很疲乏，但是我的眼睛充满了渴望。在梵蒂冈博物馆里，我缓慢地挪动脚步，仔细地看那些天主教宝贝。金银、珠宝、钻石、翡翠，凡是你可以想到的宝贝东西，都被教徒拿来装饰那些圣物盒、冠、器物。这是一种什么样的精神状态？每一小件，都价值连城，或者是无价之宝。这意大利，真的是家底丰厚啊。外表一看你以为是一个破落贵族连祖产都敢卖的不争气玩意儿，可是实际上，人家家里随便拿出来件东西，都够你吃惊一辈子的。

这就是欧洲，在表面的衰落之下蕴藏的坚实、伟大的精神和物质财富，都是我们这些贫穷的人所要正视的，也是任何第三世界的暴发户要汗颜的。好在我们还有几千年的历史，留下的宝贝也不少，千万别都毁灭了。中国人似乎是一个狂热的非理性的民族，总是觉得可以瞬间就改朝换代，实际上，2000年都是原地打转，你换再好的词汇，运用新的科技手段，可是那意识，都没有走出秦始皇的时代。

当然，宗教作为人类精神的鸦片，其作用的正反两个方面都是显著的。我不会忘记被教廷烧死的很多人类的先知和科学家。我也不会因为一个梵蒂冈博物馆里东西多，就骂起了我们的老祖宗，我只是对20世纪中国历史上出了那么多毁灭性的坏蛋而愤恨不已。

梵蒂冈图书馆我没有进去，因为里面的书都是宗教书籍。这个图书馆从1475年就存在了，最开始的藏书有2500册。

真是逛累了，我疲惫地走出了梵蒂冈，和大家会合去吃了饭。然后我们就赶往机场。经过了退税、办理登机牌、托运行李和安检手续，我们的国航940航班于当地时间20点10分起飞，飞向了我的祖国。

我累了，这次在回国的飞机上奇迹般地睡着了。

六　伦敦的书展

2012年4月14日

今天一大早，6点我就起来了。这次去伦敦书展的中国作家比较多，我在机场还看到很多出版社的人来回穿梭，他们推着大包小包的行李，里面一定是要带去的书籍。

我带了200册人民文学出版的英文版《路灯》（PATHLIGHT）杂志，还让李敬泽和徐则臣各自帮助带了几十本，这样也就有300本杂志。杂志印刷精良，非常重，行李肯定是超重的，好在人多，可以分开携带。

为了配合这期杂志，我们的英文版特地做了两期参加英国伦敦书展的专号，已经先期出版了一期。这期杂志翻译了包括铁凝、阿来在内的十多个小说家的作品。我们会合后，从国航的通道出发，12点30分办完了所有的手续。下午2点，飞机起飞了，是空客330-200型号的客机，中间4个座位，两边各两个座位。

　　我喜欢坐在靠近窗户的地方，睡不着的时候，可以一个人默默地看着窗外那无垠的天空发呆、畅想。在飞机上，我喜欢时不时地看看航路图，可以看到飞机飞过蒙古上空，进入到俄罗斯广袤的西伯利亚地区，飞越了乌拉尔山。天空下的沙漠、草原、山地和河流都很阔大。西西伯利亚的低地在地图和我视野中都是一片绿色，这使我想起来格鲁塞的《草原帝国》。他试图描写的就是这一片广袤的大地上发生的历史事件，那些现在已经没有确切的文字记载的游牧民族如呼啸而过的龙卷风一样的"历史"。

　　我们乘坐国航937航班，飞机直飞伦敦，距离是8200公里。我在飞机上看到不少熟悉的面孔，都是出版机构的人，但是我记不得谁是谁了，肯定是这些年都见过的。这次伦敦书展，中国是主宾国，因此在最重要的位置有中国作家馆。中国作家协会派出了包括铁凝、莫言、李敬泽、刘震云、白烨、毕飞宇、白描、刘醒龙、韩东、张悦然、迟子建、阿来、次仁罗布、盛可以等重要作家30多人，组成了豪华阵容，参加一系列的活动。

飞机在空中飞行了11个小时。我每次出国都惊叹于大型飞机的不知疲倦的飞行，真是帮助人类改变了时空观念，日行万里也很轻松啊。像过去坐船，我们到伦敦得走几个月的时间呢。

我们于当地时间下午6点降落在伦敦的希思罗机场。在飞机上的时间是难熬的，尤其坐在经济舱的位置，无法躺下睡觉，而我在交通工具上一般都睡不着，就看小银幕上的电影。每个人的座位前面都有小屏幕，我一路上看了4部电影：意大利电影《赝品》，讲述了几个失业的工人制作现代艺术品蒙人的故事；德国电影《恐惧与颤栗》，讲述一个中年女性的婚姻危机的故事；美国电影《牛仔与太空船》和《动物园蜜语》，前者是将西部片和科幻片元素结合起来，后者是讲述动物饲养员的爱情故事。这样时间就打发过去了，我们抵达伦敦了。出了机场，我可以明显地感觉到很冷，比北京的温度要低十几度。伦敦是海洋性气候，空气潮湿，寒冷，又时常下雨，这种天气英国人怎么受得了。

我们坐上大巴车，首先穿过市区，前往一家早就订好的中餐馆吃饭。穿过堵车的、街道狭窄的，但是处处都流露着历史文化气息的伦敦市区。那些建筑，很多我都在一些画册上见到过。伦敦街区没有立交桥和高架桥，因此比较堵车。

在到伦敦市区的大巴上，我和毕飞宇聊到了一些中国作家的作品被翻译成外文、"走向世界"的情况，但每个作家的情况都不一样。他认为，莫言和余华是作品被翻译成外文最多的两个作家。在"走向世界"的问题上，所有的作家都没有捷径可以走，唯有靠作品说话。

伦敦市区从表面上看，比较敦实，房子都是低矮的，都是石头的。繁华的街巷并不宽阔，没有看到很高的大楼。我还没有看到伦敦千年之眼摩天轮和那栋三角形耸立的高楼在哪里。

走了一个多小时，我们到达了那家中餐馆，然后分成了几桌吃饭。一个小时之后，我们继续坐大巴车，又走了半个小时，抵达了我们要住的"皇冠酒店"。这是一家不大的酒店，分地上多层，地下还有几层。好像有不少参加伦敦书展的人，包括我们中国作家代表团的人都住在这里。

这时已经是当地时间晚上9点多了，我感到十分困倦。在一个人的小房间里，我把洗漱用具取出来，刷牙洗脸，又把转换插头弄好，给手机充电，还将房间里的各色设施弄明白。最后，我又出门观察了一下逃生的通道，然后才回到了房间里，钻进发凉的白色被褥里睡觉了。

今年以来，情绪渐好，我对自己的工作和写作都是很有信心的，我在今年要处理好繁忙的工作、读博士、写作和生活问题这四者间的关系，这也是我路上一直考虑的问题。

4月15日

早晨6点我就起来了，拉开窗帘，看到今天伦敦的天气非常好。昨天晚上只睡了5个小时，时间明显不够。我洗完澡后，下楼去吃早餐，发现酒店早餐品种少，但是比较扎实，比如肉肠、西红柿、烤肉片等。8点吃完了饭，9点我们在大堂集合，然后上了大巴出发了。

今天的第一站是于9点半到达的写福尔摩斯探案集的柯南道尔的故居。它在伦敦某条街上很不起眼的地方，可是门口还有站岗的礼宾兵，穿着红色带白条的衣服，头盔式样的帽子很高。我们这一群中国作家在故居里面转，买了烟头、帽子、拐杖等各类纪念品。

附近还有一个作家的故居，就是写《时间机器》的威尔斯。这是英国文学史上一个很重要的科幻作家。他的名字在一个铜牌上，挂在高高的墙上，不认真看，肯定看不到。伦敦这样的城市是到处都有历史痕迹的。一步、两步、三步，你随便走,伦敦处处都有典故吧。伦敦是海洋性气候,感觉风很凉,吹得我有些寒冷。

我们的第二站,就来到了大英博物馆。我们在大英博物馆那灰黄色的后门处下车,然后步行进去。大英博物馆从外表看,似乎还没有中国国家博物馆雄伟,但是进去之后就会发现,大英帝国真的从世界各地以各种方式弄来了大量的好东西。尤其是关于北非的埃及,关于希腊罗马等的雕塑、大型石雕和浮雕都很动人。我想起了我看过的英国作家戴维·洛奇写的长篇小说《大英博物馆在倒塌》。小说中,大英博物馆没有倒塌,倒塌的是英国知识分子的生活。

导游张先生是北京广播学院毕业的,北京人,说话特别逗,人有些邋遢,有一次我看到他的裤子拉链都是开着的。他虽然戴着眼镜,一副文弱的样子,可是人有豪侠之气。他说,大英博物馆里面收藏了800万件藏品。今天我们在这里活动3个小时,大家三三两两地散开来,自行参观。我主要看了希腊馆、埃及馆、中国馆的玉器展和明清陶瓷展览。这里器型多,体量也大,很多大青花罐子、花瓶摆在那里,一模一样的就有十多件,我估计都是英法联军和八国联军当年抢来的。我刚看完东亚馆、东南亚馆,3个小时就到了,其他的都没有来得及看。

中午12点，冯唐、李洱、盛可以、我和一位上海女士，5个人在博物馆门前街道向右走了100米的一家西餐厅吃西餐和意面，一共花了78磅。我们每人摊了一点，在国外就要习惯AA制。吃完饭，我们上了大巴车，被拉到了海德公园去散步。

海德公园是伦敦的一景，中午的天气真的是蓝天白云，分外美丽，跑步的人很多，海德公园的绿地也很多。最有名的就是海德公园的一个公园演讲角，这是英国宪法允许的，每个人都可以到这里自由地发表演讲。我看到有三四个人，在那里演讲，站在稍微高一点的凳子上。演讲的人有黑人、阿拉伯人、老年妇女和模样怪异的女人。我上去听了一会儿，听不大懂，有个人还大喊大叫的，不知道在说什么。几个人演讲的，估计无非是种族歧视问题、妇女权益、社会保障等问题。

我跟着李敬泽、刘醒龙，在海德公园里转了一圈，看到当代英国人各干各的，谁也不干扰谁。我们走到一幢类似纪念碑的尖顶建筑边，对面是一个皇家歌剧院。这个时候，阳光特别明媚，鲜花盛开，冰凉的感觉很强烈，我们在海德公园边合影，然后按照约定的时间上了大巴。

下午3点，大巴把我们拉到了市区的文华酒店边上的一个酒店，因为今天下午英国文化协会有一个招待茶会。英国驻华使馆的两个华裔雇员何美婧、李宁来了，我还看到了头发有点白的英国驻中国文化协会负责人苏珊娜女士，这几位我在北京都见过。之后，几个组织伦敦书展和中国主宾国的英国人，以简短和幽默的方式，介绍了一下情况。我们就在这里喝茶，聊天。下午茶是英国人工作一阵子之后的茶歇时间，比较轻松。今天的安排整个显得比较的松散，就等待着晚上的一个开幕酒会。

因为走了不少路，我感到特别疲倦。6点，我们赶到了文华酒店。我看到这里保安严密，几个壮汉用一些仪器检查进来的人，而且每个人必须有参加今天晚上开幕式的请柬才可以进来。房子空间并不大，但是挤进来很多人，大概有几百人，都是中国人。前面有片区域有几把靠背凳子，铁凝、莫言、李敬泽等几位主宾坐在那里，其他人站着，包括我们很多作家、诗人、出版社的社长和很多编辑。天黑了，伦敦书展中国主宾国招待酒会开始了。由新闻出版署署长柳斌杰主持，我们一大批人站在后面，没有板凳，都伸长脖子往前看。人人手里拿着个酒杯，或者从走来走去的那些侍者端的盘子里拿取一些小点心。

我是饥肠辘辘，困倦不堪，但是又没有坐的地方，我甚至想躺下来。我和张悦然聊了几句，又看到了不少出版社的社长，比如中青出版社的续文利社长、凤凰出版集团的谭跃社长等。这个酒会似乎挤进来几百人，气氛成了一个酒会派对和发布会的混合。

我看到了来的作家大部分找不到座位，刘震云中午喝了不少酒，很疲倦地坐在地上睡着了。他可是混不吝啊。莫言似乎很笃定，站在那里也不怎么说话。毕飞宇因为来过多次伦敦，老给我秀他那不怎么地的英语。这个开幕酒会终于结束了，8点半，我们撤退了，上了大车回宾馆，这个时间是北京时间凌晨3点左右，我特别困，在车上就睡着了。

回到皇冠宾馆是当地时间晚上9点10分，我太困倦了，脱了衣服倒头就睡着了。这一睡就是7个小时，还好，做了一些醒来就迅速融化掉了的梦。

4月16日

我早晨6点起来去吃早餐，看到刘醒龙了。我坐在四个人的小桌子旁，10分钟之后才有人过来。我叫了一盘有香肠、鸡蛋和面包牛奶的最简单、硬实的早餐，匆匆吃完。我们参会的作家七点半就登上大巴,前往展会场馆,参加伦敦书展。

我带了200册《路灯》杂志,也让徐则臣帮我带了一些。半个小时之后,我们就到达了伦敦的展览馆,进去之后发现和我们的新国展有些像,但是比较旧一些,场馆也相对小一点。人很多,其中中国主宾国占据着最主要的一个区域,就是一号场馆的中心区域,用绳子围起来的。我还看到了不少安保人员,中国主宾国区域和国内的书展与图书订货会一样,都是分出版社来定区域的,各个国家级、省级的出版社出版集团,以及部分民营发行集团,都有展位,展出了自己出版的书籍,很多都有英文版。这是文化软实力的一种展示。我还碰到了王蒙老先生,他78岁了,爱人去世不久,但我看他的状态还不错,比前段时间好多了。他儿子王山陪着,我去打了一个招呼。

开幕式一结束,我们上午就没事了,我把一些英文版杂志放在了中国出版集团的展位附近寄存,然后跟着铁凝、莫言、阿来、刘醒龙、李敬泽、次仁罗布、刘震云几位,乘坐中巴车,前往伦敦的主要城区牛津街和邦德街。

我们到了牛津街。在一家有华人服务员的雅格狮丹专卖店里,我买了两条苏格兰围巾和一件黑色的风衣。其中一条黑色的围巾,铁凝主席帮我挑选并搭了一下。她看了下,觉得效果不错，建议我买。雅格狮丹的包的花纹和巴宝莉的那种格子包包有些接近，但是更隐晦一些，比国内的价格便宜了一半以上。比如我买的这件风衣，国内卖六七千，这里折合两千多人民币。

我发现刘震云很快出去了，找不到了，只剩下莫言、刘醒龙、阿来和我，还有阿来的一个英国保镖——光头壮汉，穿着黑色的笔挺的西装，戴着墨镜、耳机，非常酷，随时不知道在和哪里通话。聊天中得知他杀过人，因为他参加过阿富汗战争，杀过阿富汗人，现在退伍当了保安公司的保镖。

这次参加伦敦书展的中国作家里面有两位藏族作家——阿来和次仁罗布。主办方给他们俩都聘请了保镖，可能担心他们出事。我们四个人在伦敦街头大摇大摆，阿来穿上了他买的一件巴宝莉牌子的风衣，灰蓝色，看着像个土司。伦敦街头和任何一个国际化城市的街头没有什么区别，都是繁华的、物质的、热闹的。很多品牌店我在北京也见过。他们说还有一条街的牌子更好，但是我们转了一圈没有找到。

忽然，一个流浪汉蹲到了阿来的跟前伸手乞讨，只见阿来的那个保镖一个箭步就过来了，一伸手，就挡住了那个乞丐。他果然身手不凡。

周围的人看到我们四个东方人在街上走,后面跟着一个白人保镖,不知道我们是干什么的,纷纷躲开。尤其是潜在的小偷、骗子、抢劫犯等,看到了我们不好惹,纷纷没敢出头。11点半,中午了,我们到了一个汉堡店吃饭,四个人花了24磅。我们坐在那里喝茶,一直到1点钟,我们到约定的小街上了车子,前往会展中心,因为下午才有系列的关于中国作家的活动,以及我们的《路灯》杂志的活动。

到达了会展中心,进入会场。我们的《路灯》杂志很重,于是,莫言、阿来、刘震云、刘醒龙、西川……几乎每个人帮助我拎着一包。他们都是大作家啊,为了中国文学走出去也是拼了。我们穿梭在人群中,找了半天,才找到了很难找的一个二楼的小会议室,进行从2点到3点半的《路灯》杂志的新闻发布会和恳谈会。

艾瑞克已经到了,他是美国人,是我们《路灯》杂志的编辑总监,祖上是挪威人,而后来到了美国。他主持并翻译,我给他留了20本杂志,嘱咐他这两天在伦敦的时候送给翻译家和一些对中国文学有兴趣的人。这个小会议室在二楼,很难找,我们找了半个小时才找到。一共才来了二三十人,我感觉一大半都是华裔。刚才让莫言、阿来等大师亲自帮我抱着过来的杂志，放到了房间里，每个人累得气喘吁吁的。现场发掉了40本，剩下的杂志我就分两趟送到了中国主宾国的展台上。那时有几个中国编辑分发材料，我说，这些杂志可以让感兴趣的人自取。然后我在一边观察，看到有很多白人读者对我们这个英文版感兴趣，但他们怀疑不是自取，我也说明可以送给他们。这么好的关于中国文学的杂志，一下遭到了疯抢。半个小时，那一百多本都没有了。

我回到了座谈会现场，发现来的记者比较多，他们向莫言、阿来、刘震云、西川提了一些问题。西川的英文好，回答的也好。

3点半，活动结束，我们跟着李敬泽出来了。敬泽说干脆打车回宾馆，我们就打车回去了。敬泽又说，大家在房间里休息下，六点再出门转转，请几位作家吃饭，因为今天实在是辛苦大家了，让莫言等大师帮助拎着杂志，为中国文学走出去身体力行，难能可贵啊，我们又很不忍心。敬泽说得好。

我进了我的房间睡了一觉。6点，天色暗了，华灯亮了，我们在大堂聚首，出来的有李洱、刘震云、李敬泽、阿来、我，还有中图公司的冯芳芳。我们就沿着一条大街走，走到了一个华人送外卖的餐厅，脏乎乎的，似乎没有桌餐，刘震云要吃中餐,而阿来要吃西餐,就由冯芳芳陪他继续走了。

我们4个人进去,要了七八个他们能送外卖的看着很怪异的中餐炒菜、西红柿炒鸡蛋,以及一些炒香肠什么的。敬泽带了茅台,李洱带了二锅头,都拿出来了。我们就着菜吃饭喝酒,一直喝到了8点半,天色完全黑了,附近的街道的灯光全亮了。刘震云爱喝酒但酒量又下降了,可是他爱喝又爱闹,但一喝就多。我们开了不少玩笑。回到了房间,我依旧感到疲倦。这一天就像是走马灯一样,忙忙碌碌。每个中国作家的活动在书展上都是分散的,时间上不一样,都集中在这两天。所以每个时段都有不同的作家,在不同场馆的房间里,谈论不同话题。这给组织者带来了很大的麻烦,冯芳芳累惨了。

我注意到英国主流的大作家在书展上露面的有几个。王蒙和英国作家玛格丽特·德拉布尔有一个对话。伦敦书展规模比较大,但比较缭乱。与书展同时还举办了一个中国艺术家的展览,参展的艺术家有徐冰、郭文景、徐累等画家、音乐家。这由演出和画展配合书展共同举办,算是中国符号和软实力的展现吧。我在房间里看了会儿书,就睡了。

今天比昨天好,轻松些,就感觉这书展是一个大集,我们都是赶集的。我的任务主要是宣传介绍《路灯》杂志,我的工作已经完成了，关于《路灯》的发布会已经结束了。我的时差基本倒过来了。下次再这么累我可不来了。我觉得出访，除非是精心安排，一般出国就意味着劳累和受苦。在国内多舒服啊。

4月17日

今天早晨5点多，我就醒来了，看到外面是阴天。我洗了一个热水澡，感到很舒服。去楼下餐厅吃了早餐，又回到了房间里记日记。9点，到大堂集合，我们坐上了大巴车，前往伦敦市区参观。今天的导游还是前天见过的那个张导游，北京人，戴副眼镜，但是一嘴的京片子，像个北京大爷。他来伦敦有20多年了，也不想回去了，估计在伦敦过得不错。他经常买体育彩票，幻想突然就发了大财，但是他能发点小财倒是真的。天气凉，我穿了一件运动感的黄色防风服，暖和多了。

车子先到了伦敦很有名的伦敦塔桥附近，我们下来看了看，近距离地看，伦敦塔桥也没有什么稀奇的。它的历史我就不在这里讲了。又是塔，又是桥，还是很有味道和实用功能的建筑。接着，车子把我们拉到了一座三百多年前一个英国国王盖的城堡附近走了走。那座城堡的颜色在灰暗的雨天显得很鲜亮，是黄赤色的石头城堡。张导游在前面滔滔不绝，我跟在莫言的后面走，他忘记了打伞，我给他打着。这个时候的雨时大时小，风将雨水吹得斜过来打在我们身上。参观游览的作家有莫言、刘震云、迟子建、阿乙、蓝博洲、蔡益怀等十多人，我们围着那个石头古城堡转了一圈。

我们又坐车来到了威斯敏斯特大教堂。阿乙的成长路比较奇特，他原先是江西一所警察学校的学生，后来到大城市当记者，干过体育记者、社会记者、文化记者，之后才开始写小说。他的小说有一种对社会独特的观察，还有一种化沉重为黑色幽默的本领。他曾经交过一个英国白人女朋友，有意思的是，那个英国女朋友爱吃醋。自从和阿乙谈恋爱之后，她就在博客、微博上盯住任何企图靠近阿乙的女人。阿乙被她搞崩溃了，后来不得不分手了。我一直为他觉得遗憾，起码等他生出来一个混血儿再说嘛。后来阿乙和《参考消息》的一个女编辑结婚了。

这座教堂是英国最有名的教堂之一。关于这座教堂的历史事件、宗教传闻、文化意义，从上中学的时候我就陆续地耳闻。在教堂里转了转，走马观花，我们穿插过去就走到了白金汉宫的门口。门口站岗的士兵很威风，还有骑马的卫兵。那种英国马很高大，似乎比蒙古马高大，但是耐跑不耐跑就不知道了。现在已经不是马的时代了，是汽车、大船和喷气式飞机的时代。我看早晚要有宇宙飞船的时代来临。

我们从白金汉宫附近的一个门廊穿过去，忽然眼前就开阔了起来，那是一个很大的公园，别有洞天。这个时候，云开雾散，太阳很爽朗地露出了笑脸，放晴了的伦敦有一种生气，体现在公园那条河边和池塘边散步的游人的脸上。伦敦跑步的人很多，再冷似乎都穿短裤，跑得自己热气腾腾、生龙活虎的。天气好，景色也跟着好了。公园很大，沿着小河走，有绿色植物，兰花和荷花开得不错。鸽子在天上飞，地下走。这个公园里鸽子不怕人，其他各类怪鸟也不怕人，还有火鸡、鸵鸟什么的在附近行走。就这样我们走走停停，三三两两地在伦敦白金汉宫附近的公园里漫步了半天。

中午了，莫言等大部分作家要到展馆去参加活动，他们上车走了。李敬泽没事，还想去大英博物馆看看，于是我们俩就沿着公园外侧一条大路，向大英博物馆方向走去。白金汉宫门口一条大路，一直通向了一个广场。俗话说，见山跑死马，我们一路走啊走，走了两公里才到达了俗称"大狗广场"的地方，那里的小广场上有四头石头的或者铜的大狮子比较扎眼。

广场上年轻人很多,大都坐着聊天,或者看着喷泉广场发呆。我们俩沿着旁边的一条小路继续往前走,这伦敦的街道是弯曲的,不甚好找。李敬泽很会买东西,他走进了一家临街的西装店,试了几件,买了一件米黄色的风衣。我试了几套不合身,就没有买。服务员是一个高个子的黑人,店主是一个老年的红脸白人。

接着又走了20分钟,我们就来到大英博物馆附近的小街了。因为已经下午1点了,我们感觉到是饥肠辘辘的,于是就在小巷道的"老常面馆"吃了一碗酸辣烩羊肉面,味道竟然还很地道,我俩还喝了两瓶小啤酒。可能是大英博物馆是中国游客的必来之地,因此附近的中国风味的餐馆很多。大英博物馆附近的小街上其实有很多小店很不错的,比如街口的史密斯父子雨伞店就很有年头了,里面的各类雨伞让人大开眼界。伦敦多雨,因此雨伞是来伦敦的人必备的。伞的种类也是五花八门,琳琅满目。李敬泽对特产、风物和民俗素有研究和兴趣,他看伞的时间都超过了看博物馆的时间了。精细到一把把、一种种地看,让我想起来他改过的稿子那密密麻麻的红字。什么事情一旦认真,就了不得。

出了史密斯父子雨伞店,往街道里面走,还有钱币收藏店、书店（没开门）、工艺品店等，都很有味道，有特色、有品位，也货真价实。李敬泽买了一幅价格300多磅的银质世界地图，但这玩意儿不好托运，他盘算了很久，还是买了。等于是买了一幅带画框的画。我们出来往前走了50米就是大英博物馆，我们进去后看了表是2点30分。我们约好4点在大门处见面，然后就散开来，不过一会又碰见了，就一起走。因为前天看了几个希腊、埃及、罗马、东亚等大型展览，今天我们看小型的特色展览。我们先看了埃及木乃伊展。哎呀那个木乃伊很多很多，还躺在棺木里呢。跟活的一样，只不过人是干的。然后我们看了钟表展。

大英博物馆的钟表展是我印象最深刻的，比明清瓷器展还让我印象深刻。因为人类也是时间的动物，时间是人类丈量所生存的世界的刻度盘。钟表的历史漫长而绵延，在这个钟表馆里，各色钟表，大大小小，都还在走着，和着当代时间的节奏，发出了古老的声音。机械的、看不出是钟表的，以及有长长短短的钟摆的，都在动，而人也在动。人动是在老去，钟表动是永恒地代替着时间行走。

在二楼，我们碰到了徐则臣和西川在那里转。4点，我们打车前往展馆，因为5点开始有一场李敬泽参加的谈文学杂志的现状和未来的活动。我们赶到了场馆里,场馆里依旧是人头攒动,世界各大出版机构的人都在这里活动,和大卖场是一样的,人人的胸前挂着一个牌子,以供他们出入场馆。进场馆的伦敦人是要买票的,他们也可以买自己喜欢的书,不过书商带来的样品有限。进到二楼走廊,我看到中图公司的冯芳芳在哭,一个女同事在劝。也难怪,活动头绪多,人的活动散乱,能组织好非常不易。冯芳芳压力大,能理解。

活动照样在二楼的某个不好找的房间里举办,来的人有三四十个。可能这就是英国人的情况——不像中国什么活动人都多。这场关于中国的文学杂志活动的主持人是英国的文学杂志《格兰塔》的主编约翰·弗里曼,他很年轻,我们去年在中国接待过他和一个黑人女副主编。我记得我们在南城的一个叫作"胡同烤鸭"的餐厅请他们吃饭。哎呀,那个名气很大的胡同烤鸭餐厅的环境实在是糟糕,天冷的时候在小房间里吃乱七八糟的中国菜。我点了很多硬菜,鸡鸭鱼肉,尤其是特色果木烤鸭,想把两个英国人吓唬住。结果人家一个不吃肉,一个要谈事,饭都没有吃好。后来,国内一家出版机构出版了《格兰塔》选集的第一本短篇集。

今天的主讲人有3个,分别是阿来、李敬泽和欧宁。阿来先讲了他办《科幻世界》的情况。他现在不办杂志了，当作协主席了，专门安心地写作。但他当《科幻世界》主编的时候，杂志的发行量和影响力都迅速提升。他重点谈了科幻小说在国内的发展。科幻小说家刘慈欣这次也来了。他现在在别的地方参加活动呢。刘慈欣比较晕，他是山西一家大企业的工程师，上次在浙江我们有个颁奖会，本来要颁发给他奖，结果他因为私藏火柴，被警察扣留没有赶上飞机。

欧宁也在，他微胖，戴着眼镜，皮肤黑黑的。他介绍了他的《天南》杂志，因为《天南》杂志里面有一个英文的刊中刊。欧宁的英文不错，直接用英文说话。欧宁是一个跨界人物，我上中学的时候给他写过信。他后来搞过前卫艺术、杂志、艺术策展等很多活动。《天南》是很不错的文学杂志。

李敬泽重点介绍了我们的英文刊物《路灯》的运作情况，艾瑞克在一边翻译。6点30分，活动结束了。我把剩下的最后20本《路灯》送给了在场的来客。

忽然，我碰到了钟鲲小姐。她是北京人，多年以前，我们一帮人在北京经常在一起泡三里屯的酒吧喝酒。她还出版过一本书《地铁里的眼睛》，后来就去英国伦敦读书，一去就杳无音讯了。这次碰到十分高兴，我们拥抱了，寒暄了，还合了影。我看她变化不大，个子不高，还是一副北京大姐的明快、傻气和北京小妞的热忱、直率。钟鲲比较能闹，当时在酒吧里，谁要说"钟鲲等会儿就来"，保证好几个人就夺门而出逃走了，因为她太能说、能闹了。我还在现场见到了英国学者蓝诗玲女士。她曾经和丈夫一起在中国学习了几年汉语文学，研究中国的当代文学非常给力。她写过专著《鸦片战争》，还写过文章探讨中国当代作家的诺贝尔文学奖焦虑症。蓝诗玲皮肤白白的，人很文雅。我记得她当年在北京曾经采访过我。那是1998年了，她是我们《路灯》杂志的主要译者。

今天的活动比前天专场的《路灯》和中国作家谈翻译的活动来的人多一些。

6点多，我们坐上了大巴，来到了晚上的一个英国文化协会举办的大型招待酒会所在的场所。我也不知道这里是伦敦的哪里，楼不高，只有六层。但是楼顶上室内是派对的空间，室外则是一个花园，假山、流水、游鱼、亭子、树，还有麻鸭在游动，哎呀什么都有。可见伦敦人很会利用狭窄的空间，螺蛳壳里做道场。

室内空间不大不小，结果来的人太多，到处都是人。英国的翻译家、出版人、学者，以及中国作家、诗人团的人都来了。出版人也很多，还有新闻出版总署的副署长邬书林代表中国团讲话。今天来了500多个人，我听说有300个英国人，200个中国人。英国文化协会在中国的办事机构的雇员何美婧、李宁都在。何美婧是学美术的，性格爽快，英文很好。李宁柔和一些。这俩人我比较熟悉。她们跟在英国文化协会的负责人后面当翻译。人人举着酒杯，三五成群地说话。《路灯》的不少译者比如蓝诗玲也来了。我和张悦然、安妮宝贝、韩东、阿乙分头聊天。我和张悦然谈的是她的新长篇的构思，我嘱咐她尽快完成，因为最近她的精力都在活动上，以及自己办的《鲤》杂志上面。

　　这样的派对是热闹的，甚至是喧嚷的，也很劳累。我的英文瘸腿得无法交流。两个小时之后，吃了一肚子的小点心和冷餐。我们坐上大巴回到宾馆已经9点了。屋子里很凉，我觉得今天比较累，钻进了被窝看了一会儿书，就睡着了，也没有做什么梦。

4月18日

　　今天一早起来了，拉开窗帘，发现外面下雨了，海洋性气候使得伦敦多雨多雾。我出去转了一圈，附近的一个超市开得很早，东西都不贵，肉类、水果和鸡蛋，比北京的稍微便宜一些。我买了一袋牛奶，想尝尝英国牛奶的滋味。8点回到了房间里，我喝了牛奶，还不错。躺了一会儿，脑子里一片空白。9点，我们坐上了大巴，今天要前往伦敦郊区的一个卖场去买点各类名牌，还是那个北京大爷张导带我们过去。

　　那是一个伦敦郊区的购物中心，从我们的宾馆到那里，汽车要走一个半小时。伦敦街头的道路狭窄，汽车的车速很快，交通秩序很好。但忽然发现落下了江南，车子又回去把他拉上。我们同去的，有阿来、次仁罗布、白描、白烨、音乐家郭文景等十多人。李敬泽和迟子建去老城区看美术馆去了。大巴一出伦敦，就可以看到美丽的伦敦郊区景色——大片的牧场绿色如茵，雨停了，白云如织，风景如画，还是19世纪柯罗他们画笔下的风景，根本就没有变化。我们一个小时之后到达了一个叫比斯特的地方，接上了两个凤凰卫视的记者。半个小时后来到了一个很幽静偏僻的小镇。小镇上有一个购物中心，店铺云集，卖的都是各类大名牌，但是很多样式不如城里的专卖店新，就是价钱便宜一些。据说有的店铺的东西样式旧而且还有瑕疵。

我看到最有趣的画面，就是阿来和次仁罗布两个人的后面跟着两个保镖。最逗的是，阿来一直想甩掉那个跟了他几天的保镖。趁着下雨，他突然跑到小镇外面去拍摄雨中的风景了，而在小镇上躲雨的人们中间，阿来的身影不见了。他的那个光头的英国保镖急了，在大雨中来回地跑，一个个店铺地寻找，半个小时之后，阿来笑容可掬地出现了。次仁罗布是一个爱笑的人，他总是在笑着，非常纯朴和憨厚。他的英国保镖是一个长头发戴墨镜的前特种兵，跟着他寸步不离。他要给妻子和孩子带些首饰礼物，找了半天都不知道买什么好。藏族女人喜欢饰物，可是英国那些饰物比较的不合胃口。

我买了两件衬衣，黑色和蓝色各一件，又买了一双很便宜的克拉克，翻译成奇乐牌的皮鞋。下午2点了，雨忽然下得大了起来。在这个小镇街两边的各类名牌店里都是中国人，说的都是汉语，每个店里都有能说汉语的雇员在服务。看来大都是书展中来到这里的出版人。大家多少都有斩获，每个人都拿着购物袋。我们上了大巴，返回伦敦市区。

回去的路上,我看到对面的高速上有一起严重的车祸,车子被撞成了两半,后面排了长长的堵车队列。导游张先生一路上谈笑风生,真是一个北京大爷,口若悬河,讲了好多他来伦敦二十年发生的、经历的以及英国人的事情。比如,他1992年来到伦敦,当时租住在一个房子里,因为房租的事情他豪侠仗义地帮助其他来伦敦的中国人,和那些黑人、葡萄牙人地痞进行交涉和对抗,非常有意思。对了,他的名字叫张伟光。他将自嘲和自我表扬完美地结合起来,真的是和说相声一样,一路上我们都很开心。好在有他说笑,车子走了一个多小时,4点又回到了展馆。下午这里要举行一个仪式,就是下次的国际书展明年将在伊斯坦布尔举办,因此要由中国作家协会主席铁凝,将会展主宾国的旗帜交给伊斯坦布尔的作家协会代表。

4点,交接活动在中国主宾国的会场中心举办。先是铁凝朗诵了自己的作品片段,然后是一个30多岁的、很肥壮的土耳其年轻作家,朗诵了自己的作品片段。他们俩的朗诵都很好。

这个时候,我又看见了旅英作家欣然和钟鲲,还有《格兰塔》的主编约翰·弗里曼、英国文化协会的中国负责人苏珊娜女士,还有蓝诗玲,以及翻译家阿历克斯先生。毕飞宇在现场给我介绍了他的代理人安德鲁先生。5点多,交接仪式结束,中国作家代表团的使命就结束了,我们这些作家坐中巴回宾馆。在中巴上,铁凝说,这次伦敦书展上中国作家的表现非常好,在所有的单项活动中都很不错,为书展增色不少。这是中国作家对外交流的一次很成功的活动。

6点多,我们的车子到了我们下榻的皇冠酒店。下了车子,也不想出去了,刚好白烨带了方便面和榨菜,我要了一袋子就拿回到了房间,用房间里的一个瓷茶杯,很小,是喝咖啡的,泡了面吃了。面还真香。正在这个时候,刘震云给我打了电话,说他想出去喝掉李洱带来的一瓶现在剩了半瓶的茅台,酒就在他那里,我们6点45分下去见面,出去喝掉。

我说好呀,这个时候我想起来,李洱去牛津大学有一个对话,现在不在。我6点45分到大堂,发现铁凝、张涛、李敬泽和刘震云、毕飞宇站在一起,知道他们要出去吃饭。然后,他们走了之后,我看见白烨出来了,就和他一起去逛附近的小街巷。

傍晚,华灯初上,却有一点忧伤弥漫在我的心里。我们俩走街串巷,看了三家超市,可以看到附近装束很普通的伦敦市民正在购物。伦敦的日常生活里的东西真的不贵,甚至比北京还要便宜。转了一圈，花了我们一个小时的时间，我发现又下雨了，就一起回了酒店，在大堂里坐下和白烨聊天。这个时候，我看到白描出来了，他送给了我三册大书，都是画册。今天下午在展馆，很多中国的出版社都撤展了，因此一些书没有人动，我便拿了十多本，比如《中国西南动物图谱》《西藏的民居》等画册，还有一册《丘处机与道教》，非常好，就是太重。这些书被人从中国千里迢迢地背来，又被我千里迢迢地背回去。

这个时候，我看到台湾作家蓝博洲出现了。他是台湾的左翼作家，是陈映真的门生辈的作家，长着络腮胡子。我们三个人就聊起了天。这时，我还看到韩东和他年轻的老婆以及徐则臣出现了。作协外联部的闫思学女士觉得我们人多，可以去吃点东西。她招呼我们一起上了二楼的餐吧，在那里喝啤酒，点了香肠等。二楼的餐吧晚上十分热闹，很多英国人在那里喝酒聊天。我要了一份三文鱼，味道不错。

回到我的房间的时候，是当地时间晚上10点30分。人也比较困了。这几天下来，天天都是走马灯，总的感觉就是赶文化大集，这个大集和杂志社有关系，我就是来推介《路灯》的。我想，我要加紧写作，完成我计划中的东西。

这次来的中国作家是豪华阵容，获得了茅盾文学奖的有五六个。阵容强大，也显示了新的文学秩序。那些出生于20世纪30年代、40年代的作家不多见了。

4月19日

今天一早醒来，是6点。写了一会儿日记，7点去吃早饭。我感觉自己头晕，可能是与低压高有关。餐厅里的人像走马灯一样，已经有些作家返程了。今天阿乙、徐坤、江南等六七位作家先期回京了。9点，我们十多人退房之后，拉着行李直接上了大巴，前往郊区的温莎公爵府和伊顿公学参观游览，这是今天的主题。

出发的时候我看天气很好，但是等到了温莎城堡，从一面有着很多水鸟飞翔的湖边往城堡方向走的时候，就开始下雨了。我已经把刚买的黑蓝色风衣穿上了。但是有几只水鸟，也许就是海鸥，在我的衣服上拉上了一泡白屎，十分扎眼。我怎么擦都擦不干净。看来我要交好运了。

等到雨小一点，我们就沿着一条僻静的小街，向著名的伊顿公学方向走去。这条小街两边都是店铺，但是今天很少开门的，不知道是我们来早了，还是今天就是休息日。终于走到了伊顿公学那红褐色建筑附近。可以看到有一些年轻的学生，穿着类似魔法学校的燕尾服黑色长袍，匆匆而过。也有老师是如此装扮。伊顿公学里面没有人，可以买门票进里面参观。我们也就门外拍拍照，知道这里是少数红二代、官二代、富二代、星二代之流的中国学生就读的地方，不知道有没有文二代在这里读书？而且，我听说在这里读书非常辛苦，管理得非常严格，并不舒服。

回去的路上，我们在一些开着的古董店里买了点东西。次仁罗布找到了不少他想要的，带给妻子的珍珠饰品，银子的项链，金子的首饰等。

11点45分，我们都在一座桥上会合了。桥下是天鹅湖。很多白天鹅此时在湖上游戏。还有一些绿头鸭不甘心被相对安静的天鹅抢了风头，呀呀叫着从远处掠过水面互相追逐着飞过来。还有类似大雁的大型鸟，也在湖水里徜徉。我们步行前往温莎公爵府时，雨停了，太阳露出了笑脸。我们沿着一面斜坡往上面走时，雨又下了起来，我的风衣很挡雨。忽然，我收到了王干、田瑛、李建军的短信，说是我获得了《广州文艺》的都市小说奖，我很高兴，感谢那鸟在我的身上拉的一泡白屎。

温莎公爵府非常有规模，巍峨庄严。高大的围墙和护城河,以及类似瓮城之类的建筑模式让我们遐想。关于它的故事,很多历史书上有记载,我不重复了,我们就是到此一游的游客而已。我们排队进去,我和次仁罗布打着一把伞。沿着外围的院子,经过了有炮台、可以远眺附近几十里的平台,我们穿过一道道门逐渐地进入到城堡的核心里。在城堡中,那迷宫一样繁多和复杂的房间,有女王和公爵生活的全部细节,如器具用具等,体现了英国王室和贵族生活的典雅高贵、奢华雍容。起居室、会客室、卧室以及用人间、孩子间等,处处体现出了英国现代王室成员的生活状态,给我们展现了王室成员的社会生活史。

出了城堡走远了,可以看见城堡上空有一面黄色的旗帜。因为有这面旗帜,说明了此刻女王正在城堡之中,但是她在的区域我们是不能参观的,恐怕在内城。这个时候阳光非常好,风很凉,但是开始热了。等到大家聚齐了,我们到附近一家叫作"鸿宾楼"的中国餐馆吃饭。反正刘震云最爱吃中餐了,他高兴了。我看到中图公司我的党校同学张晶晶也在,还有三联生活周刊的两个记者,我们一起吃了饭。

下午2点,我们的大巴车开到了伦敦的希思罗机场。我们进入到5号航站楼,先去排队退税,竟然退了我40多英镑。我发现机场非常拥挤，人非常多，在国航航班办理手续的柜台前排起了长队。4点30分，我们一行十多人办理完了登机手续。我的行李因为超重，书太多，经过了协调，放行了。进入到安检程序之后，再进入到候机区，我们就在免税店附近散开来，继续购物溜达。

当地时间晚上8点，我们如数登机，是国航的938航班，空客330-200型客机，200多人大部分是中国人，而且大部分都是参加伦敦书展的人。8点30分飞机准时起飞，离开了伦敦多雨的季节和多雨的天气。

4月20日

飞机起飞的这个时候，是北京时间凌晨3点30分。时差7个小时。回来的旅途中，飞机飞了9个半小时。中午1点，飞机降落在了首都机场。在飞机上，我坐在39排，靠近前舱的公务舱。回来因为比较困倦，竟然在飞机上睡着了。

照例是约了小李接我然后去万科花园。母亲在大门口接我。就像多年以前我在内地上学，每次回家她都要在门口等待一样。

回到了北京，心情安详了。接到了王刚的电话，谈到了他们在我们杂志社的评奖。又接到了刘心武老师的电话，和他聊了一会儿文坛最近的动态。我出去找马超的理发店理发，他是一个退伍军人，我喜欢他理的发型。燕子也发来短信问是否安抵。

这个时候，忽然下雨了，很快就变成了中雨。从伦敦的雨到北京的雨，感觉却大不相同。

这一周过得好快，每天都是走马灯，赶大集。作家们参加书展也是千姿百态，让我难忘，而且十分有趣。我觉得作家的内功和作品更重要。晚上早早睡了，因为到家了，所以睡得深沉。一下就是9个小时，也没有做什么梦。

七　阿拉木图一瞥

2020年9月24日，周二

　　去哈萨克斯坦的阿拉木图参加亚洲作家会议，是我这次出访的目的。今天凌晨3点出发，去二号航站楼。飞机6点38分起飞，是哈萨克斯坦的阿斯塔纳航空公司的航班，飞了4个半小时，抵达了阿拉木图。飞机的公务舱其实就是一般的舱位，不能平躺，十多个座位上只有五六人。

　　飞机飞越新疆哈密之后，地下的景物变得熟悉起来。我带了英国人莎拉·贝克韦尔写的《存在主义咖啡馆》。这本书很好看，讲了很多"二战"前后存在主义哲学家的故事，精彩绝伦，译文很好。这让我想起来1988年我刚刚进入到武汉大学的时候，就赶上了萨特的存在主义，买了《存在与虚无》，至今都没有通读过，只是看了一些片段也并不懂。

我看到了米泉区乌拉泊飞机场附近的水池，看到了昌吉头屯河边上的金顶大剧院（那里是我的出生地），看到了西天山，看到了伊犁河谷、雪山、巨龙骨架一样的大山脉肋条陈列。想起了当年周涛、章德益等诗人的西部诗篇。

我这次还带了加里·斯奈德的诗集《当下集》，他的诗歌里面是美国的自然、禅意和空间感、疏落感，适合带到哈萨克斯坦来阅读，还不厚。

落地之后，很快从安检处走出来，有个小伙子来接我们3个人——胡伟、包宏烈和我。我们上了他的丰田佳美车，车子前往市区。阿拉木图从飞机上看，展开的是平面的世界，像别墅的小房子很多，棋子一样分布着。没有多少高楼大厦。在西边似乎有一座山，挡住了去路。北侧是一个湖泊，不知道是不是斋桑泊——这个湖泊原来是中国的，这个名字也是中国的。伊犁河谷向西这片土地，唐代就是中国的，清代被沙皇割走了。

我们入住哈萨克斯坦大饭店是当地时间上午10点多。我们计划等下去吃饭。

今天是这个亚洲作家会议的报到日，因此晚上7点才有会议的饭。阿拉木图都是低矮的建筑，看上去并不现代。房间非常小，我坐在这里打电脑，就想念起了北京。中国的发展，只要是一出国，就看得到我们自己的优点了。

当地时间11点，我们去吃饭，3个人在大堂服务员的提示下出门左转，是一家西式快餐厅，有面条、比萨、烤肉、牛排等。兑换货币是50哈萨克斯坦坚戈兑一元人民币。这样我们在那家餐厅，吃了一个薄比萨、两个土豆牛肉的汉堡和配餐，还有一碗意面，一共1.1万多坚戈，换算成人民币在200元多一点，我请客了。我感觉哈萨克斯坦完全是受到了俄罗斯的影响，没受什么中国文化的影响，因为建筑、西餐、街道，都是俄式的。

吃完了饭，我们3个人在酒店附近转了一下，看到了哈萨克斯坦大饭店旁边，就是一座大诗人阿拜的塑像，塑像很高大。他生于1845年，死于1904年，是哈萨克斯坦现代文学的奠基人。中国民族出版社的阿曼泰副总编编辑过他的一个两卷本的传记，并出版过。最近艾克拜尔·米吉提也在翻译阿拜的诗歌，他的翻译肯定不错。阿拜高大的铜像后面，是类似国家大剧院的玻璃幕墙式的建筑。我们再继续走。这里空气很好，阳光不强。12到24摄氏度，很舒服的季节。包宏烈想找找大型的商场，也没有找到。我感觉哈萨克斯坦的商业并不繁华，倒是一些树木有些年头了。

哈萨克斯坦大饭店26层，建设于1977年，已经40多年了，比较巍峨。顶端是王冠的造型。但设施老旧了。房子很小。不如中国县城里面的大饭店。可见中国改革开放40多年，真的是伟大的历程。哈萨克斯坦独立也有近30年，她的发展我要再仔细了解一下，总体感觉受到俄罗斯或者苏联的影响巨大，无论饮食还是街景。

下午1点，我回到了房间里睡觉休息。今早起得太早了，所以我睡到了下午3点。下午看书，在房间里等待7点的到来。微信、短信都能通，这样就心态比较正常。晚上7点，2楼餐厅，全体报到的亚洲作家会议的代表在那里吃饭。

9月25日，周三

早晨7点起来，睡得很好，看来昨天比较累。7点半下去吃饭，现在在中亚的哈萨克斯坦是我小时候经历的新疆时间了，比北京时间晚两个小时。

8点多我们3个人到大厅里，发现在一层电梯间往里面走，是会议室，我们去取了代表证件。回到房间里，我看书，把加里·斯奈德的《当下集》看完了。这本诗集是他85岁的时候出版的,纵横开阖,简约空旷。

10点,在一个能坐一二百人的酒店小会议室里,第二届阿拉木图国际作家论坛开幕。台上坐了3位主持人,分别是哈萨克斯坦笔会的英国人比格尔德·加布杜林——他很精干,记者和作家、翻译家(主要译介哈萨克斯坦的作家作品)西蒙·盖根,以及美国人——我看是俄罗斯裔的弗拉基米尔·卡尔采夫。我们所在的哈萨克斯坦饭店的这个会议室,叫作阿尔金·艾梅尔会议厅。

三位简单致辞,然后就是第一阶段的主题发言:文学翻译面临的问题与挑战。一个上午的时间,有近10位发言,有长有短。中间有茶歇,之后是12点到下午1点30分的第二个时段,我也发言了,题目是《翻译的当代作用》,大约10分钟。胡伟给我现场翻译。

以下文章是我的发言大意,口语化后增加了另外一些当代中国文学的数据:

翻译的当代作用

翻译是将一种语言文学通过另外一种语言文学进

行转换的过程。这一过程极具创造力，几乎是再造了一个作品。因此，好的翻译家就是一种类型的作家。这是具有创造性的工作。我们不可能忽视翻译家的功劳。

小说还能存在下去的最大的魅力，就在于想象力，而想象力则是基于现实的无尽的遐想、想象、幻想、梦想，乃至东想西想、胡思乱想和无边空想。想象力是文学存在的根本理由。翻译家首先要翻译的，就是确认一个作家的想象力的边界。比如，伟大作家，从但丁、李白、塞万提斯到曹雪芹、卡夫卡、卡尔维诺、博尔赫斯、莫言，都以一己之想象，创造了一个伟大的、为人类所能共享的文学世界。在这种意义上说，非虚构文体（我认为包括纪实文学、报告文学、深度报道、传记、日记、历史研究、调查报告、新闻特写等各类文体）是替代不了伟大作家的想象力文学的。也就是说，虚构，插上了想象力的翅膀，永远都比非虚构飞得高，飞得漂亮。这不是等量齐观的事情，而是有个高下的分别。

当然了，这不过是我的一家之言。实际上，人类生活的丰富和快捷,多变和纷扰,使得非虚构文学还会不断发展,且蔚为大观。翻译家喜欢不喜欢翻译非虚构文学?我觉得可能是不喜欢的。因为虚构文学更有想象力。

一个翻译家朋友问我:现在的中国当代小说,到底是一个什么样的情况?是不是也很边缘化了?现在,有网络媒体,有博客、微博、微信,谁还看小说啊?即使是一些搞影视的,直接买具有IP价值的网络文学去了,谁看纯文学啊?似乎纯粹的文学,越来越虚弱无力了是不是?翻译家应该翻译什么样的文学作品?另外,小说凭借纸张来传播,这种纸媒的命运是不是越来越不妙了?代之出现的,会不会是小说传播的电子化?

我想,关于小说传播的电子化网络化问题,这肯定是一个趋势。不过,我觉得,纸媒介将和电子与网络文本长期共存下去。

很简单,这两种媒体怕水、怕火。电子媒体更是还需要电源,也就更脆弱。虽然它容量大,但我们有时候需要的不仅仅是容量。

而关于当代中国小说的状态,我的回答是,现在,中国当代文学整体上来说,回到了它应该在的地方。当代中国文学不仅没有虚弱无力,相反呈现了接近真正繁荣的时期。今天的当代文学,呈现了非常丰富的多元景观,各种各样的美学圈相交、相切甚至是相离,这都是文学本来就应该具有的面貌。而且,我们的一些作家,通过自己这三十年的写作探索,已经和几个大的语种的文学,比如法语、西班牙语、英语、德语文学的水平拉近了距离。中国当代一些优秀的作家,即使是在全世界范围来看的话,其创作的水平,也丝毫不亚于同年龄的其他国家的作家。

由于出版的商业化,今天一些著作畅销的作家,每年都有发行量很大的文学作品,而读者也并没有减少,所以何谈文学的虚弱?

现在的中国作家也很分化和多元,有各省作协的专业作家,也有自由撰稿人;有为影视剧写作的编剧,也有靠写随笔、策划案、专栏为生的作家,大家都在一个环境下生存。但是,这只是文学的外部景观。真正的文学,首先都是指向心灵的,是一个时代的心灵景象的描绘。一个杰出的作家，在他所处的时代里，时代和大众对他的接受速度总是要慢一些。商业化也不见得会伤害一个作家。我还了解到，狄更斯当年写小说时，为了赚钱，可以同时写三四部作品给不同的报纸连载。他的作品不是照样成了经典？有时候，是读者造就作家的。所以，翻译家还是要有所选择。

我觉得，从鲁迅到莫言这百年的现代汉语文学的发展，这些优秀的作家的写作背景都是农村和农业社会，而未来能够成为汉语文学的增长点的，毫无疑问是以城市为背景的文学。下一个可以代表中国文学发展阶段和水平的，必将是以城市为背景的，写出了现代中国人的精神处境的作家，就像是美国作家索尔·贝娄或者约翰·厄普代克那样的作家，比我们年轻的作家有望获得更大的成功。因此，希望翻译家多多注意更年轻的中国作家。

因为，今天复杂的社会生活已经包围了我们，而且中国的社会呈现出一种前农业社会、农业社会、工业社会和后现代社会并置的局面，也给作家提供了丰富的写作资源。所以，作家还是大有可为的。翻译家应该感觉到中国文学作品的多层次和多角度。

我觉得在现在这个多媒体的时代里，小说的传播手段可以更多。今后的作家，会尝试更多的文学传播的手段，比如杂志刊登、出版纸介书籍、网络发表、报纸连载、改编影视、电子出版，甚至可以制作衍生成游戏软件。这样，一部文学作品的流通范围就会更大了，所以对小说来讲，今天多媒体的互动和传播，是一个非常有利的生存条件。

小说会死吗？答案是否定的，因为我们还在使用着语言，而文学就是语言的艺术。语言讲述各个国家和民族各种各样的原型故事，保持一个民族的特性、心灵世界、生活景观和想象力。除非语言死了，小说的末日就到了。那样，一个种族也就灭亡了。对于翻译家来说，中国当代文学呈现的，正是一个巨大变化的时代里的景象。现在，正是翻译家关注、介入和持续地进行中国当代文学翻译的好时候。

下午1点半是自助餐中午饭。还不错，我吃了不少沙拉。哈萨克斯坦受到俄罗斯文化的影响很深，自助都是西餐的模式。可能和这家是国际酒店也有关系，没有什么哈萨克斯坦的民族特色——除了牛奶的味道。

下午3点，开始了下午的圆桌会议第一阶段的讨论：如何缩短哈萨克斯坦等国家与外国读者的距离。十几位参会人员围坐在桌子边上，胡伟作为翻译坐在我边上。这些翻译家、作家、诗人喜欢讲话，尤其是一个俄罗斯老头，讲了两次。他80岁了。提问的几个人也是说半天。胡伟给我简单翻译，让我迅速联想起来，我们在作协搞的汉学家、翻译家大会，以及鲁院的国际写作计划的情况，对翻译问题都做了很多的讨论了。所以，今天他们的发言，涉及翻译的处境、报酬、出版译本的困难，以及翻译文本跨文化的问题，我们在北京都讨论过了。

这一阶段我介绍作协的汉学家翻译家大会的情况。4点半，这一时段的讨论结束了。下一阶段是一直到6点的圆桌会议的第二阶段，主题是：如何减少海外图书出版的困难。包宏烈参加第二阶段的会。

我5点回到了房间，感觉很困，睡了一觉，醒来是6点20分，他们的会才结束。晚上7点钟是欢迎晚宴，地点就在酒店的连体建筑中,叫作大舞厅。

我们抵达之后,进去看到大舞厅就像是一座很大很大的毡房,有个小舞台延伸出来,中间是表演的通道,两边各有四张桌子,上面摆满了冷餐凉菜,类似各种沙拉,有肉有菜有水果。我们挑选了一张桌子坐下来,三个人。旁边是三位哈萨克斯坦的作家、诗人、翻译家。

整个欢迎晚宴持续了3个小时。第一阶段是演出。演员们穿着哈萨克民族服装,唱歌、跳舞、弹奏,还有男高音的意大利歌剧选段,以及女高音的美声唱法。很大气上档次。可见,为了筹备这次会议,哈萨克斯坦的笔会中心是花了很大的力气的,对待客人是很用心的。不过,我看哈萨克斯坦的艺术表演,已经非常西化、欧洲化,民族特色仅仅比较符号化地体现在了衣服、乐器上了。演出是精彩的。

然后上热菜主菜,一个有宽面条的大盘子,里面有马肠子、马肉、洋葱等。服务员给我们分餐,马肠子很好吃,不过我有点吃不下了。然后是嘉宾自己朗诵时间,他们分别上前朗诵,还有一位乌兹别克女作家,弹吉他唱歌。朗诵、说话的,老先生比较多,听不懂。尤其是那个80岁的俄罗斯、朝鲜混血作家诗人,那个人的小说集《海的女儿》,多年以前,上海译文出版社翻译过。我有一本。他一个人絮絮叨叨说了半个小时,主持人抢话筒,抢不下来。他长着一张朝鲜人的脸。

22点了,也就是北京时间24点了,我先走了。回去睡觉。

看了一会儿《存在主义咖啡馆》,我就睡着了。

9月26日,周四

早晨7点吃了饭,今天9点半展开了上午的讨论。会场座位有点变化,我们三个中国代表坐到了另一边第三排。今天的议题是:作家的联系的建立。包宏烈准备发言时给了我一个短信材料,目前在世的中国作协会员12210人,其中中直系统的作家协会会员1080人、行业800多人,31个省份加起来才9100多人。所以中国作协会员并不多。

上午的讨论到1点多才结束。哈萨克斯坦很少主办这样的活动,据说这两年才意识到文学的重要性。不过,因为这次国际作家会议围绕的是翻译问题,是哈萨克斯坦对外译介的问题,所以他们在着重推介哈萨克斯坦自己的本土作家,20多位哈萨克斯坦的中老年作家都发言了。

后来,来了一位95岁的哈萨克斯坦笔会创始人作家,叫什么忘记了,他发言40分钟。哈萨克斯坦也是尊老啊。这个老爷子戴着浅色墨镜,讲了很久。据说没有请他,因年纪大了,可他来了,还要发言。

会议时间掌握得很不好,原定1点结束,结果1点40分结束。我后来回国,把中文的《哈萨克斯坦诗选》中的诗人,和这次参加中亚作家会议的诗人作家进行了对照,找到了不少翻译成中文的、在会场上见到的诗人。开会因语言问题,无法沟通,累惨了,听他们说哈萨克斯坦语、俄语和英语。中午吃了饭,下午3点25分走路去附近的一所文学艺术学院交流。但去了发现学生很少,又是那个80岁的俄罗斯翻译家在讲。西蒙在座。他也就是把几部哈萨克语的作品翻译成了俄语,成就有限,可就是爱说话。昨晚的晚宴也说个没完,十分烦。我们听了半小时,了无新意,就走了。

我注意到阿拉木图这座城市,在表面看比较陈旧,新房子不多,但是大树很多,特别粗大的杨树、榆树,还有一些橡树,显示这里的环境不错。

我去超市买了几块当地产的巧克力回来,在酒店大堂碰到一个小伙子。他是哈萨克族,1990年出生在阿尔泰布尔津的,叫叶儿扎提,在中央民大上过学,和我聊了一会儿文学,并表示他想翻译我的小说。他看过我的《大陆碰撞大陆》等书。他的文学修养很好。我们聊到了艾特玛托夫,我喜欢莫言、翁贝托·埃科、萨尔曼·鲁西迪、富恩特斯、博尔赫斯等等。我们还说了张贤亮和张承志、意识流小说,以及现在中国的青年作家的情况。我建议他翻译90后的中国青年作家,然后合影后告别。

我上去休息。5点半睡到了6点,起来看书。《存在主义咖啡馆》这本书写得太好了,把萨特那帮人写得十分有趣。

8点,我去二楼的自助餐厅吃饭,不饿,少吃点,然后与三位作家去散步,沿着新的大街走。

哈萨克斯坦大诗人阿拜的塑像凝视前方,一条宽阔的大街延伸出去。大街两边的房子是旧的,但是底商都是店铺、餐厅和酒吧,还有一所KIMEP大学。很多年轻人在出出进进的,很有活力。

这所大学是按照国际标准建立的工商管理和人文学科都有的大学,是哈萨克斯坦国际化的努力。

9点半,我回到了房间,看书然后睡觉。北京时间是晚上12点了。

9月27日，周五

今天是早晨7点起床，昨晚睡得不好，不很踏实，因为高血压药没有吃，没有了。早餐还是那些玩意儿，沙拉、面包、果汁、牛奶什么的。

8点，我们20多位论坛的代表，坐上了一辆白色的考斯特——实际上是考斯特的变形，比较宽一点，双排，每排四人。我和包宏烈坐一排，胡伟坐在我身后。今天的活动就是去参观哈萨克斯坦的一处葡萄园和葡萄酒厂。

我们驱车向东北方向走，走了一个半小时，可以看到遥远的雪山——估计再往东就是新疆的伊犁河谷了，拐进一条小路，一看，原来是一些葡萄藤田。导游说，葡萄已经在8月18日被收获了，酿酒厂正在做葡萄酒。走进葡萄园，还能摘到一些在发黄的叶子下面的葡萄。小而甜。今天的阳光，附近的景观，雪山、草地、榆树、杂草，都很像我小时候生活的天山北麓那边的景象。空气比较干燥，金色的秋天快来了。

上车继续走，半个小时后我们又来到了一处葡萄园，在一面开阔的大地之上。附近有个土包，看着像是古代的大坟，一问，果然是这里还出土了一些葡萄籽，说明古代这里有人种葡萄。有一处两层的棚子观景台,我们二十多人上去,看到了一个长桌子,桌子上摆着红白葡萄酒各一瓶,还有酒杯,我们品尝了这一款哈萨克斯坦的葡萄酒。干白很好喝,干红却有点涩,不过也不错。2015年的酒有点沉淀。玫瑰红色的浓郁深沉。

远眺葡萄园,近看这些翻译家和作家。三个英国翻译家——两个西蒙、一个老先生,英国腔很重——都来了,还有两个美国国籍的俄罗斯族翻译家,一男一女。男的是这个论坛的三个主持发起人之一卡才诺夫,女的像是他的什么情人。还有一位原来是哈萨克斯坦人现在在德国的女翻译家,年轻,喜欢瞬间露出微笑,一秒钟之后就没有了。跟胡伟有点像。还有俄罗斯一位翻译家,长得像帕斯捷尔纳克,性格沉稳,不怎么说话。立陶宛一位,乌兹别克斯坦一位,蒙古一位,中国我们三位,吉尔吉斯斯坦一位先生带着他夫人。夫人英文好。

然后我们下来在附近的草地上合影,随后上车继续走,来到了一个小镇,进入到一个小厂子。没有什么工人。原来,这里就是葡萄酒酿酒的厂子。我们进去之后,有位高个子小伙子是总工程师,我看他有点兔唇,但治好了,说话利索了。他带我们先是来到了榨汁的机器旁边,又带我们来到了地下的酒窖。酿酒地窖里，能看到很多橡木桶横着摆放，出产几款干白、干红和甜白葡萄酒。再往里面走，还有很多葡萄酒发酵酿造的大钢桶站立着。总工程师带领我们参观，详细解说这里如何酿造葡萄酒。

我问了一下，这个牌子的葡萄酒出厂在60元人民币一瓶零售，出口到中国是150元左右一瓶。

这时接到了曹元勇电话，说9号莫言和勒·克莱齐奥一起对谈，还有26册文集出版，发布会邀请我参加。另外，洪烛女友上午给我发来了短信，说洪烛今天又被送到了中日友好医院的急诊室，因为血象不好，可能是肺炎、发烧。哎呀，他挺了都快一年了。这样下去器官逐渐衰竭，真是难过呀！云潇是不离不弃地帮助，幸亏她了。

在地窖里我们看了一个电视短片，讲这个酒厂的历史和现实。电视里的景观，就是附近大山的景观，让我想起来，这片土地在清代，绝对是中国的。

1点，参观完毕，我们就在厂区一幢木房子的长廊里摆开的长桌子边吃饭。这里有油炸的包尔萨克、面包饼、两种沙拉，关键是主食是羊肉抓饭！抓饭！太好了，终于吃到了。然后是两款红白葡萄酒。

七　阿拉木图一瞥

论坛主席、哈萨克斯坦笔会主席加布杜林喜欢说话,他很有激情。每个人都说了一段,所以我也站起来代表中国作家说了一段感谢的话,盛赞这一论坛的作用,然后唱了一段新疆民歌。大家欢呼起来了。碰杯喝酒。每个人都很喜欢站起来说话。英语翻译成哈语,哈语翻译成英语,两种语言。那个最老的英国翻译家站起来谈到了英国脱欧的事情。他说,英国一旦真的脱欧了,就会有移民潮出现,有些英国人会走了,一个理想的地方是西班牙,那里气候很好,另外一个地方是阿拉木图。他说,要是我移民到了这里,希望你们收留我。

喝了几杯红葡萄酒,抓饭真不错。我告诉加布杜林,我们中国作协有机会肯定愿意邀请他去北京参加文学活动。

下午2点半返城,4点到达宾馆,想睡一会儿,结果睡了20分钟就被服务员敲门搞醒了,很生气。写这个日记,整理东西,准备19点——北京时间21点去吃饭,然后,就离开酒店去机场。

当地时间22点20分的航班,北京时间28号凌晨5点抵达北京。我给司机张师傅短信要他来接。路上四个半小时,不很长。

19点多,在二楼吃了他们做的标准餐,20点出发,同去机场的还有一位韩国的俄文学翻译家、韩国外国语大学的教授，不会说中文，俄语、英语都可以。他在大堂里介绍了一位韩国的文学翻译研究院的先生给我认识，说是希望今后能够在中国文学翻译方面合作。我们去机场的路途有一段路有点堵，天色暗黑，我看到道路原来是一个转盘，周末的时候，车子出城的多。

20点40分到达机场，机场很小，非常简陋，不如中国的地级市机场，很凌乱破旧。我们办完了手续，在免税店转了一下，也没有买什么。

9月28日，周六

飞机当地时间22点38分起飞，实际上是北京时间28日的0点38分起飞。飞机在黑暗中爬升，颠簸。飞机一共飞了4个多小时，凌晨4点57分落地北京机场。在回来的航路上，是在凌晨，我看见了我出生的城市——新疆昌吉的灯火通明，看到了呼和浩特的灯火，看到了北京夜晚的浩大璀璨。一路上我没有睡觉，所以6点到家倒头就睡着了。

这次哈萨克斯坦的出访活动，圆满结束了。

文学百年 / 名家散文自选集

第一辑

序号	作者	作品	序号	作者	作品
1	冰 心	一日的春光	17	沈从文	湘行散记
2	从维熙	朝花夕拾	18	铁 凝	会走路的梦
3	褚水敖	我负北大	19	闻一多	复古的空气
4	邓友梅	饮茶闲话	20	王巨才	退忧室漫笔
5	郭沫若	竹阴读画	21	徐志摩	翡冷翠山居闲话
6	葛水平	绣履追尘	22	萧 红	春意挂上了树梢
7	甘铁生	人生浪语	23	徐小斌	生如夏花
8	韩小蕙	新新中国	24	郁达夫	一个人在途上
9	蒋子龙	红豆树下	25	叶圣陶	没有秋虫的地方
10	鲁 迅	秋 夜	26	杨匡满	感恩的翅膀
11	老 舍	抬头见喜	27	袁 鹰	生正逢辰
12	林徽因	你是人间的四月天	28	朱自清	背 影
13	柳 萌	寒风吹哑琴音	29	张抗抗	北 方
14	李美皆	爱你备受摧残的容颜	30	周 明	写意凤凰
15	刘锡诚	芳草萋萋	31	赵 玫	陪伴着你在暮色里闲坐
16	茅 盾	白杨礼赞	32	朱 蕊	蛇发女妖

第二辑

序号	作者	作品	序号	作者	作品
1	陈建功	我和父亲之间	17	束沛德	爱心连着童心
2	陈世旭	天南地北	18	王剑冰	古道秋风
3	陈喜儒	履痕碎影	19	吴泰昌	散文六十篇
4	陈善壎	你这人兽神杂处的地方	20	汪浙成	远 影
5	范小青	坐在山脚下看风景	21	肖复兴	昔日重现
6	黄文山	烟霞满衣	22	徐 迅	响水在溪
7	刘成章	安塞腰鼓	23	肖克凡	一个人的野史

8	梁晓声	我与橘皮的往事	24	徐 风	风生水岸
9	雷 达	黄河远上	25	叶延滨	前世是鸟
10	刘庆邦	野生鱼	26	阎 纲	散文是同亲人谈心
11	陆 梅	时间纷至沓来	27	赵丽宏	亲爱的母亲河
12	罗文华	将谓偷闲学少年	28	周大新	呼唤爱意
13	刘汉俊	刘汉俊评说历史人物	29	卓 然	天下黄河
14	林 希	平常人语	30	朱 鸿	退 出
15	刘兆林	牛化自己	31	查 干	红叶归处
16	秦 岭	眼观六路			

第三辑

序号	作者	作品	序号	作者	作品
1	杜卫东	陶人：远古之神	7	王泉根	往昔皆为序曲
2	高洪波	拔笔四顾	8	王必胜	我写故我在
3	郭保林	孤独者的绝唱	9	徐 刚	八卷·九章
4	韩小蕙	火与剑，还是康乃馨	10	杨晓升	人生的级别
5	简 默	活在尘世中	11	张庆和	漂泊的心灵
6	剑 钧	写给岁月的情书			

第四辑

序号	作者	作品	序号	作者	作品
1	白阿莹	高山之巅	10	邱华栋	地球是圆的
2	陈奕纯	生命，向美的境地漂流	11	素 素	乡 愁
3	淡巴菰	下次你路过	12	孙 郁	在时间深处
4	何向阳	无尽山河	13	王子君	一个人的纸屋
5	李 舫	不安的缪斯	14	许谋清	每次涨潮都换一波海水
6	陆春祥	柏拉图的斧子	15	叶 梅	江河之间
7	刘上洋	山河气象入梦来	16	朱以撒	两片落叶
8	陆建德	看得见风景的书房	17	朱小平	一担山河
9	马 力	江水之南			